„Das schlimmste an diesem Job sind die Ampeln." Sein Blick fällt auf eine schräg gegenüberliegende, neu eröffnete Gastwirtschaft. „Eher wird diese Kneipe ihren Besitzer gewechselt, renoviert und unter neuem Namen wieder aufgemacht haben, als dass diese Ampel auf Grün umgesprungen ist."

Jochen Lembke

Ohne Kies – werd' ich fies

Ich fahr Taxi Tag und Nacht

Band 2

Roman

Titelgestaltung:
Jochen Lembke,
Alexander Fridrich
(Compusign, Gundelfingen)

Herstellung und Verlag
Books on Demand GmbH, Norderstedt
ISBN 9783839145272

Kapitel 1

Kapitel 2

Kapitel 3

Vorwort zur ersten Auflage

Wenn ich mich mit Fahrgästen über meine Bücher unterhalte, so heißt es schon mal: „Ach, sind Sie der, der diese Freiburg-Krimis geschrieben hat? Das war doch auch ein Taxifahrer, dieser, wie hieß er, *Hämmerle?"* Sorry, aber so kommt das beim Leser rüber. (Die Romanfigur heißt Hämmerle, nicht der Autor.)

Nun, geh' ich also hin und lese einen Freiburg-Krimi. Und was sehe ich da? Ihr, das Autorenduo der Freiburg-Krimis, habt mir meine Figur geklaut! *Tob, brüll!* Ihr habt mir den Jean-Claude Behämmertle geklaut! Und ihn dann auch noch grob persifliert! Schämt ihr euch denn nicht?

Und nun überlege ich natürlich fieberhaft, wie so etwas denn überhaupt sein kann, schließlich gibt es die Freiburg-Krimis ja schon seit etlichen Jahren. Hm, wenn ich da so überlege, *natürlich, ich hab's,* ihr seid damals mittels einer Zeitmaschine in die Zukunft gereist, die heutige Gegenwart, und habt… na klar, anders kann es ja gar nicht sein! Nun bleibt nur noch diese eine Frage: Wie tarnt man denn eine Zeitmaschine, dass sie niemandem auffällt, hm, gar nicht so einfach… *Doch natürlich*, von wegen, auch das ist ganz einfach, ihr habt sie als *Taxi* getarnt, das am Bahnhof herumsteht. Also, das ist schon eine verdammt geniale Idee, das muss ich zugeben. Was auf der ganzen Welt wird denn von der Öffentlichkeit weniger beachtet, *als ein Taxi, das am Bahnhof herumsteht?* Nichts, das kann ich aus eigener Erfahrung sagen.

Also gut, Hut ab vor der ganzen Aktion, passt mal auf: Gegen den Ideenklau in der Literatur kann man eh nicht viel machen, da schreibt ja einer vom anderen ab.

Es sei euch also großzügig gestattet, auch in Zukunft mit dieser Figur zu arbeiten.

Mai '04, übrigens:

Gleich bei Erscheinen dieses Bandes, im Dezember noch, schickte ich selbst verlegender Wurm ein Exemplar an den Verleger der Hämmerle-Krimis, erhielt aber bis jetzt keine Antwort.

Die halten sich wohl für den König... den King... Stephen King.

Oder bin ich zu frech?

Oder ist es die viel zitierte mangelnde Kollegialität unter Autoren? Die nur noch übertroffen wird von der mangelnden Kollegialität unter Taxifahren?

„The one thing an author can't stand, is another author – die eine Sache, die ein Autor nicht abkann, ist ein anderer Autor!", sagt Charles Bukowski und der muss es ja wissen, der kennt sich ja *echt* aus mit allem. (Eignet sich das nicht, übrigens, schnell gesprochen, vorzüglich als Zungenbrecher, als *thungenbrecher, hm?* Machen Sie das mal nach, vorher aber natürlich noch bitte: How many wood could a woodchuck chuck, if a woodchuck could chuck wood.)

Nun, so ist er halt, der ewige Kreislauf der Natur, von parodieren und parodiert werden, beleidigen und beleidigt werden. Irgendwann werde ich sicher selber mal parodiert und dann werde *ich* beleidigt reagieren.

Oder etwa nicht?

Jochen Lembke,
„Europas taxifahrender Schriftsteller"
Deutschland, England, Schweiz und so weiter...

Webseiten:
http://jochenlembke.spaces.live.com/ (Englisch)
http://jochenlembkeD.spaces.live.com/ (Deutsch)

Was bisher geschah

Paul, dem gut aussehenden globetrottenden Gelegenheitstaxifahrer geht nach einem Winter in Südamerika das Geld aus. Also muss er den Sommer über feste Taxi fahren, was seinen Kumpels Sami, dem exzentrischen palästinensischen Zahnmedizinstudenten, schmerzloser Bohrer genannt, und Rainer, dem verhinderten Science-Fiction-Autor (mit Frauen der volle Chaot), jedoch auch nicht anders geht.

Paul und die anderen erleben jede Menge lustig bis skurrile Abenteuer im Taxi, wobei jeder sich seiner Veranlagung entsprechend ausleben kann.

Für Paul kann es in diesem Sommer jedoch sehr bald nur zwei Ziele geben: so bald er Geld hat, wieder auf Tour gehen – und dies möglichst nicht alleine, sondern mit Anke, der spröde-schönen, umschwärmten Nachtfahrerin.

Obwohl es am Anfang nicht ungünstiger für ihn stehen könnte, kann er zum Schluss endlich seine süße Schnuffelhasen-Anke in die Arme schließen – und mit ihr, für den Winter über, nach Australien jetten.

Während Sami nach Bochum entschwindet, um dort wieder sein Studium aufzunehmen, sieht es für Rainer nicht gerade rosig aus. Er hadert mit Susanne, einer treulosen Tomate und seinem Schicksal, tröstet sich mit dem Schreiben blasphemischer Kurzgeschichten, (mögliche phantastische Folgen nicht bedenkend) während ein Journalist namens Willi „O Chott" einen unrühmlichen Taxi-Kurzauftritt, nervlich zerrüttet, besser auch bald wieder beendet.

Kapitel 1

1. Rainer schreibt einen Hassbrief.

Frühmorgens.

Erste verschlafene Sonnenstrahlen ertasten sich vorsichtig ihren Weg durch verschlierte Fenster, verschleierte graue Vorhänge, bahnen sich angeekelt, müde protestierend, einen Durchschlupf. Bald schon jedoch werden sie zu ihrer Erleichterung reflektiert, an auf dem Boden herumliegenden Flaschen, Staub, Dreck, einer verkrümmt dasitzenden Person (ein verkrachter Musiker vielleicht, verkrachter Poet, Schriftsteller, in jedem Fall aber verkracht), und sichtlich glücklich diesen Ort wieder verlassen zu können, treten sie nun froh und munter ihre lange ruhige Reise durchs All an.

Aber lange noch werden sie sich unterwegs von jenem finstren Loch erzählen.

Die Person, die da gebückt am wackligen Schreibtisch kauert, ja förmlich dräut, gebeugt wie unter einer Last, kümmert dies jedoch wenig. Sie nimmt nur kurz mal eben befriedigt zur Kenntnis, dass das Sonnenlicht nun das Licht der heruntergebrannten Kerze ersetzt, zieht die staubigen Gardinen zur Seite und geht zum Schreibtisch zurück, erfüllt von einem fiebrigem Drang zu schreiben, *viel* zu schreiben. Von all den solaren Unpässlichkeiten kriegt sie nur wenig mit – sie hat nämlich ihre eigenen. „Du fragst mich, ob ich Dich hasse?" Der Stift drückt sehr kräftig aufs Papier. *„Du fragst mich, ob ich Dich hasse?"* Der Stift bricht, Gefummel, die Person sucht sich einen anderen. „Ich hasse Dich morgens, wenn die Sonne aufgeht." Hier hat der Auftritt der Sonnenstrahlen doch ein wenig inspiriert. „Ich hasse Dich abends, wenn sie untergeht. Ich hasse Dich, wenn sie langsam, Stunde für hasserfüllte Stunde, ihren Bogen über das Firmament beschreibt. Ich hasse Dich im Sommer, denn da scheint sie am längsten. Ich hasse dich aber auch im Winter. Wenn alle behaglich vor dem Kaminfeuer sitzen, im Kreise ihrer Liebsten und nur ein einziger, einsamer Mensch durch die grimmige Kälte zieht, durch den Schnee stapft, dick eingemümmelt, Fäustel an den Händen und Hass in seinem Herzen – dann bin ich das.

Ich hasse Dich in Deutschland, ich hasse Dich in Holland – ich hasse Dich in England. Mein Hass überwindet alle Grenzen, eint alle Völker, alle Kulturen. Ihn hält keine Zonengrenze, kein eiserner Vorhang, kein Limes, keine chinesische Mauer. Ich *definiere* das Wort Hass völlig neu, aber auch die alte Definition nehme ich für mich in Anspruch. *Hass.*

Hass schreibt sich *Ha*, und *ss*. Hass. *Ha* wie ‚Haaaa!!!' Ich brülle es laut wie ein Löwe, lauter wie lauter Löwen, laut wie ein wütender Saurier, ich schreie es allen ins Gesicht, die es hören wollen und am lautesten denen, die es nicht hören wollen. *SS*, wie der Hass der Sturmstaffel, der Sturmstaffel meiner Seele, der Heinrich Himmler meiner Bitterkeit. *SS*, nein ‚SSSS', wie eine Grube voll zischender Königskobras, der zu nähern ich Dich zwingen wollte.

Ich hasse wie glühende Kohle, wie schmelzender Stahl, wie fließende Lava. Mein Hass ist eruptiver als ein Vulkanausbruch, zerstörerischer als ein Taifun, er brennt, er sengt, er schmettert, er... " Rainer, der Tragische, der Unentdeckte, macht erschöpft eine Pause, die Hand um den Stift gekrampft, Schweiß auf der fleckigen Stirn. Er liest sein auf die Seiten Gesabbertes, sein verbal Erbrochenes, seinen logorrhöischen Schiss aufs Papier.

„Mein Gott! Ich werde berühmt! Frauen werden mir ihre getragenen Schlüpfer schicken." Er liest es noch einmal. Zweifel kommen ihm, nicht nur bezüglich, was er denn ohne Strom für die Waschmaschine mit so viel Schmutzwäsche eigentlich anfangen soll. „Oder – ich lande in der Klapse. Irgend so ein mitleidloser Taxifahrer, so ein unsensibler Fuhrknecht, wird mein bibberndes, schnatterndes Überbleibsel in die Klapse karren! Man wird mich in eine Zwangsjacke zwängen!"

Rainer, der verhinderte Literat!

Dieser schreibende Taxifahrer, dieser Gossenpoet. Mit dem rechten Rad schon halb im Rinnstein, dennoch unverdrossen dichtend! Rainer, das Genie! (Wenn man dabei nicht seinen künstlerischen Output betrachtet, sondern die genialische Seite, sein Leben nicht auf die Reihe zu kriegen, ein Talent dafür zu haben in finanziellen und anderen Schwierigkeiten aller Art zu stecken.) Kafka ist ja morgens schon mal als Käfer aufgewacht, Rainer fühlt sich, wenngleich er heute Nacht erst gar nicht geschlafen hat, eigentlich mehr wie bleiches, schleimiges Gewürm, das dem Tageslicht entflieht, stöbert man es unter einem Stein hervor.

Wie kommt es denn nun, dass er jetzt, im Sommer 2003, bei Kerzenlicht am Schreibtisch sitzt und Hassbriefe schreibt? Nachdem er doch erst kurz davor, nämlich im Herbst des vorangegangenen Jahres, mit einer schönen fünfundzwanzigjährigen jungen Frau namens Susanne eine hoffnungsvolle Beziehung eingegangen ist? Wie kommt es denn nun, dass er immer wunderlicher wird, dass er im Wald Selbstgespräche führt und dabei gar noch sein Handy ans Ohr nimmt, um dies zu verbergen? Dass er Leute an seinem Geburtstag anruft und sich bedankt für Glückwünsche, die diese gar nicht ausgesprochen haben?

Hat sie ihn schließlich dann doch sitzen lassen? Ihn, den sensiblen? Ihn, den leicht zu kränkenden?

Nun, es war durch und durch perfide. Nachdem es die überaus süße Susanne geschafft hatte, Rainer dazu zu bewegen seinen Taxijob, einen Job an der untersten sozialen Hierarchiestufe aufzugeben, fasste er sogleich den tollkühnen Plan, von ihr vollstens unterstützt, nun hemmungslos seinen kreativen Neigungen nachzugeben und endlich das zu machen, was er schon immer eigentlich wollte, nämlich einen Science-Fiction-Roman zu schreiben. Rainer kratzte all sein Erspartes zusammen und schrieb, liebesmäßig auf Wolke sieben schwebend solange bis, ja, bis Susanne ihm süß lächelnd, dennoch schonungslos, eröffnete, ihn eigentlich nur benutzt zu haben. Benutzt zu haben, um über ihren Exfreund hinwegzukommen. Sie wollte ihm das ja jetzt auch ganz offen sagen, um es ihm leichter zu machen, seinerseits nun über *sie* hinwegzukommen! Arbeitslos, ohne Geld, ohne Mäzene, ohne Muse, die ihn küsste und ihm Händchen hielt – Rainer versumpfte, versackte und versiffte. Seine Bude verfiel, sein Äußeres verfiel und sein Inneres verfiel – dem Alkohol. Alkoholische Exzesse, das Hämmern seines Vermieters an seiner Türe, der nahende Termin der Zwangsräumung, alles Dinge, die so mancher Autor eigentlich erst braucht, um in kreative Stimmung zu kommen, wirkten bei ihm nicht, es fiel ihm nun nichts mehr ein. Aber *kann* ein Mensch denn auch noch *tiefer* sinken? Den Strom, man glaubt es kaum, bezog er ja von seinem Nachbarn, nachdem man ihm seinen abgestellt hatte, über ein Kabel, unter beiden Wohnungstüren hindurch.

Aber nachdem dieser ihm auch noch irgendwann mal den Stecker gezogen hatte, weil er sich mit ihm verkracht hatte, war er nun auf Kerzenlicht und Bleistift angewiesen.

All diese Umstände lähmten ihn, er hatte das viel versprechende Manuskript nicht zu Ende gebracht, verzettelte sich zudem damit, Susanne sinistre, fruchtlose Briefe zu schreiben, nachdem diese einmal den Fehler gemacht hatte, zu antworten.

Dennoch, er schreibt, bis er zwangsgeräumt wird!

Rainer nimmt noch mal einen kräftigen Schluck Wodka Gorbatschow, schreibt seinen Hassbrief zu Ende und schläft am Schreibtisch ein.

Als er aufwacht, ist es schon früher Abend. Er kramt im Kleiderschrank einen schwarzen Anzug aus besseren Zeiten hervor, steckt den Brief ein und verlässt das Haus.

2. „I'm slightly irritated!"

Es dämmert, ein Taxi fährt die Straße entlang, unterwegs zu einem Auftrag. Am Steuer ist Willi „O Chott".

Willi „O Chott?", dieser schräge Journalist aus Münster, mit den psychischen Schäden, die er aus dem Zivildienst davongetragen hat und dem Tick immer wieder irgendwelches englischähnliches Zeugs vor sich hinzubrabbeln? Der, der sich geschworen hatte, nie wieder Taxi zu fahren, weil er es mit *noch* bekloppteren Leuten zu tun hat, als damals im Altenheim?

Richtig, Willi „O Chott" fährt wieder Taxi. Weil jeder Journalist auf der Suche nach der *perfekten Story* ist und weil diese ewig langen Sommernachmittage in der Redaktion, vor dem Bildschirm, ohne Stories, ohne Einfälle, schon ganz schön nerven können.

Ein Typ steigt ein, dunkler Anzug, dunkler Hut, dunkle Sonnenbrille.

Wer ist das, Don Vito Corleone? Eher sein Sohn Sonny. Oder Michael nach seiner wundersamen, nie ganz nachvollziehbaren Wendung vom Vater-Sohn-Konflikt beladenen, rechtschaffenen Staatsbürger zum sizilianischen Mustersohn und – sizilianischen Musterkiller?

Der Typ im dunklen Anzug sitzt neben ihm, auf dem Beifahrersitz, knurrt ein Fahrziel, gibt aber sonst keinen Mucks von sich.

Sie fahren eine ganze Weile, ohne dass sich das ändert. Willi schielt nach rechts, kann aber nur kurz steinerne Mimik mit

Sonnenbrille darauf erhaschen, so à la Schwarzenegger in Terminator.

I'm slightly irritated! O Chott, I am so! Sie erreichen das Fahrziel, Don Corleone steigt kurz aus, bedeutet ihm mit knappen Worten zu warten. Ein paar Minuten vergehen, der Anzug steigt wieder ein, diesmal jedoch nicht vorne, sondern hinten rechts. Er nennt ein Fahrtziel etwas außerhalb der Stadt, Willi gibt Gas. Als sie die Schnellstraße verlassen haben, hat sich bereits komplette Dunkelheit hinabgesenkt, Willis Scheinwerfer durchbohren die Finsternis. Der Typ hinter ihm gibt ihm Anweisung in eine Seitenstraße rechts einzubiegen. Links und rechts liegen Schuppen, Lagerhäuser, es sind nur wenig beleuchtete Fenster zu sehen. Die Seitenstraße macht ein paar Biegungen, die Häuser dünnen sich mehr und mehr aus, auch Straßenlaternen gibt es keine mehr. Es scheint, als ob sie sich jetzt auf einer Art Feldweg befänden. Willi, dem, *o Chott*, schon etwas mulmig wird, lässt aber dennoch in einer anderen Ecke seines Gehirns, die nicht fürs Angst haben, sondern für wilde Pläne zuständig ist, mentale Sekretärinnen eifrig mentale Notizblöcke voll schreiben. *Ist* das nicht Spannung, *ist* das nicht der Stoff, aus dem die Abenteuerromane entstehen, für den die Pulitzerpreise winken?

So mancher dieser Preise ist eben mit einem kleinen bisschen Angstschweiß erkauft, o Chott! denkt sich Willi, als der Typ im Anzug nochmals knappe Anweisungen zum Halten gibt.

Was will der denn jetzt hier, um Himmels willen? Was erledigen? Muss er mal hinter einen Busch? Mehr wie Büsche gibt es hier ja auch gar nicht. Aber vielleicht besucht der ja jetzt spätabends noch seine gut versteckte Gartenlaube – aus der er jetzt seine gut versteckte, abgesägte Schrotflinte holt? Willi sitzt, wartet und zimmert sich seine Story zurecht. Um sich etwas Beruhigung zu verschaffen und gleichzeitig der Story noch etwas mehr Touch zu geben, ist er vorher noch auf Funküberwachung gegangen, mit der Funkordnung ist er inzwischen ja besser vertraut als letztes Jahr. Der Typ ist auf der rechten Seite ausgestiegen, hinten um das Auto gelaufen und links hinter den Büschen verschwunden. Nun kommt er wieder hervor und steigt wieder hinten ein, aber diesmal nicht mehr hinten rechts, sondern nun direkt hinter Willi, direkt hinter dem Fahrersitz! Willi kann bei der schwachen Innenraumbeleuchtung nicht viel dabei erkennen – aber hatte der Typ denn nicht gerade eben Handschuhe an? Wenn ja, dann war er sich jedenfalls sicher, dass er diese vorhin noch nicht angehabt hatte. Wozu auch, an einem recht warmen Sommerabend? Willi fühlt ein Ziehen in seinen Gedärmen, aber seine mentalen Sekretärinnen haben immer noch keinen Krampf in den Fingern.

Wäre das nicht d i e Story? Nun fehlt noch, dass er eine Garotte herauszieht, eine sizilianische Würgeschlinge, sie mir überzieht und mich abmurkst, wäre das nicht d i e Story?

Der Typ – zieht eine Garotte heraus, schwingt sie ihm über und *murkst* ihn ab. Der Funker fragt ihn gerade noch einmal nach seiner genauen Position und ob schon ein neues Fahrziel bekannt wäre, bekommt aber nur noch ein paar wenig appetitliche Geräusche zu hören.

Manche Reporter haben einfach schreckliches Pech.

Da haben sie schon die Story ihres Lebens, sie bräuchten nur noch zum nächsten Telefon zu rennen oder einfach nur ihr Handy rauszuziehen (falls noch genügend Guthaben drauf wäre), um die Redaktion anzurufen – bloß sind sie leider zu tot dazu! Zu tot um eine Telefonzelle zu suchen (davon abgesehen, dass das inzwischen auch für jeden quicklebendigen Menschen ein Full-Time-Job wäre) oder zu tot, geschweige denn, um noch vorher ihr XtraCash-Guthaben aufzuladen.

Don Corleone stapft davon, fiesen Schrittes.

Fast meint man nun einen Schatten zu sehen, einen klagenden Laut zu hören?

Es war sicher nur der Wind.

3. Jean-Claude Behämmertle, der dicke Mann am Tresen.

„Vor vielen, vielen Bieren begab es sich einmal…" Der, der da so etwas stieren Blickes vor sich hinlallt, hängt mit seinen zweihundertsiebenundsechzig Pfund am Tresen vom Belle Eponge, wie immer, sediert sich zunehmend weiter mit Hochprozentigem und sorgt damit dafür, dass der Farbton seiner chiantiroten Nase weiterhin hübsch mit seiner chromfarbenen Brille kontrastiert. Sein gut aussehender Freund und Barkeeper Schibulski, mit dem Fünftagebart und Platinkettchen um den Hals, sorgt durch freigiebiges Nachschenken seinerseits weiterhin dafür, dass *er* derjenige ist, der seine abgelegten Frauen an den anderen weitergibt und nicht umgekehrt und dass sich diese Reihenfolge auch niemals umkehren wird. Was sich denn da so vor vielen Bieren genau zugetragen hat, ist ihm genauso schnurz, wie der schlechten Karikatur einer männermordenden Bestie von Frau, rechts neben dem anderen. Da das Gebirge von Mann am Tresen einsieht, dass der Tag auch heute wieder mal für ihn gelaufen ist, nimmt er Anlauf für die Abschiedsgala: „Tragt mich in mein Taxi, ich fahr euch heim!"

Genau in diesem Moment jedoch, wo alle mit dem Schlimmsten rechnen, tritt die Wendung in Form einer rotäugigen, sichtlich um Fassung ringenden weiblichen Gestalt ein, die rasch die kurze Distanz zwischen Eingangstür und Tresen des Belle Eponge mit ihren Schritten durcheilt und sich umgehend an den Produzenten des letzten Satzes wendet: „Jean-Claude, du musst sofort kommen, es ist etwas Schreckliches passiert!"

Jean-Claude Behämmertle, der dicke Mann am Tresen, ist sofort wieder nüchtern!

Da ist es wieder, dieses komische Gefühl! Das Gefühl des Ausgeliefertseins an ein merkwürdiges Schicksal, welches mit ihm ständig Possen treibt.

Manchmal nämlich, da wacht Behämmertle morgens auf und hat das Gefühl, als wäre er gar nicht real. Als wäre er nichts weiter als eine Romanfigur in der Feder eines unbekannten, höheren Wesens. Als wäre sein Leben nur deshalb so stereotyp und schabloniert, um es diesem Jemand leichter zu machen, mit ihm literarisch zu arbeiten. Alles in seinem Leben, dick und links sein, vor festen Beziehungen fliehen, mit seinem Freund Schibulski im Belle Eponge herumhängen und saufen, seinem Studium hinter her trauern, Taxifahren (bevor man ihm vor ein paar Monaten die Konzession vorübergehend entzogen hatte, weil man ihn ständig Nachts besoffen aus dem Rinnstein gezogen hatte) und natürlich die, wie durch ein Wunder, andauernd auf ihn niederprasselnden Kriminalfälle zu lösen, wären nur Einfälle eines Jemanden, der da draußen die Fäden zieht und das Manuskript seines Lebens schreibt.

Das sind so die Momente, vor denen er Angst hat. Aber wahrscheinlich handelt es sich ja nur um ganz normale Alltagsparanoia.

Behämmertle rafft also augenblicklich seine Massen zusammen, wie ein Geistlicher die Soutane, und wogt aus der Tür, die verweinte weibliche Gestalt im Kielwasser, eine von ihm abgelegten Bekanntschaften, die vorher, wie besagt, schon bei Schibulski Station gemacht hatte. Zahlen muss er ja nicht, das gehört ja zum abgekarteten Spiel seines Freundes und Barkeepers Schibulski, ihn an der Flasche zu halten, um in ihrer Freundschaft den stärkeren Part spielen zu können.

Draußen winkt er einem Taxi.

Dies wird *todsicher* wieder mal einer dieser Einsätze, die immer wieder so ablaufen: Er zieht durch sämtliche Kneipen Freiburgs, wühlt sich durch soviel Lokalkolorit wie nur irgend möglich, schleppt zwischenrein was Günstiges ab, wird immer betrunkener und stolpert zum Schluss über das Motiv, den Beweis und manchmal auch über den Täter.

Behämmertle betritt die WG von Inge, seiner Exfreundin.

„Wo ist die Leiche?" Sie führt ihn an der Hand in die Küche. „Du musst jetzt stark sein, Jean-Claude."

Behämmertle hat schon viel gesehen, aber es ist doch jedes Mal eine scheußliche Sache.

Und so was wie das hat er noch nie gesehen.

Die Leiche liegt auf dem Küchentisch. Alle vier Extremitäten sind ausgestreckt, bilden ein X, sind am Ende jeweils sorgfältig mit einem Nagel an den Küchentisch gepinnt. Vom Hals des Opfers abwärts, bis hinunter zum Becken, klafft ein Schnitt. Dieser ist am oberen und unteren Ende wie bei einer Sektion jeweils nach links und rechts weitergeführt. Die Bauch- und Brusthöhle des Opfers ist eröffnet, die Eingeweide sind entfernt und neben ihm auf dem Tisch aufgeschichtet.

Da liegt es.

„Wie? Du hast mich gerufen, weil du Lust auf Meerschweinfilet hattest, aber nicht geschafft hast, es selber küchenfertig zu zerlegen? Bis zum Schlachten und Ausweiden bist du selber schon gekommen, aber jetzt suchst du noch jemanden, *der ihm das Fell abzieht?*", brüllt er, fassungslos.

Hier steht er, Jean-Claude Behämmertle. Er, der schon mehr Mordfälle in den letzten Jahren gelöst hat, als in Freiburg überhaupt passiert sind, das soll ihm erst mal einer nachmachen! Hier steht er – vor Inges totem Meerschweinchen.

Kapitel 2

4. Ekkehard ist ein lustiger Vogel.

Ekkehard ist ein lustiger Vogel, der nur eins nicht abkann und das sind Leute, die Ernst heißen. Seit er zwanzig ist, und das sind jetzt auch schon immerhin fünf Jahre, fährt er Taxi, weil er einfach ständig Publikum für seine Albernheiten braucht. Ekkehard ist eigentlich nur sein Spitzname, sein richtiger Name tut gar nichts zur Sache, aber niemand käme auch nur auf den Gedanken, ihn anders zu nennen seit es, ja seit es „Werner"-Comics gibt. Alle ein, zwei Jahre erwischt er wieder mal einen Fahrgast namens Röhrig – und *der* kann sich auf eine Show gefasst machen!

Ekkehard trägt mal einen Iro, mal Glatze mit Goatie, mal lange Haare, mal grüne Stoppeln am Kopp, ganz wie's ihm passt. Mal setzt er sich eine Pappnase auf, mal zieht er sich an wie ein Clown – und an Fasching rennt er im Spießerkostüm herum. Heute hat er mal Lust gehabt, sich im schwarzen Anzug und schwarzer Sonnenbrille ins Taxi zu setzen, Gel ins Haar und einen auf Mafiosi zu machen. Kichernd denkt er gerade an das Mal, als er eine kurze, hinten zerrissene Hose anhatte und nichts merkte. Er stolzierte so lange vor seinem Taxi auf und ab und schaute Frauen nach, bis ihn ein Kollege darauf aufmerksam machte. Dann fuhr er noch eine süße Omi und war ihr mit dem Einkauf behilflich. Mit der einen Hand trug er ihre Tasche, mit der anderen hielt er hinten die Hose zusammen. Die Omi merkte es natürlich und lachte sich eins.

Drei Typen steigen nun am Humboldt bei ihm ein, obwohl er erst Dritter ist.

„Warum wollt ihr mit mir fahren?", fragt er sie, als er losfährt, dabei den anderen Kollegen ein Achselzucken signalisierend.

„Weil du der Schönste bist!", sagt der Typ neben ihm. Der *Typ*, wie gesagt. Die drei sind ganz lustig drauf, wenn auch, nun, etwas schräg. Sie fahren voll auf sein Outfit ab.

„Hey, Mafia und so, hä?" Der eine von hinten. Er beugt sich noch ein wenig vor und macht einen auf Killer, bohrt ihm einen Zeigefinger in den Rücken: „Die Natur hat einen Fehler gemacht, als sie dich schuf und dieser Fehler wird jetzt korrigiert." Sie lachen und Ekkehard bringt sich voll mit ein. Dann der neben ihm: „Hey, sag mal, können wir dich auch in Naturalien bezahlen? Der da hinten bläst sehr gut, kann ich empfehlen." Sie wiehern, Ekke ist erst mal wieder abgemeldet. Sie unterhalten sich untereinander, ob sie nicht zuerst noch mal bei Annette „halbe Stunde" vorbeifahren sollen. Die wäre doch immer einen kurzen Besuch wert. Einer wendet ein, er hätte mal vor einer Weile im Suff zu ihr gesagt: „Du sag mal, gibt's dich auch in Hübsch?", und es gäbe doch bei ihr auch durchaus Grund zu so einer Frage.

„Hey, Quatsch! Ihr habt 'ne Samenbank aus ihr gemacht, so oft habt ihr die ran genommen beim letzten Mal", grölt der eine.

„Na ja, ein paar gute ‚Argumente' hat sie schon…", gibt der andere ihm wiederum recht und bezieht sich dabei offensichtlich auf ihre Oberweite. Selbst Ekke wird das jetzt zu platt.

„Hört mal, äh, witzig und originell…", witzig und originell ist das, wonach ihm jetzt wäre, deshalb improvisiert er jetzt schnell in die Richtung, kümmert sich nicht darum, ob das, was er jetzt sagt, überhaupt Sinn macht. „Ja, heutzutage muss doch alles witzig und originell sein, selbst die, äh, Sterbesakramente, sonst geh ich, äh… eben zu einem anderen McPriester." Die Kirche steht ja derzeit durchaus in der Kritik, weil sie sich, dem Zeitgeist anpassend, zunehmend als trendiger Dienstleister versteht, dessen „Job" es ist, gegen gutes Geld spirituelles Wohlbefinden anzubieten. Mit „sakralen Events": zum Beispiel, die aufblasbare Kirche! Konzipiert ist sie wie die Hopsburgen für Kinder, nur größer. Der Pfarrer drin muss gegen den Lärm des Gebläses anpredigen.

„McPriester!"

„In Ihrer McKirche in der Nähe!" Neues Wiehern. Der Themenwechsel ist geglückt, jetzt erzählt einer vom jüngsten Erlebnis im McDagobert's am Sonntagmorgen. Er hätte dort gegessen, das Händezittern der gestressten, unterbezahlten Bedienung wie üblich ignorierend. Dann sei er dort noch aufs Klo, was ja immer ein wenig ein Abenteuer sei, einmal wäre er kaum durch die Türe gekommen, weil sich drei junge Asos gerade am Waschbecken den Oberkörper gewaschen hätten und er froh war, unbelästigt wieder herauszukommen. Jedenfalls, diesmal war alles ruhig, anscheinend war er auch gerade ganz alleine und wie er also da so Mutterseelen alleine vor dem Pissbecken steht, da entfährt ihm doch tatsächlich ein kleines, aber feines Bäuerchen. Aber in genau demselben Moment, vielleicht nur eine halbe

Sekunde später, so sagt er, furzt da auf einmal einer in der Kabine ganz laut und trocken, wie zur Antwort. Um nicht laut loszulachen beißt er sich schier die Lippen blutig. Neues Wiehern, dann ist die Fahrt zu Ende, Ekke aber braucht eine Pause.

Er geht in einen Laden, hat Lust auf eine Fruchtbuttermilch. Er kramt in der Breisgaumilch, das was er sucht gibt's jedoch nur von Müllermilch. Vom Deckel grinst ihn der Bohlen an.

„Gibt's die auch ohne den Bohlen?" Die Verkäuferin lächelt bedauernd. Er zahlt teures Geld, der Werbetat von Müllermilch muss schließlich bezahlt sein. „Wie viel kriegt da jetzt der Bohlen davon?" Sie lächelt, kassiert. Er legt ein paar Münzen auf den Tisch, zu letzt ein fünf Cent Stück. „Fünf Cent, das kriegt jetzt der Bohlen!" Vergnügt pfeifend wirft er ihr noch eine Kusshand zu, verlässt den Laden, um sich die Bohlenbuttermilch zu gönnen.

Alles Bohlen oder was?

Aber die Werbekampagne der Breisgaumilch, die für ihren Heimatappeal ausgerechnet den SC-Freiburg bemüht, ist auch schon ziemlich komisch. Alles lauter prächtige Schwarzwaldbuben aus Mali (so lange schon im Schwarzwald, dass sie schon ganz dunkelhäutig sind) und Georgien.

„Bei der Breisgaumilch weiß ich, dass sie frisch aus dem Schwarzwald kommt und keine Weltreise unternommen hat, bevor ich sie trinken kann." Wenigstens nehmen sie für so was den Zeyer oder den Müller und keinen Coulibaly oder Tskitishwili, wenigstens! Warum kriegt der SC denn nicht mal einen Sponsor, der für Völkerverständigung einsteht, mit Marken, die neugierig aufs Fremde machen oder die mit Fernweh werben, meilenweit für Camel Filter etwa?

Werbung ist doch alles, in diesem Zusammenhang.

Grund für den phänomenalen Aufstieg der Marke Würgbier, zum Beispiel, war die neue Werbeabteilung dieser Firma. Sie fand nämlich heraus, dass es überhaupt nicht beim Kunden ankommt, wie toll sich ein Produkt auf Plakatwänden, Fernsehspots usw. ausmacht. Genau das war nämlich der Grund dafür, dass die alte Werbeabteilung gefeuert wurde. Sie hatte Unmengen von Geld verpulvert für eine Plakataktion über Jahre hinweg. Im Winter fing sie damit an, ein herziges Maidli mit Schal, Mütze und Handschuhen Würgbier trinken zu lassen. Im Frühjahr trank es Würgbier in heißen Höschen und knappen Top, im Sommer mit Bikini am Strand. Doch der Absatz stagnierte, war in keinem Verhältnis zu den Kosten. Also ging dieser Haufen Desperados von einer Kreativabteilung aufs Ganze und ließ die Maid im neuen Herbst sich nackt und lasziv auf einem Bärenfell räkeln, Würgbier trinkend. Der Verkauf stieg zwar rasant an, der ganze Nettogewinn ging jedoch dafür drauf, die Meute billiger Anwälte niederzukämpfen, die feministische Organisationen aus dem Hut gezaubert hatten und die der Firma Würgbier das Leben schwer machten. Die ganze Bande wurde also gefeuert und neue Leute angeheuert.

Das war der Firma eine Lektion. Viel entscheidender für den Werbeeffekt eines Produktes ist es doch, dass die Leute mitkriegen, wie viel auch tatsächlich von dem Zeug verwendet und konsumiert wird. Und nirgendwo kann man das doch besser ablesen, als am Müll, der überall herumliegt. Die ganze Stadt ist ja, zum Beispiel, übersät mit McDonalds-Plastikmüll und -Papiertüten und weil der Mensch ein Herdentier ist, gehen die Leute ergo dort auch essen. Die neue Werbeabteilung der Firma Würgbier stellte also eine ganze Crew zusätzlich ein, die sich damit zu befassen hatte, fabrikneue Würgbiersixpacks sorgfältig in den Ausguss zu leeren (Mitarbeiter, die diese Anweisung etwas individuell auslegten, wurden entlassen), sorgfältig zu beschmutzen, die Kartons sorgfältig zu zerknittern, eine genau ausgetüftelte Anzahl der Flaschen sorgfältig zu zerschlagen und das Ganze ebenso sorgfältig an genau ausgesuchten Punkten in der Stadt zu positionieren, so dass es aussah, wie eben zufällig weggeschmissen. Der Kunde hat das Würgbier gekauft, konsumiert und darüber höchstbeglückt die Reste in der Landschaft verstreut.

Würgbier *muss* also gut sein!

Später holt Ekke eine süße Omi mit Gehwagen ab, in der Wiehre, in einer Seitenstraße, steht am Auto und schaut ihr zu, wie sie sich im Schneckentempo nähert. Auf dem Gehsteig jedoch läuft gleichzeitig etwas vorbei, was sein „Schöne-Frauen-Frühwarnsystem" anschlagen lässt, die komplette Bedienungsmannschaft, handlich untergebracht in den Schaltkreisen seines Gehirns, hastet geduckt in ihre Bunker. *Traumfrau! Traumfrau! Traumfrau!* macht es in seinem Kopf wie ein einarmiger Bandit, der dreimal hintereinander die rote Himbeere bringt. Während es bei ihm innerlich hektisch blinkt und ein imaginärer Strom von Münzen sich ins Fach ergießt, folgt ihr gleichzeitig sein Kopf wie eine Marionette dem Zug des Fadens gehorchend. Aber jetzt hat die Omi die Beifahrertür erreicht und löst bei Ekke nun simultan das jahrelang eingeschliffene „Chauffeur, der behilflich ist"-Programm aus, ein biologisches Reiz-Reaktionschema, dem alles andere untergeordnet ist. Fast alles, bis auf das andere, stammesgeschichtlich noch viel ältere Verhaltensschema eben, das ihn parallel beschäftigt. Was ihm die Omi erzählt, gelangt deshalb zwar ins Ohr, aber nicht einen Zentimeter weiter. Er fährt los, im Schritttempo, die Blicke links, bis es wirklich nicht mehr zu verantworten ist und er notgedrungen das tun muss, wozu er bezahlt wird, nämlich die Omi dahin zu fahren, wohin sie will.

Er seufzt, abgrundtief.

„Tut mir leid, aber ich habe Ihnen nicht zugehört, da lief gerade *so* ein hübsches Mädchen vorbei!" Die Omi lacht, sie hat Humor und ist ihm nicht böse. Auf der Fahrt haben sie Gesprächsthema. Als sie aussteigt, „Ah, alles tut weh!", gibt sie ein gutes Trinkgeld. Ekke bedankt sich, gibt zu: „Das hätte mir das hübsche Mädchen nicht gegeben, im Gegenteil, die hätte mir noch alles genommen!"

„Schauen Sie nicht so viel nach den hübschen Mädchen", gibt sie ihm noch den Rat mit auf den Weg. Ekke aber überlegt, ob er zurückfahren und in der ganzen Wiehre nach ihr suchen soll. Doch er ist vernünftig und fährt zum „Humboldt". Dort ist alles leer, nach einer geschlagenen Stunde, die er nun als Erster steht, hat es sich jedoch bis hinter die Kurve aufgefüllt. Ekke steht und schmort und reifelt in Gedanken, hektisch Ausschau haltend, in der Wiehre herum.

Hat das Schicksal ein Einsehen? Gibt es eine ausgleichende Gerechtigkeit? Schwebt denn jetzt ein engelgleiches Geschöpf heran, im Zielanflug auf seine Beifahrertür? Im Zielanflug auf seine Beifahrertür heran schwebt ein *sturzbetrunkener Typ*, um dann an ihr, mit einem ordentlichen Rumms, Bruch zu landen. Ekke ist gerade so am Boden zerstört, dass er sich überhaupt nicht wehren kann und lässt den Dingen ihren Lauf, anstatt richtigerweise die Beifahrertür von innen zu verriegeln. Er hätte sich dann nämlich eine ganze Menge erspart. Nämlich: den guten Mann, der so gar nichts mehr peilt, dass er sich für nicht viel mehr als etwas angeheitert einschätzt, anschließend in seine Stammkneipe „hineinzustützen", die Hände an seinem rechten Arm. Ihn zusammen mit dem Wirt an seinem linken Arm („Nein, das hat heute keinen Wert mehr, Bruno!") dann wieder umgehend „*hinaus*zustützen". Ihn dann vor seinem Haus reaktionsschnell vor einem Sturz in die heimischen Hecken zu bewahren. Ihm die Frage nach der undefinierbaren Kruste auf seinem Ärmel („Was ist das?") mit einem lakonischen: „Das ist Dreck. Oder du hast draufgekotzt", zu beantworten. Und ihn dann mühsam die drei Treppen bis zu seiner Bruchbude „hinaufzustützen".

Aber Ekke ist jung und unternehmenslustig und gut drauf, lässt sich nicht so schnell unterkriegen. Er fährt zum Hornus, checkt die Lage, blättert piepend im Auftragsvergabecomputer als zwitscherte ein ganzer Vogelschwarm, schreckt die Leute vor der Gaststätte im Freien damit auf und sieht ganz nebenbei, wie eine schöne Frau dem Bus winkt und der in die Eisen geht, dass die Omis drin von den Behindertensitzen fliegen.

Sodann ein Auftrag, es staut sich wieder alles, ein LKW lässt an der Abbiegung eine Blondierte im BMW Cabrio rein, die sich freundlich winkend bedankt. Der LKW Fahrer zieht nach, mit angenehmen Gedanken beschäftigt, Ekke hupt jedoch kurz, und quetscht sich auch noch mit rein, dem LKW damit die Sicht auf die Peroxydfrau versperrend. Zu viel Chemie schadet nur.

Später dann hat er Starthilfe zu leisten.

„Maria Müller, wartet in der Tiefgarage", steht auf dem Display und ihre Handynummer, falls sie in der Tiefgarage nicht gleich zu finden ist.

Maria, lass mich Dein Josef sein.

Die schöne junge Kundin steht vor der Schlossberggarage am Eingang. Sie staunt nicht schlecht über den jungen Taxifahrer im schwarzen Anzug. Er nimmt sie im Taxi mit, bis hinunter vor ihr Auto, an dem sie das Licht angelassen hatte. Es steht sehr ungünstig in der Ecke, so dass er sich unmittelbar daneben stellen muss und nur auf der Beifahrerseite aussteigen kann. Dennoch versperrt jetzt das Taxi den ausfahrenden Autos den Weg. Diese müssen ein Stück über den Gehsteig fahren, um daran vorbei zu kommen. Nun weiß sie nicht, wie die Motorhaube ihres Fords zu öffnen ist! Ekke natürlich auch nicht. Reaktionsschnell fragt er jedoch einen Fordfahrer, der sich gerade mit einem ähnlichen Modell an ihnen vorbeizwängen will. Beide, sie und Ekke, wären ja nie darauf gekommen, dass die Motorhaube mit dem Zündschlüssel von vorne zu öffnen ist, wobei das Fordemblem wegzuklappen ist.

Die schöne junge Kundin hat also allen Grund, sich für diese doch etwas umfangreichere Aktion dankbar zu zeigen und gibt ihm auch gutes Trinkgeld.

Ekke macht noch eine Fahrt hinterher. Dann sticht ihn der Hafer. Er schickt eine SMS, die Telefonnummer klaubt er sich vom Display runter: „Hallo schöne Lichtanlasserin, läuft das Auto? Der Taxifahrer." Er macht noch eine Fahrt hinterher und dann noch mal eine. Sie meldet sich nicht. Er schickt noch mal was hinterher: „Schade, dass Sie nicht antworten! Oder, äh, ist das hier vielleicht das Handy von Ihrem Mann? *Schluck.* Ist er groß und kräftig? Na und wenn schon, ich beherrsche sämtliche fernöstliche Kampfsportarten einschließlich Mikado, Ikebana und Feng-shui. Ebenso beherrsche ich perfekt das zeremonielle Teetrinken, für das diese crazy japanese people sicher auch wieder so'n witzigen Namen ausgeheckt haben, den ich aber gerade im Moment nicht drauf habe!"

Ekke rückt nun noch mal den schwarzen Anzug und die dunkle Sonnenbrille zurecht, überlegt, ob er sich auch noch seinen Hut, der auf der Ablage liegt, auf die Gel verschmierten Haare drücken soll.

Nun heißt es warten.

5. Carl Bukenkötter hebt sich den Schmerbauch.

Carl Bukenkötter steht am Taxistand und hebt sich den Schmerbauch. Was soll er sonst tun? Gerade hat er eine Tüte Schokolinsen gefuttert, aber ein Auftrag lässt noch auf sich warten.

Fünfzig Jahre Bukenkötter, denkt er gerade, *und noch kein Ende in Sicht.* Er kratzt sich seine grauen, schon weichen Bartstoppel. *Bukenkötter, Knitterknochen, Zitterrochen – hängt an der Flasche, aber er lebt.* Sein Humor wurde bissiger über die Jahre, hat sich aber nie ganz verloren. Aus einer Packung „Rewall" klaubt er die letzte, steckt sie sich in sein Boxergesicht. „Rauchen kann tödlich sein", steht darauf.

„*Taxifahren* kann tödlich sein", knurrt er, „was ist schädlicher für die Lunge, dreißig Jahre Rauchen oder dieselbe Zeit Taxi zu fahren?" Er philosophiert weiter vor sich hin. *So etwa ist meine Lage,* stellt er fest. *Kein Sex. Unglückliche Liebe. Probleme. Mein Umfeld und ich sind überfordert und mit den Nerven runter. Es geht immer alles schief. Es wird immer alles nur noch schlimmer in diesem Land.* Bissig inhaliert er, hustet. *Wo bin ich denn hier?*

In einem Krimi von Henning Mankell? Er nimmt noch einen tiefen Zug. *Oder vielleicht – in einem anderen... Krimi?* Er greift sich die zurecht gefaltete Badische Zeitung, die neben ihm liegt und liest den Artikel nun zum dritten Mal, besonders diese, eine Stelle: „...gerade der makabre Umstand, dass der Täter die Geldbörse des ermordeten Taxifahrers und Journalisten ihm nach der Tat in den Mund gesteckt hatte, ebenso wie die merkwürdige Tatsache, dass diese offensichtlich noch prall gefüllt war, lassen doch sehr vermuten, dass es sich bei dieser abscheulichen Tat um die, eines psychopathischen Einzeltäters handelt..." Bukenkötter schluckt. Was für ein Job! Kann das nicht jeden treffen? Es hockt sich einer hinten rein, schwingt einem was über – und aus die Maus. Was nützen einem dann all die ausgeklügelten Sicherheitsvorkehrungen?

Was für ein Job! Aber gibt es denn groß eine Wahl, gibt es für *ihn* denn groß eine Wahl? In diesen Zeiten liegen die Jobs eben nicht mehr überall im Rinnstein – sondern eher diejenigen, die keinen Job mehr haben.

Bukenkötter seufzt. Er denkt an einen Vormittag, den er mal in einer Zeitarbeitsfirma verbrachte, und an all die gestrandeten Verlierertypen, die die Stürme des Lebens in den Warteraum dort gespült hatten. An den Smart fahrenden jungen dynamischen Vermittler. An das Gefühl für diesen nicht einmal mehr eine Nummer zu sein, sondern einfach nur eine lästige fünfzigjährige Sache, derer man sich diskret aber dynamisch zu entledigen hat. An das Gefühl wieder draußen zu sein, in der frischen Luft, im Treiben um einen herum und sich zu sagen: „Nee, komm, lass stecken. Lieber hock ich mir den Arsch im Taxi platt, als dass ich da noch einmal reingeh'."

Die Zeit vergeht, kein Auftrag in Sicht. Er stellt seine innere Uhr einfach nach den frisierten Motorrollern, die vorbeizoomen. Die wirklich giftigen, mit 'ner Rennbirne dran, wovon das Ohr noch eine ganze Weile bös' nachklingelt, von denen fahren so zirka zehn Stücker die Stunde an ihm vorbei. Aber schon bei ihm damals, zu der Zeit, als *sie* auf frisierten Mofas rumgeheizt sind, war die Polizei überwiegend dazu da, die Besitzenden zu schützen, war schon alleine personell gar nicht dazu in der Lage, sich auch noch darum zu kümmern.

Er schaltet gefrustet das Radio ein, SWR1, natürlich, der einzige Hiphop-freie Sender. Mit dem Liedgut, den Weisen seiner Jugend. Den Songs von den Stones, The Who und Eric Clapton.

Er findet den Sender aber nicht gleich, sucht, kriegt nur Franzosensender. *La Gloire!* Stolz kräht der gallische Hahn, (la Patrie!), näselt blasiert seine vier Nasale. *Alors, ça c'est ça, hein, n'est ce pas?* Nicht nur diesmal wünscht er sich eine Suchfunktion, bei der die ewig quasselnden Franzosensender automatisch ausgeblendet werden, nicht nur diesmal überlegt er sich eine Klage, wegen ewiger Jingles, die sich unauslöschlich, wie Säure in die Gehirnwindungen ätzen, eintätowieren, dort ein Leben lang nisten, nützlichere Gedanken blockierend.

Auf SWR1 läuft gerade Werbung. Er lässt sie über sich ergehen, wie alle unangenehmen Seiten des Lebens, bekommt mal wieder bestätigt, dass neunzig Prozent aller beworbenen Produkte im Radio mit Erotik verkauft werden und fühlt sich vom Sprecher unangenehm angeschwult. So ist er gut für das Erleiden der Nachrichten präpariert.

Der Deutsche von heute ist betroffenheitsduselig. Was kann man von einem Land anders erwarten, indem „Pur" die erfolgreichste deutsche „Rockband" ist? Da Auschwitz erst drei Generationen zurückliegt, hängt doch bei jedem zweiten zwanzigjährigen noch die SS-Ausgehuniform im Schrank. Also hat der Deutsche auch immer brav zuzuhören, wenn im Kindergarten Nahost der kleine Achmed den kleinen David mal wieder an den Haaren gezogen hat, worauf der kleine David ihm ordentlich ans Schienbein getreten hat, worauf der kleine Achmed... und worauf der kleine David... Bukenkötter merkt auch dieses Mal wieder, dass es ihn langsam mehr interessiert, welche Farbe das Fahrrad hatte, das in China umgefallen ist und ob es ein Damenfahrrad war.

Kein Wort vom Taximord in Freiburg.

Nun Verkehrsfunk. Fünf Minuten werden sämtliche Staus von Zürich bis hoch zur dänischen Grenze verkündet, von denen die meisten wahrscheinlich schon längst gar nicht mehr existieren. „Achtung Autofahrer! (Seit Autofahrer Telefone haben, nehmen Anrufe von Wichtigtuern ständig zu.) Auf der A 6, Höhe Pösematuckel liegt eine Kühlschlauchschelle hinter einer Kuppe... liegt eine Bananenschale in einer schwer einsehbaren Kurve... ist ein Jungigel auf der Fahrbahn unterwegs – nein, letzteres hat sich erledigt!"

Endlich Musik, Bukenkötter nimmt einen Schluck aus der kleinen Apollinaris-Flasche mit dem Hochprozentigen drin und groovt. „It's written in the wind..." Er lässt seine Blicke schweifen, dies sind die Momente, wo man es im Taxi aushält. Seine Äuglein wuseln, huschhusch, wie flinke Mäuschen. Die und *die*. Da, ein Po, an dem sich seine Blicke festsaugen, wie Egel, wie Saugnäpfe von Riesenkraken. Dann weiden sich seine Augäpfel, wie eine Herde Jungbullen auf einer saftigen Alpenwiese, nachdem sie den ganzen Winter im Stall nur muffiges Heu haben fressen dürfen. Endlich, mit einem schmatzenden Geräusch, lösen sich seine Blicke wieder, aber nur, um sofort eine Verbindung mit einem Busen weiter hinten einzugehen. Hier aber scheint sich nun wirklich die energetische Ruhelage zu befinden. Die Augen wieder zu lösen kostet mehr Energie als zur Verfügung steht.

„Mein Gott! Wo kommen all diese jungen Mädchen her? Sie sehen aus, wie frisch vom Band. Wie frisch geschlüpft, als klebten die Eierschalen noch an ihnen. Brandneu, nach Schablone gefertigt. Pfirsichfarbener Teint, nabelfreies, tief ausgeschnittenes Top, auf den Arsch geschrumpfte Jeans…"

Es ginge bei ihm immer nur um Weiber, hat ihm mal einer gesagt. Es geht doch immer nur um Weiber, das ganze Leben geht doch nur um Weiber. Es sei denn, man ist ein Weib. Dann geht's um Männer.

Sein Blick fällt auf den Vordermann, auf die aufgeschlagene Zeitung in seiner Hand, die mit den großen Schlagzeilen. Die, die man immer erst vor dem Lesen schütteln muss, damit die Lügen und das Blut heraus fließen. Aber nicht zu fest, sonst fallen die nackten Mädchen auch mit raus. Irgendwas über den Promi der Woche bringen die mal wieder.

„Mein Gott, so sind die Weiber, haben sie'n Promi zwischen den Schenkeln, jubeln sie gleich 'ne Oktave höher." Diese Feststellung bringt ihn erst mal wieder runter, er schlägt noch mal den Artikel über den Taximord auf, liest, murmelt dann vor sich hin: „Na wenigstens hat der's schon hinter sich, der Kumpel. Wenn ich mir das hier alles so anschaue, so manchmal. Die Bevölkerungsentwicklung zum Beispiel. In dreißig Jahren hat's doch hier nur noch Greise. Und 'n paar wenige Junge, zum Schieben der Rollstühle. Unsere Generation kriegt doch gar keine Rente mehr – Vernichtung durch Arbeit! Wenn wir mal alt sind, wird das Rentnerdumping eingeführt. Ins Meer mit euch, ‚Hunde, wollt ihr ewig leben!' Wir werden zu Tiermehl verarbeitet. Wir werden auf Bohrinseln ausgesetzt. Wir werden in Dünnsäure aufgelöst und in der Nordsee verklappt. Oder – man wird uns in die Antarktis schicken, Schneeschaufeln in die Hand, ein Buch ,Iglubau, leicht gemacht' dazu und dann wird man uns sagen: *Baut doch eure Altersheime selber!* Und wenn man dann jemanden in Weiß rumlaufen sieht, so ist das keine Altenpflegerin mit dem Essen, sondern ein hungriger Eisbär."

Das Leben ist doch wie eine Achterbahn. Jung aufwärts, aufregenden Höhepunkten entgegen, alt abwärts, das schale Gefühl, wenn man wieder 'gen Kassenhäuschen steuert. Er hatte mal was gelesen oder gesehen, das hieß: „Süßer Vogel Jugend" oder so ähnlich. Ein gutes Bild, süß. Süß allemal.

Süß wie ein sorglos verträumter Nachmittag, süß wie die Träume der Zukunft, die zu verwirklichen man ja noch so viel Zeit hat. Süß wie der Blick eines zauberhaften Wesens, in das man sich das erste Mal verliebt hat. Und Vogel? Ein Vogel hat ja so etwas Fliegendes, so etwas Flüchtiges. Das fliegt, das *verfliegt,* so wie auch jeder Rausch irgendwann einmal verfliegt. Das lässt sich nicht festhalten, nicht ewig binden. Das steigt auf und steigt auf, ins weite Land hinein – und fliegt, bis zum Horizont. Und dann verschwindet es dort.

Für immer.

Und man weiß, dass es jetzt bei jemand anderem ist, jemand anderen beglückt – nicht mehr einen selber.

Bukenkötter gehört auch zu denen, die immer dachten „die Zeit würde es bringen". Bis er dann mal aufwachte und gemerkt hatte, dass so mancher Zug schon abgefahren ist, auf dem Bahnhof seines Lebens.

Eine Wolke schiebt sich vor die Sonne, Bukenkötters Stimmung sinkt weiter. Er denkt an eine Fuhre von vor kurzem, am Hauptfriedhof vorbei. Der Fahrgast meinte, hier müsse doch eigentlich mal ein Schild „No Future" hin, über das Friedhofsportal. *Mann*, die haben es doch schön ruhig und gemütlich in ihren Särgen, lümmeln im Polster. Das bisschen Verwesen, das schaffen die doch mit links. Einschlafen, sanft wie fallender Schnee – nur das Schropp-Schropp der Würmer, die an einem fressen, wäre zu hören. Keine Sorgen mehr.

Vergegenwärtigen wir uns dazu eine Szene aus Thomas Manns wertem Werk „die Buddenbrooks". Da kreiert der aufs höchste dekorierte Literaturfürst eine Szene, für die er drei abgehalfterte, des Lebens bereits überdrüssige, Existenzen zusammenführt, sie an ein und demselben Tisch platziert und ihnen drei treffliche, auf einander folgende, Sätze auf den Leib schneidert: „Ja, das Leben ist faul", lässt der Erste hörbar vernehmen. Der weltbekannte Romancier, ein Faible für die Ausstattung seiner Charaktere mit morbiden Zügen habend, legt dem Zweiten, dem Menschen mit dem Lieblingsspruch: „Ich kann es nun nicht mehr!", darauf ähnliches in den Mund. Man merkt wohl, dass die werten Herren schon einiges Leben hinter sich gebracht haben, sich mithin gar manches Mal schon nach dem kühlen Grunde sehnen, der letzten Stunde. Der Dritte nun bereichert die Nachwelt mit dem Satze: „Lass fahren dahin."

Mann, der Meister des Sarkasmus, der feinen Ironie, zaubert jedoch da auf einmal eine dralle Milchmagd aus dem Hut und lässt sie, kecken Herzens und üppigen Leibes, an den drei müden Männern vorbei marschieren. Und siehe da: „Was für ein Busen!" Siehe da, es ist durchaus noch etwas Saft unter der Rinde dieser drei morschen, alten Bäume!

So ähnlich hat man sich das auch hier vorzustellen. Nach all diesen finstren Gedanken reicht Bukenkötter eine einzige üppige Frau mit opulentem Vorbau, die an ihm vorbei läuft. Sie trägt einen Einkaufskorb, aus dem ein paar saftige Honigmelonen hervorlugen.

„*Siiind* das Melonen!", tönt er. Das Fenster steht offen. Sie muss es gehört haben, sie muss. Aber sie läuft weiter.

„Na ja, wird halt denken, typisch Taxifahrer. Typisch fünfzigjähriger, fertiger Taxifahrer mit Schmerbauch." Er schnieft. „Aber dass ich auch Gefühle habe, das weiß die nicht, das geht ihr doch grad am Hintern vorbei." Er schnieft noch mal. „Ach, was soll's, ich bin halt nur ein zynischer, alter Sack."

Bevor er endlich einen Auftrag bekommt langt er noch mal unter den Sitz, holt etwas hervor. Eine Garotte. So eine, wie sie auch der Täter benutzt haben soll. Ein Souvenir aus Sizilien, ein Original aus dem 18. Jahrhundert. Hat er eigentlich nur so aus Spaß daliegen, aber wenn ihm einer mal dumm kommt – wer weiß?

6. Rainer fühlt nur Leere im Kopf.

Die Fotographie ist um die Wende des 19. zum 20. Jahrhundert entstanden. Es zeigt eine damals typische Großfamilie. Zehn Kinder, von ganz klein bis knapp erwachsen, scharen sich um ein

Ehepaar um die Vierzig. Der Vater blickt ernst und würdevoll, die Mutter milde lächelnd. Alle Personen, auch die kleinen Kinder, schauen in die Kamera. Wenn man das Bild betrachtet, scheint es, als ob einem alle in die Augen schauen. Genau das macht die Faszination dieses Bildes aus. Wenn man es lange genug anschaut, hat man unweigerlich das Gefühl, es *selber* zu sein – der Fotograf, die Person, die alle auf dem Bild anschauen, Menschen, die schon seit langen, langen Jahren in ihren Gräbern liegen. Ja, man hat unweigerlich irgendwann mal das Gefühl, wenn man noch ein klein bisschen länger schaut – *saugt* es einen gar ins Bild hinein!

Rainer betrachtet das Bild, das er immer bei sich trägt. Er hat es auf irgendeinem Flohmarkt erstanden, weil er so angetan von ihm gewesen ist.

Es ist das Bild, um das es in seinem Buch geht.

Rainer sitzt im Café. Ein dünner Nieselregen zeichnet das Geschehen um ihn herum weich. Er sitzt und wartet. Auf was, weiß er selber nicht so recht. Auf einen Einfall? Auf einen Menschen, dem er vertrauen kann und der ihm sagt, was er tun soll? Oder ihm wenigstens die Rechnung für den Kaffee zahlt?

Fast das ganze Manuskript ist fertig, liest sich viel versprechend sogar. Er aber fühlt nur Leere im Kopf. Sein jüngster Ausbruch des Hasses hat ihn gereinigt, aber zugleich ausgebrannt, jegliches Empfinden in ihm ausgelöscht.

„*Mensch, Rainer, wie geht's?*" Das ist doch… das ist doch Paul, der Taxi fahrende Globetrotter, der den Winter mit dieser heißen Flamme in Australien verbracht hat! Paul setzt sich zu Rainer, der ihn neugierig betrachtet und dessen Lebensgeister wieder erwachen. Paul ist einer der Menschen, die er gerne sein möchte, in deren Haut er so gerne stecken würde. Seine ganze Erscheinung vermittelt eine Wachheit, eine Frische, die ihn anzieht, zugleich neidisch macht und von der er weiß, dass *er* sie nicht besitzt. Dennoch, obwohl braungebrannt und gesund, verrät Pauls Blick, dass er im Moment wohl nicht gerade so weit auf der Höhe ist, dass es da wohl etwas gibt, was ihn ziemlich bedrückt.

„Was… was macht Australien, Paul?"

„Nun, es grenzt an Neuguinea, nicht wahr, würde ich sagen? Du hast bestimmt nicht mehr im Kopf, dass es im Osten, nach Neuseeland, viel weiter ist? Wusste ich's doch. Na ja, du willst wissen, wie's mir ergangen ist, mir und – Anke?" Rainer nickt, das will er in der Tat wissen.

„Tja." Paul zieht etwas aus der Tasche, was aussieht wie ein Stahlseil und spielt nervös damit herum.

„Mmhm."

„Nuun... es ist uns eigentlich sehr gut gegangen, die ganze Zeit in Australien... es gab'n paar Waldbrände dort... aber das ist ja ganz normal für Australien im Sommer."

„Mhm." Das weiß auch Rainer ganz gut, es interessiert ihn aber eher etwas anderes.

„Tja, weißt du... wir haben uns eigentlich ganz gut verstanden, Anke und ich, in Australien..." Paul spielt mit dem Gegenstand.

„Ja...?"

„Das Problem ist eigentlich eher... dass wir nun ja nicht mehr dort sind. Nun, um ganz offen zu sein..."

„Ja?"

„Ehrlich gesagt, habe ich Anke das letzte Mal auf dem Flughafen gesehen, als wir gerade wieder zurück in Deutschland waren. Ich habe keine Ahnung, wie es ihr jetzt geht und was sie gerade treibt, beziehungsweise, wo sie sich gerade aufhält." Paul reibt sich die Augen. Er scheint nicht zu untertreiben.

„Hm."

„Sie ist sehr komisch geworden, die letzte Zeit, je näher der Rückflug kam. Ich meine, sie war immer ein bisschen komisch, aber ich bin eigentlich damit ganz gut zurechtgekommen. Aber je mehr uns das Geld ausgegangen ist und je mehr wir uns damit beschäftigen mussten, was denn so in der nächsten Zukunft laufen würde, ich meine außer in Australien vom Ersparten leben, desto... ja, zickiger wurde sie. Und ich bin nicht bereit so etwas zu dulden, bei keiner Frau, da kann ich sie noch so lieben."

„Mhm. Du, sag mal Paul... was hast du denn da eigentlich in der Hand?"

„Wieso? Eine Garotte, australische Spezialanfertigung. Ein Mitbringsel. Sami hab ich auch eine mitgebracht."

„Das seh ich, dass das eine Garotte ist, aber hältst du das nicht für unklug, sie so herumzuzeigen, nachdem so was passiert ist?"

„Du meinst den Mord? Nee, damit hab ich nichts zu tun." Er nippt am Kaffee, der ihm in der Zwischenzeit gebracht worden ist. Da haut ihm jemand auf den Rücken, dass er schier alles wieder ausspuckt.

„Ja-ja-so-was-he-du, Paul! Ja-ja-Rainer-was-isch-los-he-du!"

„Ach ja, Rainer, Sami ist auch da, hab ich vergessen dir zu sagen, wir wollten uns gerade hier in der Nähe treffen." Sami lacht meckernd, haut auch Rainer auf die Schulter. *„Ja-ja-ich-bin-grad-eine-Woche-in-Freiburg-he-du!"* Und er fängt an, von Bochum zu erzählen, von „Kacke-Scheiße-Bochum", wo er ja jetzt gerade wieder „Kacke-Scheiße-Zahnmedizin" studiert und dass er froh sei, dass er nicht mehr „Kacke-Scheiße-Taxi-fahre-muss" und erzählt und erzählt und macht zwischendurch die Bedienung an und erzählt…

Wieso sind wir Deutschen eigentlich so verkopft? fragt sich Rainer, ein ganz besonders gutes Beispiel für diese These. *Warum sind wir nicht alle wie Sami? Der geht doch wie selbstverständlich hin, in, sagen wir mal, eine Bäckerei und schreit dort: „Ich hätte gerne das Laugenweckle hier und diese Käsestange dort… und Ihre Telefonnummer-mmm-mh!" und die Frauen rücken sie heraus, als wär's ein Dinkelbrot. Und die stimmt dann auch noch immer. Und wenn ich so etwas machen würde?*

Es gibt Frauen, die haben eine falsche Telefonnummer in ihrem Kopf, extra für so etwas. Das geht dann so weit, dass die sich falsche Visitenkarten drucken lassen und die geben sie einem dann, mit einem falschen Lächeln.

Sami sieht hinten einen Kollegen laufen und winkt ihn her. Es ist Ekkehard.

„Ekkehaaard!", kreischt Sami und klatscht in die Hände. Mittlerweile ist schon das ganze Café auf die versammelte Runde aufmerksam geworden. *„Hol mir mal 'n Zöllingrohr!"* Wenn ein Palästinenser, auch wenn er mit der deutschen Kultur verwachsen ist, versucht, einen friesischen Dialekt nachzumachen, so ist das Ergebnis immer zum Totlachen. Aber Sami ist es egal, wenn andere über ihn lachen. Er selbst lacht dann immer noch am Lautesten.

Ekke kommt grinsend näher geschlürt. Gerade erst vorhin hat er noch mal eine SMS an die Lichtanlasserin verschickt: „Haben Sie vielleicht Ihr Handy aus? Sie verpassen eine Menge wirklich komischer Dinge, frisch vom Erzeuger – das gibt's doch sonst nur beim *Metzger!"* Er ist also dementsprechend bei Laune. Er flippt aus, als er Paul und Sami sieht, unterhält sich eine ganze Weile lebhaft mit ihnen. Dann wird er jedoch ein klein wenig ernster als er erfährt, wie es mit Paul und Anke steht und dass Paul gar nicht einmal weiß, wo sie gerade ist. Denn er kennt jemanden, auf den er sich verlassen kann und der ihm erzählt hat, wo er Anke erst neulich gesehen hat und was sie macht. Nur weiß er nicht genau, wie er Paul das beibringen soll. Vielleicht ist es eine gute Idee damit anzufangen, dass sie sich tatsächlich auch gerade wieder in Freiburg aufhält.

„Sie ist hier, in Freiburg, sagst du?" Paul ist ziemlich aufgeregt, obwohl er sich Mühe gibt, es zu verbergen. „Wo ist sie genau?"

„Nun…"

„Was *macht* sie genau?"

„Nun…" Paul wird jetzt doch ungeduldig.

„Nun? Ist das alles, was du sagen kannst… *nun?*

„Ich weiß ehrlich nicht genau, wie ich's dir sagen soll, Paul…", druckst Ekke, was ziemlich ungewöhnlich für ihn ist.

„Na komm schon, spuck's aus, wenn du was weißt von ihr, dann erzähl's mir!"

„Sie arbeitet in einem Etablissement, in der Innenstadt. In einem Puff." Er schaut ihm nicht in die Augen.

„Als Prostituierte, Paul, als *Nutte.*"

7. Ein Happening am Taxistand.

Es ist kurz vor Mittag, heiß, der Jahrhundertsommer 2003 lässt seine Schrecken erahnen. Der „rote" Heinrich zieht sein T-Shirt aus, fängt an, mit nacktem Oberkörper herumzublödeln. Eine riesige Gruppe Touristen zieht flächig vorbei, wie eine blökende Schafherde. „Mäh!", macht der rote Heinrich und rollt mit den Augen, „Möh!" Eine Gruppe schwedischer Pfadfinder ist als Nächste dran. „Ah, sieh an, das Fähnlein Fieselschweif!" Er umtanzt sie, seine rot behaarte Brust leuchtet in der Sonne. Drei japanische Touristinnen mit zierlichen Sonnenschirmen trippeln heran, die Augen schamhaft gesenkt angesichts so viel teutonischer Mannbarkeit. „Äh, hallo, es hat aufgehört zu regnen!?" Sie nicken und lächeln schüchtern, sie würden das auch machen, wenn er gesagt hätte: „Ich, der ehrenwerte rote Heinrich-San, würde Sie, drei japanische Ladies, wirklich zu gerne mal so richtig durchvögeln!", denn dies dürften sie genauso wenig verstanden haben.

Der rote Heinrich! Der Zyniker von „Klinik hinten"!

Er knufft Ekke, seinen Kollegen kumpelhaft mit dem Ellenbogen.

„Warmduscher, Schattenparker..."

„Bei-vorbeifahrendem-Sirenenfahrzeug-die-Ohren-zu-halter", ergänzt Ekke, denn er versteht, in welche Richtung Heinrichs verbale Ergüsse zielen. Er liest nebenher auf seinem Handy, was er der Lichtanlasserin heute wieder geschickt hat: „He, in Wirklichkeit bin ich gar nicht Taxifahrer, sondern Graf Vicomte de Charlemagne, Alleinerbe einer französischen Champagnerdynastie, *dreckreiche* Stinker allesamt! Taxi fahren tue ich nur, um mich unters Volk zu mischen und um schöne Frauen kennen zu lernen!"

„Frauenversteher... Schnellspritzer..." Es wird ihm selber klar, dass das keinen Sinn macht. Aber macht nichts, wenn das, was man sagt, keinen Sinn gibt. Hauptsache, man sagt es mit Nachdruck. Er trinkt aus seiner Sprudelflasche, rülpst schmetternd. Einer fährt auf dem Fahrrad vorbei, sagt: „Prost!"

„Du landest auch mal im Taxi!" Er grunzt befriedigt. „Der hat doch so viel Ahnung vom Leben, wie ein Blauschimmelkäse."

Der rote Heinrich!

Ein Hüne von Mann, mit roten Haaren und rotem Gesicht! Der geborene Aufrührer. Zur Zeit der Germanen hätte er gegen die Römer geführt. Im Mittelalter mit Mistgabeln und Dreschflegeln bewehrte Bauernhorden um sich geschart. *Er* wäre Liebknechts und Luxemburgs rechte Hand gewesen. Ja, *er* hätte das Warschauer Getto befreit und der Auschwitzer Todesfabrik Sand zwischen die Räder geworfen. '53, in der DDR, hätte er sich vor die russischen Panzer gestellt und sich zu Apo-Zeiten dem Mörder Benno Ohnesorgs in die Arme geworfen, bevor er Rudi Dutschke dann das Mikrophon entrissen hätte, um die Einführung der Anarchie und der freien Liebe in der gesamten BRD zu verkünden.

Und 2003 würde er persönlich und ganz allein die Freiburger Taxis zu einer Genossenschaft zusammenschmieden, würden die es denn mit sich machen lassen.

„Madre de fuckos!" Sein Lieblingsfluch, kombiniert Spanisch/Englisch. „Wie viel Uhr haben wir denn eigentlich? Wie lange stehen wir eigentlich schon hier?"

„Stunden. Ich habe jedes Zeitgefühl verloren."

Ekke erzählt ihm von einer Fahrt neulich. Da hätte er einen Blinden gefahren, der wohl durch eine Krankheit das Augenlicht verloren hat, die auch dazu geführt hat, dass er seine Bewegungen nicht mehr richtig kontrollieren könnte. Außerdem hätte er sich extrem seltsam verhalten, ihn etwa angeschwult: „Aaah, das ist so herrlich warm und weich, so schön mit dir. Ich glaub', mit dir muss ich öfters fahren!" Taxifahren sei sein „Hobby", er lasse sich gerne irgendwo in der Gegend herumfahren. Dabei zappelte er noch die ganze Zeit so unkontrolliert und stöhnte und tätschelte, wie zufällig, gelegentlich immer wieder mal das Vieh in seinem Hosenstall, so dass Ekke einfach nicht wusste, ob er das absichtlich gemacht hatte oder aus Versehen. Ekke hat deshalb auch nichts gesagt, ihn machen lassen. Dann wollte der auch noch seine Telefonnummer, damit er noch mal mit ihm fahren könne!

Ein Paar läuft vorbei. Das gleiche magere Gesicht, die gleichen hängenden blonden glatten Fettfransen, beide gleich groß und mager, gleiche Jeans und Gammelshirts, der gleiche frustrierte, matte Gesichtsausdruck. Dann ein Alki, der ihnen folgt, sich dann aber den Taxifahrern zuwendet, wie so viele Alkis. Zum roten Heinrich: „He, wenn Du schon so'n lockeren Job hast, dann kannste mir doch mal sagen, wo die Gartenstraße ist." Seine Zähne vorne fehlen. Sicher hat ihm die mal einer ausgeschlagen.

„Ey Alter!", (so spricht man nicht mit dem roten Heinrich). „Wenn ich hier rumsteh, krieg ich weniger als du Sozi." Der Alki merkt, dass er es jetzt besser auf die Höfliche probiert. Doch Heinrich lehnt sich erstmal gelassen ans Vehikel, dahin, wo der Kot am Flügel hängt.

„Alles zu seiner Zeit. Hast du schon mal probiert zu niesen und zu rülpsen gleichzeitig?" Die Gartenstraße lässt jedoch noch nicht locker.

„Opi, nimm Dopi", ist aber leider alles, was der rote Heinrich für heute bereit ist, diesbezüglich von sich zu geben, er kann gnadenlos sein. „Denn Opium bringt den Opi um." Den letzten Satz hört der andere glücklicherweise schon gar nicht mehr, denn er ist schließlich doch kopfschüttelnd weiter gezogen. Ekke grinst, Heinrich lacht. Er schnickert mit einem Labellostift in der Hand herum, lässt den Stift immer wieder vor und zurück in den Deckel flutschen. „Eh, signorina!", ruft er dabei einem hübschen Mädchen anzüglich zu. Die kraust jedoch nur ihr Näschen.

„Das ist doch eine „*dwgdshi*-Frau", sagt Ecke, „die-weiß-genau-dass-sie-hübsch-ist.", und erzählt ihm nebenbei von einem Toni, ob er den kennen würde.

„Toni? Hat immer gesoffen und geraucht? Kenne viele Tonis, haben *alle* gesoffen und geraucht." Denn er ist viel herum gekommen, war immer bereit jeden Scheiß mitzumachen, solange es immer ausreichend zu rauchen, zu saufen und zu poppen gab.

Nun kommt eine schon etwas ältere Frau vorbei, erkundigt sich bei den beiden im jovialem Tonfall, ob es denn eigentlich überhaupt noch einen Straßenstrich gäbe, sie wäre mal von jemanden gefragt worden, der im Auto an ihr vorbei gefahren sei. Dem sie dann antwortete, sie könnte doch schon seine Oma sein – aber jetzt würde es sie doch selber mal interessieren. Sie halten sich den Bauch vor lachen, als die Frau wieder weitergegangen ist. Dann der rote Heinrich noch einmal: „Wie spät ist es?" Er bequemt sich jetzt doch, selber in seinem Auto nachzuschauen. „Madre de fuckos, wir kommen zu spät zum Meeting!"

8. Das Zeitungsmeeting.

Das Meeting findet in der Kaiserstuhlstraße statt, in einem Raum im Eingangsbereich vor der Funkzentrale, der den Fahrern als Aufenthaltszimmer dient. Durch ein kleines Fensterchen kann man das Funkpersonal sehen, ein kurzes Schwätzchen mit ihm halten, wegen ungerechter Behandlung herumschreien, seinen Taxischlüssel abholen oder ein kleines Kuvert mit Bestechungsgeld hineinreichen. Man *kann*, wohlgemerkt, dies ist keine Aussage darüber, ob es etwas nützt.

Das Äußere einer Firma soll ja immer repräsentieren. Ein Springbrunnen vor der Pforte, gepflegter Rasen, Empfangshalle mit dreisprachigem, gepflegt aussehendem Personal kann immer noch Investoren anlocken, mag der Geschäftführer bereits alles Geld auf ein Züricher Konto transferiert haben, in Gedanken bereits auf den Bahamas weilen und nur noch Details seines betrügerischen Bankrotts abzuwickeln haben, oder nicht.

Das Ambiente einer Firma in einer von Endzeitstimmung erfassten, krisengeschüttelten Branche kann jedoch gelegentlich schon mal wesentlich schlichter ausfallen. Das ganze Areal hat den Charme der Mischung aus stillgelegter Tankstelle und libanesischen Gebrauchtwagenhandels. Vom nahen Krematorium weht von Zeit zu Zeit der Rauch der Vergänglichkeit herüber, ein Hauch des Moribunden. Der Aufenthaltsraum, wenn man ihn durch die schon seit Jahren gesplitterte und nicht erneuerte Glastüre betritt sieht, dezent abgefuckt, ein bisschen aus wie der

Redaktionsraum eines linken Kampfblattes. Vielleicht sogar ganz passend – schließlich wollen die hier Versammelten ja auch eine monatlich erscheinende Zeitung gründen, eine Taxifahrerzeitung!

Sechs Fahrer haben sich bereits eingefunden, das sind Ute, Bukenkötter, Martin, Paul, Sami und Rainer. Die letzten drei aber nur besuchshalber. Ekke und der rote Heinrich quetschen sich auch noch mit dazu.

Zuerst einmal, aus aktuellem Anlass, ist natürlich die Fahrersicherheit Riesenthema, die beiden Nachzügler bekommen noch aufgeregte Diskussionen darüber mit. Dann geht es darum, weitere Themen zu sammeln, die noch von Interesse wären.

„Ich fasse es noch einmal zusammen", sagt Martin, der aussichtsreichste Bewerber für den Posten eines „Chefredakteurs", will heißen, er ist am meisten heiß darauf, ohne Bezahlung viel zu arbeiten. „Wir brauchen Beiträge von euch, die für unsere Leser, die Taxikollegen, oder auch Fahrgäste, von irgendeiner Bedeutung sind. Das sollen nicht nur Anekdoten sein oder Infos über Fahrersicherheit, wie wir sie jetzt schon genügend gesammelt haben, sondern nur irgend etwas was euch einfällt, was ihr vielleicht schon erlebt habt oder von dem ihr denkt, dass es jemanden interessiert. Es braucht auch gar nicht unbedingt mit Taxi zu tun haben, sondern kann zum Beispiel eine Episode oder ein Bericht von einem Job sein, den ihr vorher gemacht habt, bevor ihr Taxi gefahren seid. Außerdem wollen wir Fotos sammeln für unser Preisausschreiben, da kann sich jeder austoben und die Besten werden dann genommen." Martin, der einen guten Draht zur Zentrale hat, hatte selber die Schnapsidee, um einfach etwas für das Betriebsklima und die „Corporate Identity" zu tun, alle vierunddreißig Standplätze, die im Rahmen des Funkvergabesystems überhaupt „gerufen" werden, von den Fahrern fotografieren zu lassen und in der Zeitung zu veröffentlichen. Die Fotos sollten ästhetisch sein und den Standplatz erkennen lassen, aber durchaus so, dass man schon noch einiges daran zu rätseln hätte. Es könnte auch nur ein kleines Detail abgebildet sein, das nur der absolute Insider, der sich dort lange genug die Reifen platt gestanden hat, wieder erkennen kann. Welcher der Kollegen dann innerhalb einer bestimmten Frist die meisten „Richtigen" rät, bekäme zum nächstmöglichen Zeitpunkt eine Belohnung in Form einer lukrativen Auswärtsfahrt.

Aus dem Pool der Auswärtstermine, über den die Zentrale verfügt.

„Hat jemand vielleicht schon einen kleinen Beitrag parat, du vielleicht, Ute?" Ute nimmt die Augen von Paul, dem Globetrotter, dem Schwarm aller weiblichen Taxifahrerinnen. Sie fragt sich schon die ganze Zeit, warum er seinen Astralbody hier hergebracht hat und warum er nicht stattdessen mit seiner Kombi fahrenden Schlampe im Bett liegt. Sind die beiden denn gar nicht mehr zusammen? Er sieht auch nicht besonders glücklich aus. Aber sie weiß aus schmerzhafter Erfahrung, dass sie bei ihm keine Chance hat. Sie lächelt ihm kurz bedauernd ihr Zahnfleischlächeln zu, bei dem er jedes Mal das Gefühl hat, gleich würde sie ihre gut sichtbaren, offensichtlich prächtig durchbluteten Mundschleimhäute über ihn stülpen, ihn mit Magensaft besprühen und subito mit der Außenverdauung beginnen.

„Nein, ist noch nicht spruchreif." Zahnfleischlächeln.

„Carl, du hast einen Beitrag?" Ute sieht jetzt Bukenkötter an, was sie vorhin genauso zu vermeiden suchte, wie Rainer anzuschauen. Pickeldi und Frederick, vielmehr umgekehrt, das sind die beiden. Bukenkötter kratzt sich seinen eine Woche alten Bart, rückt seine speckige Jacke zurecht, gründelt in einer ihrer Taschen und fördert ein zerknittertes Stück Papier ans Tageslicht. Also, wie ekelhaft der doch aussieht, schmerbäuchig, zugeschwollene Augen, grauhaarig, unrasiert, aber… Ute ertappt sich dabei, sich vorzustellen, wie sie und Bukenkötter… und es kribbelt sogar irgendwie dabei. *Igitt!*

„Jawohl. Ich hab mir gedacht, ich schreib vielleicht 'ne Info für Kollegen, so was Reportage mäßiges, so mit Standplatzbewertung, in satirischer Form natürlich, muss ja lustig sein, das Leben, nech. Bezüglich Einsteiger zum Beispiel, Lärm, Klos in der Nähe, wie viel schöne Frauen in der Regel daran vorbeilaufen, zum Beispiel. Da kann man ja einen Quotienten formulieren: also, eine schöne Frau auf zehn Passanten wäre dann 0,1." Kichern, vereinzeltes Murren. „Oder einen extra Abschnitt für ausländische Kollegen, so eine Art Hilfe. Na ja, vielleicht nicht so ganz ernst gemeint. Da hab' ich schon mal was dazu. Also, ich les' vielleicht einfach mal vor: Das Datcom! Buche dich immer mit ‚frei am Standplatz', wenn du irgendwo bist, halte dich nicht erst mit ‚Fahrziel' oder ‚frei im Raum' auf, das erleichtert dir den Einstieg in die Materie ungemein. Wenn die anderen sich beschweren, du hättest ihnen damit eine Fahrt weggenommen, dann entschuldigst du dich einfach damit, dass du dich ja noch nicht so recht auskennst. Nach zwei Jahren kannst du dir ja vielleicht mal eine andere Ausrede einfallen lassen, bis dahin hast du ja schon Routine darin.

Die Uhr! Sie ist nicht wichtig, du nennst einfach einen Preis und wenn der Fahrgast den nicht zahlen will, wird eben gefeilscht. Es wird dir da sicher etwas einfallen, dass du sechs Kinder zu ernähren hättest, zum Beispiel. Und steigt der Fahrgast ein, so fragst du ihn zuerst höflich: ‚Wo du wolle?‘, denn das ist genau das, was der deutsche Kunde von einem ausländischem Fahrer erwartet.

Weibliche Fahrgäste! Sie stehn immer auf Ausländer, denn diese sind nicht so kompliziert und verkopft wie die Deutschen, um es in deiner Sprache auszudrücken: ‚Deutsch Mann – Maschin‘ kaputt!‘

Der richtige Satz, also, sofort nachdem eine Frau in dein Taxi eingestiegen ist, um sagen wir mal, vielleicht einen neue nette Bekanntschaft zu machen, wäre: ‚Bischd du verheirat?‘, oder: ‚Haschd du eine Freund?‘ Verneinen sie diese Frage, so ist es opportun nachzulegen mit: ‚Warum bischd du nix verheirat? Warum haschd du keine Freund? Bischd doch schöne Frau.‘ Und so weiter, ganz im Stil deines Heimatlandes. Erliegt sie deinem rural-bodenständigem Charme nicht, gibt es Probleme, dann bring den Standardsatz, den alle Ausländer im besten Deutsch beherrschen (Genau wie die Worte Sozialhilfe, Arbeitslosen-, Kinder-, Wohngeld): ‚Haben Sie etwas gegen Ausländer?‘ Oder, ‚Sind Sie ausländerfeindlich?‘ Übe diesen Satz zuhause, bis du ihn kalt lächelnd, völlig akzentfrei aussprechen kannst. Gibt es dann sogar Ärger, bring zuerst ein: ‚Wilschestress?‘, dann vielleicht ein: ‚Hasch du ein Probläm?‘ Lege hier getrost einen schweren Akzent hinein, man wird dich für sozial nicht integriert halten und besonders Angst haben. Versuche, bei dem Wort ‚Probläm‘ simultan ein Schnappmesser aufklappen zu lassen. Übe das vielleicht daheim vor dem Spiegel, bis es klappt. Und hier noch ein spezieller Hinweis für Ausländer aus Krisengebieten mit Krieg oder Bürgerkrieg: Du weißt, du hast nichts zu verlieren. Das Leben ist kurz. Schon morgen könntest du mit einer Kugel im Kopf aufwachen oder auf eine Miene latschen. Die Deutschen haben zuviel, von allem zuviel. Sie müssen lernen abzugeben. Ihre Frauen zum Beispiel. Du wartest bis zur ersten roten Ampel. Dann legst du wortlos deine Hand auf ihr Knie. Starker Machoeffekt. Außerdem, ‚woischt du‘, kannst du ja eh nicht durch sprachliche Eloquenz punkten.

Weibliche Kolleginnen! Sie brauchen es, wenn ich dir mal einen Tipp geben darf, sonst würden sie nicht Taxi fahren. Besonders links-alternative (und nur solche halten es in diesem Job aus, haben sich noch nicht einen reichen Mann gesucht) stehn auf Ausländer. Aus Gründen, die sie selbst am besten wissen, bekämpfen sie nämlich dumme arrogante Machoallüren im deutschen Mann, denn der kommt ja aus einem faschistischen Schweinestaat, finden aber genau diese bei Ausländern total chic, insbesondere bei ethnisch unterdrückten Minderheiten. Hier können sie nun endlich ganz Frau sein und sich wohlig unterwerfen."

„Viel zu frauenfeindlich!"

„Viel zu ausländerfeindlich!"

„Viel zu sexistisch !"

„Viel zu taxifahrerfeindlich!", das sagt Martin.

„Du mieses frauenfeindliches, ausländerfeindliches, sexistisches…"

„Taxifahrerfeindliches…!"

„…Miststück!" Das ist Ute, die einzige Frau heute. Bukenkötter lächelt sie milde an: „Schon gut Herzchen, immer dieses Ziehen im Unterleib, jeden Monat, ist schon hart!"

„Wilschestress, wo du wolle, dir fällt aber auch nichts selber ein!"

„Also, ich finde, er hat Recht." Ruhig, gelassen, souverän – das ist die Seite des roten Heinrichs, die dazu führt, dass er sich nicht nur überall als Anführer aufspielt, sondern auch als solcher akzeptiert wird. „Lasst mich mal kurz darstellen, wie ich das Ganze sehe. Das ist ja ein sehr sensibles Thema. Es kommen zwar viele Horrorstories vor über ausländische Kollegen, aber die meisten sind sehr nett und haben es sicher nicht sehr leicht…"

„Was-glaubsch-he-du!" Zwischenruf von Sami.

„Womit wir aber ein großes Problem haben bei dem auch keiner anscheinend so richtig in der Lage ist, zu differenzieren, so wie ich das sehe, und wo auch Carls kleine Satire greift, ist: dass wir genau trennen müssen zwischen den ausländischen Kollegen, die schon lange fahren und auch irgendwo mit dazu gehören und denen, die weder Deutsch können, noch den Funkablauf beherrschen, noch sich in der Stadt auskennen und uns dadurch doppelt das Geschäft kaputt machen. Einmal durch Konkurrenz und was noch schlimmer ist, dadurch, dass sie uns die Kundschaft vergraulen. Im Interesse der assimilierten ausländischen Kollegen, durchaus in ihrem Interesse, dürfen wir nicht darauf warten, dass die Stadt keine Konzessionen mehr herausgibt, aufgrund des leeren Stadtsäckel ist das auch nicht wahrscheinlich, sondern müssen von uns aus aktiv werden und einige stilllegen. Und dann sollten wir uns genau überlegen, wen wir bei uns fahren lassen und wen nicht." Und er bringt noch eine ganze Reihe guter Vorschläge, die sich in Freiburg allesamt nicht durchsetzen lassen.

Es erhebt sich jetzt eine ganze Weile Geschrei, ein Funker muss sogar zwischendurch mal um Ruhe bitten. Dann schreiten sie so langsam, zum Schluss des Meetings zur Suche eines Namens für das Blatt. Jeder macht Vorschläge, die gesammelt werden und über die dann mal abgestimmt werden soll.

Ekke kümmert der ganze Zirkus nicht besonders. Er sitzt im Eck und smst: „Sie sind nicht besonders humorvoll, kann das sein? Humor ist für Sie eine Gewebsflüssigkeit, wird auf dem ‚u' betont, und eine andere Definition kennen Sie nicht! Wenn ich recht habe, schweigen Sie bitte genau fünf Minuten!" Er wartet sehr amüsiert genau fünf Minuten, dann schickt er: „Ich wusste es!"

9. Why *not?*

„Eigentlich bin ich gar nicht so lieb und nett, wie sie alle denken", sagt sich Martin später, bei sich daheim. Wenn er da an seine Bundeswehrzeit denkt, zum Beispiel. Da könnte er einiges erzählen, für die Zeitung. Die Geschichte mit Maier beispielsweise, der hat es immer ziemlich verschärft gebracht.

Maier ist später dann irgendwann mal Vizeeuropameister im Hammerwurf geworden, aber das wusste damals keiner von ihnen. Sie hatten bloß alle über ihn gelacht, weil er so groß und stark und gutmütig und täppisch war, wie ein Tanzbär. Dabei hatte er es aber faustdick hinter den Ohren! Hatte sich einen Riesenspaß daraus gemacht, den Blöden zu spielen und alle damit zu verarschen. Vom Kopf her hätte er sie alle in die Tasche stecken können, wenn er es auch nie hatte merken lassen. Hatte immer einen auf Riesenbaby gemacht. Einmal, da waren sie alle zusammen auf so 'ne Fete in der Nähe gegangen, am Wochenende, um ein bisschen Fez zu haben. Da hatte auch eine

Band gespielt. Und wie sie da so eingelaufen waren, standen doch da gleich zwei so Fatzkes, die sich prügelten. Na ja, wie's halt auf so Feten ist, man säuft sich halt die Hucke voll und dann sitzt die Zunge locker und die Fäuste locker, nichts Besonderes halt. Maier jedoch, wie er die zwei sah, ging gleich hin und schnappte sich den, der dem anderen gerade die Fresse polierte. Er packte ihn am Kragen und zog ihn sich erstmal bequem auf Gesichtshöhe, damit er nicht so weit nach unten sprechen musste: *„Duu!"*, sagte er dann zu ihm, wie der Häuptling in „Einer flog über das Kuckucksnest!", „duu gehst jetzt nach Hause!" Und der machte sich natürlich stante pede vom Acker, hatte er doch gleich gemerkt, *was* für Pranken ihn da gepackt haben. Und zum anderen sagte er: „Und duu, duu bist jetzt mein Freund! Komm, wir gehen jetzt zusammen alle was trinken!" Der ging natürlich mit. Und wie sie da so alle einen gezwitschert hatten, da stand Maier auf einmal auf und schrie: „Ich will jetzt singen!" Und eh sich alle versahen, hatte er schon die Bühne geentert und der Sängerin das Mikro aus der Hand genommen. Da stand der doch da, wie Balou der Bär, das Mikro in der Hand, die Band hatte schon aufgehört zu spielen und grölte: „Hänschen klein, ging allein…" So groß war die Band nicht, dass sie da noch irgendwelche Roadies gehabt hätten, aber wenn, hätten die wahrscheinlich auch nicht viel ausrichten können. Und als er wieder unten war, alle haben sich nicht mehr gekriegt, da sagte er doch, todernst, wie immer mit seiner unnachahmlich tiefen Riesenbabystimme: „Jetzt – habe – ich – gesungen!" Und wie er immer die ganzen Ausbilder verarscht hatte, da blieb kein Auge trocken!

„Ich will töten, wann kann ich denn nun endlich *töten?* Wir sind doch hier beim Bund, um das Töten zu lernen!", schrie er immer, wenn alle mit Platzpatronen geschossen oder sogar nur „Peng, Peng" gemacht hatten, wenn die Munition alle war. „Wann kriegen wir denn endlich mal scharfe Muni, wann können wir endlich mal mit Handgranaten üben?" Oder: „Rambo hätte jetzt schon alles zu Klump geschossen. Ich will *Rambo* sein!" Über seinem Bett hatte er so ein „Why?"-Plakat, auf dem doch der Soldat da drauf den Löffel abgibt und seine „Flinte ins Korn schmeißt", so eins, das man damals in jedem Postershop bekommen hat. Und da hat der doch mit Filzstift ganz dick ein „not" dazu geschrieben. Aber das war alles Show, wohl gemerkt, in Wirklichkeit hätte er keiner Fliege etwas zu leide getan, keinem ein Härchen gekrümmt. Nun krümmen nicht, aber vielleicht…?

Martin überlegt sich, ob er *davon* mal etwas schreiben soll, von dieser Geschichte damals, ist sich aber nicht sicher. Auf keinen Fall darf jemand erfahren, dass er selber dabei gewesen ist, ja, sogar aktiv mitgemacht hat, bei der ganzen Sauerei. Aber – vielleicht sollt er doch mal wenigstens schriftlich niederlegen wie es war? Nicht, wie er normalerweise schreiben würde, sondern in einem möglichst ironischen Stil, obwohl ihm das Ironische ja eigentlich gar nicht so liegt. Vielleicht kann er es irgendwie dann noch verändern oder jedenfalls so tun, als ob er gar nicht dabei gewesen wäre? Er wird sich auf jeden Fall mal dransetzen, was er dann damit machen wird, weiß er noch nicht. Martin schreibt: » Der Abend, nachdem Deek sie gelinkt hatte. Sie sitzen alle trübe herum, keiner sagt groß was, nuckelt nur zwischenrein mal an seiner Pulle Bier. Der Frust ist allen deutlich ins Gesicht geschrieben.

„Diese Sau!" Müller bringt es auf den Punkt.

„Genau. Dieses Dreckschwein!" Auch Deckert hält sich mit seiner Meinung nicht zurück. Sie brüten noch eine Weile vor sich hin, dann zuckt es auf einmal in Maiers Gesicht verdächtig. Ein paar Augenblicke kämpft er innerlich noch etwas mit sich, dann prustet er los. Die anderen schauen verständnislos, dann meint Deckert: „He, was ist los, wir wollen auch lachen!" Maier zögert noch etwas, offensichtlich, so als hätte er Angst, sich zu weit aus der Deckung zu wagen. Dann strafft sich seine Haltung jedoch sichtbar.

„Männer! Wollt ihr diese Kameradensau denn ungestraft davon kommen lassen?" Brummiges Gemurmel verrät, dass dem keineswegs so ist. Willert, der bisher nur da saß, wirft ein: „Was sollen wir denn machen? Ihn kalt duschen? Das hält doch diese Schwuchtel nicht aus, kriegt doch 'n Herzkasper dabei. Am besten sollten wir ihn in 'n Sack stecken und drauf hauen. Aber 'n alten Sack, 'n neuer ist zu schade dazu, kriegt doch Flecken davon."

„Ich hab was viel besseres, Leute. Etwas, wobei ihm kein Haar gekrümmt wird", er grinst dreckig, „und was auch wunderbar zu dieser Tunte passt!" Er wartet noch etwas, sich damit perfekt in Szene setzend, die anderen schauen erwartungsvoll. Wenn Maier dreckig grinst, ist immer was zu erwarten.

„Leute!", ruft er dann in nur leicht gedämpftem Kasernenhofton. „Wir geben diesem Schleim, was er verdient. Wir werden ihn…!" Er macht eine eindeutige Handbewegung mit der rechten Hand.

Die anderen schauen ungläubig.

„Er schläft doch immer so fest. Wir bauen uns um ihn auf, alle viere – und *geben's ihm!* "

Ein paar Sekunden entsetztes Schweigen, keiner sagt etwas, alle sind starr vor Schreck. Dann, wie aufs Kommando, wiehert alles los. Eine ganz Weile nur noch gackerndes Gelächter, keiner kommt zum Luftholen. Der stets beherrschte Deckert fasst sich als erstes.

„Das ist, das ist... einfach genial!", stößt er zwischen Lachern heraus.

„Genau, wir geben es ihm dreckig! Das ist genau das, was er verdient, Asche zu Asche, Schleim zu Schleim!" Dieses lockere Statement bringt Müller, sich den Bauch haltend, genau an der Stelle, an der er morgen Muskelkater habend wird. Lachend ziehen die vier Krieger an ihren Pullen Bier, die Stimmung ist prächtig, der Plan beschlossene Sache.

Doch sind's auch alles prächtige Burschen, Nahkampf erprobt und bestens ausgerüstet mit aller Munition des Zwanzigjährigen – das Zeug zum Pornodarsteller hat keiner von ihnen. Das dies kein leichter Waffengang werden wird, ist allen irgendwo innerlich klar. Weiteres Bier verdrängt aufkeimende Sorgen. Wenig später drängt es sie jedoch zum Handeln. Die viere bauen sich am Tatort auf, dem schon eine Weile ahnungslos vor sich hinschnarchenden Kameradenschwein Deek, berühmt-berüchtigt für seinen festen Schlaf. Gut ausgestattet mit den neuesten Playboyheften aus dem großzügigen Spindvorrat stehen sie nun um ihn herum, nehmen wie Elektronen, die einen Atomkern umschwirren und sich gegenseitig abstoßen, automatisch den größtmöglichsten Abstand voneinander ein. Ein kurzer, fester Blick in die Runde – Maier vergewissert sich noch mal der Gefolgschaft seiner Getreuen, dass auch keiner kneift, keiner den „Schwanz einzieht" – und sie legen los. Das Bettgestell, um das sie herumstehen verdeckt das Ärgste, die Playboyhefte rascheln und für eine Weile herrscht nun konzentriertes Schweigen.

Doch allmählich erwachen sie aus ihrer bierseligen Aufbruchsstimmung und realisieren langsam, auf was sich da so jeder einzelne eingelassen hat. Die Mädels auf den Seiten unter ihnen lächeln verführerisch. Aber, wie wenig auch immer sie mit ihren Reizen geizen, wie sehr sie sich in lasziven Posen rekeln – den nach Stimulans dürstenden Recken, den tapferen Kriegern nützt es nichts. Sie können die hochglänzenden Highlights aus dem Hause Hefner einfach nicht in Greifbares und Handfestes ummünzen, pumpen sie auch an ihren Schwengeln, als gälte es die Sahara zu bewässern. Der Schweiß steht ihnen auf der Stirn, doch keiner von ihnen getraut sich auch nur das leiseste Ächzen von sich zu geben. Das ganze, was sie da produzieren, hat nicht den Anschein, als wäre es groß mit Lust verbunden, macht eher den Eindruck einer verbissenen Arbeitssitzung. Jedoch Lust zu empfinden, und sei es nur ein klein bisschen, ist für den Erfolg ihrer Bemühungen verzwicktermaßen notwendig. So stieren sie also stur und starr in ihre Playboys und verdoppeln die Anstrengungen. Indes vergebens, der GAU droht, der *G*rößt *A*nzunehmende *U*nfall ihrer männlichen Ehre.

„He, ich glaub, ich verzieh mich erst mal 'n bisschen aufs Klo – bin grad noch nicht so in Stimmung", murmelt auch schon der Erste, bevor er sich auch schon dorthin verkrümelt. Maier kuckt in die Runde. Die Phalanx seiner Getreuen beginnt zu bröckeln. Der normativen Kraft des Faktischen gehorchend gibt er das Kommando sich kämpfend zurückzuziehen, sich im Hinterland zu sammeln und neu zu formieren, um dann mit neuen Kräften den Stoß erfolgreich durchzuführen. Alle retirieren nun auf die Klos. Die Playboys rascheln wieder, in der Klausur ihrer Einzelzellen wächst ihnen neuen Eifer, der auch dann tatsächlich beim Ersten, Maier natürlich, vom Erfolg gekrönt wird.

„Ich komme!", grunzt er halblaut und verlässt das Klo, um nun umgehend geduckt in Stellung zu gehen, als gälte der Vormarsch dem gegnerischen Graben, um sein Geschütz vor dem Abfeuern noch auf das Ziel zu richten.

Einer nach dem anderen, der eine froh, es hinter sich zu haben, der andere gerne den Vortritt lassend, entlädt dann seine Waffe, direkt auf den Feind.

Der nächste Morgen.

Deek, aussehend, als wäre nächtens ein Trüppchen Nacktschnecken über ihn hinweg gezogen, wacht auf, umringt von seinen Stubenkameraden, die sich diesen denkwürdigen Moment nicht entgehen lassen wollen. Er zwinkert verdutzt.

„Was... was ist los?"

Maier gluckst.

„Deek! Du alte Pottsau!"

„Was? *Was* ist los?" Müller mischt sich ein: „Hast dich nicht beherrschen können heut' Nacht, was Deek?" Sie kichern wie gestört. Deek starrt sie an.

„Du Wutz, he? Hast dich… du weißt schon, heut Nacht, he?" Deckert zeigt angeekelt auf Deek's Haare, voller Krümel. Der greift sich dorthin, peilt aber überhaupt nix, ist noch überhaupt nicht aufnahmefähig.

„Ist doch gar nichts, was wollt ihr denn eigentlich!"

„Deek – schau dich doch einfach mal an." Sie reichen ihm einen Spiegel, wie als hätten sie doch morgens immer einen griffbereit. Deek schaut sich an, nimmt langsam war, dass da was ist, was nicht sein sollte.

„Du hast dich *voll gewichst,* gib's einfach zu. Hat halt nicht jeder 'ne Freundin, wenn er beim Bund ist. Ist 'ne harte Zeit, für so manchen. Vor allem für so'n Looser wie dich!"

„Das ist nichts, ich, ich... sabber manchmal ein bisschen beim Schlafen."

„Er sabbert beim Schlafen!" Sie brüllen vor Lachen. *„Er sabbert beim Schlafen!"* Sie winseln, sie machen sich schier in die Hose.

„Was ist hier eigentlich los!"

Der Spieß! Alle stehen gerade.

„Deek! Wie sehen Sie denn eigentlich aus!" «

Kann er das bringen, fragt sich Martin. Ist alles schon zehn Jahre her, aber wenn das rauskommt?

10. Seelenverwandtschaft.

» Bleierne Müdigkeit umfasst Stefan, wie immer kurz vor Mitternacht, wenn der Punkt, ab dem nun wirklich nichts mehr läuft, schon lange überschritten ist und er genau weiß, dass er nur noch hier sitzt, weil der Druck so groß ist und der Abgabetermin immer näher rückt. Er reibt sich die Augen, steht vom Schreibtisch auf, streckt sich, läuft durch seine Bude. Draußen gewittert es, ungewöhnlich heftig heute.

Sein Blick fällt auf das Bild in seinem Bücherregal, wie immer.

Das *Bild* ist mit ein Grund für die ganze Schinderei, vielleicht einer der Gründe sogar, warum er sich damals entschieden hatte, Geschichte zu studieren und auch noch darin promovieren zu wollen. Es lässt ihn einfach nicht mehr los. Das Bild ist das Porträt seiner Familie, seiner Ahnen besser gesagt, eine der ganz kleinen Kinder im Vordergrund ist seine Urgroßmutter. Er kennt sie alle, ihre Namen, weiß im Detail, unter welchen persönlichen Umständen sie damals genau gelebt haben, was aus jedem einzelnen geworden ist. Und er kennt die Zeit, in der sie gelebt haben. Ganz genau. Er ist sicher einer der wenigen heute lebenden Menschen, der sie in- und auswendig gelernt hat. Diese Zeit, um die Wende des vorletzten Jahrhunderts, in gewissen Zusammenhängen auch „fin de siècle" genannt, ist nicht nur Thema seiner Doktorarbeit, sondern ihm auch Hobby und leidenschaftliche Besessenheit zugleich. Geschickt hat er seine Ahnen in den historischen Kontext dieser Epoche eingebettet, ein „praktischer Bezug", der ihm von seinem Doktorvater und anderen Autoritäten, eine Menge Lob und Ansporn eingebracht hatte.

Er lebt praktisch nur für dieses Bild.

Was gibt es denn heute noch, was nur entfernt an diese großartige Epoche heranreichen könnte? Heute ist doch sowieso alles nur noch Plastik, industriell hergestellter Wohlstandskram, Müll, bevor überhaupt weggeworfen. Damals und Heute – ein Vergleich wie Tafelsilber mit Einwegbesteck.

Stefan steht vor dem Bild, in diesem Augenblick gespenstisch beleuchtet durch einen der Blitze des schweren Gewitters, das gerade über Freiburg hinwegfegt. Er betrachtet es am Tag mindestens zehnmal, steht völlig versunken davor, taucht hinein in die Zeit vor über hundert Jahren, in der er sich schon so oft vorgestellt hatte, selber zu leben.

Ein schwerer Donner kracht, das Bild vibriert ganz leicht. Sein Blick ruht, wie oft, auf der anmutigen Gestalt seiner Urgroßtante Elise. Sie ist sein Liebling, wäre er hundert Jahre früher auf die Welt gekommen… wer weiß, vielleicht hätte er sich sogar in sie verliebt. Der Wind rüttelt an den Fensterläden, bringt ihm die Welt draußen kurz wieder ins Bewusstsein. Er schaut eben auf die Uhr, kurz vor Zwölf, bevor er die Fenstergriffe kontrolliert. Ein wirklich ungewöhnlich heftiges Unwetter, heute Abend. Seine Augen bohren sich wieder in die seiner Großtante. Waren sie braun, blau, grün? Er weiß es nicht. Die Zeit vergeht, Donner rollt, die Kirchturmuhr fängt an, Mitternacht zu schlagen.

„Elise, wie war die Farbe deiner Augen?" Was würde er nicht geben für diese Antwort? „Elise, wie ist die Farbe deiner Augen?"

Ein weißes, blendendes, unglaublich helles Licht löscht auf einmal alle optischen Eindrücke vorübergehend aus. Stefan steht für einen Moment da, erschrocken und betäubt, wie erblindet, wartet auf den krachend einsetzenden Donner, der unweigerlich auf einen solchen Blitzeinschlag in der Nähe folgen, ihn schier von den Füßen fegen muss. Nichts geschieht. Er steht weiter da, völlig orientierungslos, fassungslos, bis – silbernes Lachen ihn aus seiner Erstarrung weckt, kein rollender Donner. Er öffnet ungläubig die Augen.

Grün!! Ihre Augen sind grün!

„Was ist denn, Herr Photograph? Dürfen wir uns denn nun endlich mal wieder ein wenig rühren?" Seine junge, allerliebste Urgroßtante Elise lacht neckisch, ihr Lachen steckt die ganze Gruppe an, alle, wie sie da sitzen. Sie lachen und schauen ihn an, alle wie sie da sitzen.

Ihn, den Photographen. «

Rainer ist aus dem Gröbsten raus. Er hat die quälende Phase der Hassbriefe überwunden, diese seine kafkaeske, kapriziöse, kasteiende, kasuistische Katharsis, hat sich mit seinem Vermieter zusammengesetzt und einen Schuldentilgungsplan mit ihm abgesprochen. Und hat sich nach einem gescheiten Job umgeschaut. Da er keinen fand, fährt er wieder Taxi – aber immerhin.

Das Manuskript ist fertig, alle Verlage, die in Frage kommen, haben bereits ein Exposé mit Leseprobe. Nun kann er nichts mehr machen, als zu warten und vielleicht noch ein bisschen nachzubessern. Die Schlüsselszene, in der Stefan, der Geschichtestudent in der Doktorarbeit, in die Vergangenheit versetzt wird, könnte vielleicht da und dort noch ein wenig Politur vertragen. Rainer scrollt den Text auf dem Bildschirm auf und ab.

Doch da, was ist das? Eine Sirene, Bombenalarm? Rainer schreckt auf, schreit: „Die Russen kommen! Sie stehen mit ihren Panzern schon westlich der Elbe!" Doch dann fällt ihm wieder ein, dass die Russen doch bereits schon *da* sind, friedlich große Teile von Landwasser bevölkern und sommers mit ihren Familien zum Grillen in den Mooswald ziehen. Nein, es war nur der Industriestaubsauger vom Nachbargrundstück. Rainer wohnt in Schallstadt – und Nomen est Omen. Er hechtet fluchend zum Fenster, schaut rüber. Da steht es, sein kleines Problem.

Sein kleines Problem – ist ein ganzer Mann. *So* ein ganzer Mann, dass er sich sogar leisten kann, Zopf zu tragen, obwohl so etwas ja schon mal einen Kabarettisten dazu animiert hat, es als

„wandelnde Notrufsäule: Hilfe, ich bin scheiße!" zu bezeichnen. Wenn er am Heimwerkern ist, und das ist jedenfalls immer dann, wenn Rainer auch gerade da ist, da muss er wohl so eine Art Extrasinn haben, vielleicht in seinem Zopf verborgen, verhüllt er diesen immer in einem Kopftuch, damit sein schöner Zopf auch ja keine Bohrstaub-, Gips- oder gar Speissflecken abbekommt. Dazu trägt er eine Malerlatzhose (wenn er wüsste, *wie* bescheuert das wirklich alles zusammen aussieht, würde er es sicher nicht tun), um seine Verbundenheit mit der arbeitenden Klasse zu demonstrieren. Denn der gehört er eigentlich gar nicht an. Die Scholle, die er beackert, das Haus, das er sich geschworen hat, komplett im Alleingang, vom Keller bis zum Schornstein, von der Heizungsrohrmuffe bis zum Nut und Federbrett zu renovieren, um ins Guinessbuch der Rekorde zu kommen, gehört ihm selber. Er hat es geerbt. Und richtig zu arbeiten, also von morgens Acht bis abends Fünf, hat er gar nicht nötig. Nein, Arbeit darf nicht entfremdet sein! Er arbeitet nur, wenn er Lust hat, auch wenn er jetzt, nach zehn Jahren, noch lange nicht damit fertig ist.

Emil strafft den Riemen seiner Latzhose, rückt das Kopftuch zurecht, bevor er den Bohrer ansetzt. Er lauscht, prüft, witternd wie ein Reh, vergewissert sich noch einmal, ob die Bedingungen auch günstig sind. Sie sind es, kein Laut ist zu hören, es ist Vormittag, die Kinder der Nachbarschaft sind in der Schule, überall herrscht nun wieder Stille – ideale Bedingungen! Emil liebt die Ruhe. Sie erfreut seine schaffende Seele, gibt seiner Künstlernatur das, wonach sie lechzt. Dieses bebende, sehnende Verlangen Tizians, wenn er eine frische, unbefleckte Leinwand vor sich hatte, den ersten Pinselstrich zu führen, das des Michelangelos, der den Meißel ansetzte, bevor er ihn gefühlvoll, aber unbarmherzig, in ein Stück weißen reinen jungfräulichen Marmor trieb.

Emil – fühlt sich so ganzheitlich, so angekommen, dies nun gewiss ist der Moment, beherzt den Stoß zu führen! Der Bohrer frisst sich dröhnend in die Mauer, Rainer im Haus drüben fühlt seine letzten Nerven schwinden. Die ganze Ortschaft gar scheint zu beben, das Echo rollt hin und her. Emil bohrt, das Haus vibriert, spiegelt ihm wider die ganze Kraft seines handwerklich gestählten Körpers, seine Kraft, seine Macht, seine Herrlichkeit, seine Herrschaft über den ganzen Straßenzug. Niemand kann ihn, den Großen, herausfordern, niemand kann ihm, dem Mächtigen, die Herrschaft über das Revier streitig machen. Der Rausch der

Macht erfüllt ihn, macht ihn trunken, breitet sich aus bis in die entferntesten Zellen seines Körpers.

Doch da, was ist das? Von ganz fern lässt sich leise murmelnd ein Rasenmäher vernehmen. Emil wischt sich den Schweiß vom Gesicht, stellt den Bohrer ab, entlässt ihn aus dem Griff seiner vor Erregung zitternden Hände.

Wer wagt es?

Wer frevelt da, wildert in seinem Forst, stört seine Kreise? Nein, so geht es nicht, so kann er nicht arbeiten. So lange diese Blasphemie da hinten anhält, hat das Ganze keinen Sinn, dann muss er halt später weitermachen. Lieber macht er einen Gang durch das Haus, betrachtet die Früchte seiner Arbeit. Viel ist es nicht, was er da in all den Jahren geschaffen hat, aber immerhin. Nur ein Kretin, ein unsensibler Bilderstürmer, ein rein dem Materiellen verhafteter Prolet könnte von ihm verlangen, doch „endlich mal fertig zu werden!" Denn der Sinn des Daseins ist nicht das Haben, sondern das Sein. Die Tätigkeit selbst ist heilig. Nicht das, was anschließend daraus entsteht, sich augenblicklich wieder der Zerstörung aussetzend, dem nagenden Zahn der Zeit.

Und, was noch keiner weiß, auch so bald nicht erfahren wird: Hinterher wird er alles wieder abreißen!

Emil kichert irre, als er daran denkt. Was werden sie schreien, was werden sie toben! Ihn stört das nicht. Denn er denkt nur für den Moment, für jeden Moment, den er hier den Mauerdurchbruchbohrer schwingt, die Flex, die Kreissäge, die Hobelmaschine, den Schwingschleifer, den Maurerhammer. Das ist Leben, jeder Stillstand bedeutet Tod.

Sein Blick fällt für eine Sekunde auf das Haus gegenüber. Sieh an, diese komische Type da drüben hat mal wieder seine fünf Minuten. Na ja, das Leben ist ein Kampf und nur die Starken überleben.

Rainer zieht das Bettlaken wieder herein, das er immer dann aus dem Fenster hängt, wenn drüben mal wieder die Hölle losbricht: „Ich will endlich *Ruhe!*", steht darauf gepinselt. Doch selbst wenn der größenwahnsinnige Heimwerker drüben mal gerade Ruhe gibt, heißt das noch gar nichts, denn schließlich gibt es noch den Hiphopper-Treff von Schallstadt, bei ihm unten im Haus, wo sich alle jugendlichen Gangsterrapper der Nachbarschaft versammeln. Schließlich, so ist Rainer überzeugt, ist der da unten doch von der Bauindustrie gesponsert, hängt in einem   Langzeitvertrag   drin,   über

Materialermüdungserscheinungen von Häuserwänden und -decken, bezüglich zu laut aufgedrehter Bässe.

Rainer will zurück zum Computer, weiter durch den Text scrollen. Da klingelt das Telefon.

„Ja?", sagt Rainer und merkt sofort am Tonfall des Anrufers, dass da was faul ist. Die Stimme ist so dynamisch, so konzentriert, so strotzend, ja *kotzend* vor Munterkeit, dass er sofort weiß: „Aha, der will mir was verkaufen!" In der Tat, es ist ein Computerprogramm, das ihn anruft und unbeirrt von Rainers: „Ich möchte nichts kaufen!", weiter sülzt: „Wenn Sie weiter an unseren spannenden Gewinnspielen teilnehmen wollen, sagen Sie einfach *ja* nach dem Signalton, und Sie werden neue interessante Angebote erhalten." Die Stimme schleimt finale Freundlichkeit. „Der Signalton kommt... jetzt!"

„Pieps..."

„Fick dich!", sagt Rainer aus tiefster, gehässiger Seele und wird nun nicht die Gelegenheit haben, an einem weiteren interessanten Gewinnspiel teilzunehmen.

11. „Inge, der Grünhof hat noch auf!"

Es dauert eine halbe Stunde bis Inge endlich mit dem Schluchzen fertig ist, während dem sie abwechselnd hervorstößt: „Was bist du denn für ein Rohling!", und „Hast du denn kein Herz!", und während der er sich tausendmal entschuldigt hat. Er „konnte ja nicht wissen, dazu war er ja auch noch viel zu benebelt, dass es sich hier um ein Verbrechen handelt", und dass „ihm selbstverständlich auch das arme Meerschweinchen leid tun würde", nein, er „hätte überhaupt nichts gegen süße Meerschweinchen", und „wir finden ihn schon, den Schuft, das verspreche ich dir!" Die ganze halbe Stunde sitzt Behämmertle neben Inge und lässt sie in Ruhe heulen, wo ihn doch heulende Frauen so sehr anmachen. Er hat dann immer das Bedürfnis, sie in den Arm zu nehmen und wenn er sie dann erst mal im Arm hat...

Behämmertle?

Hm? Wer sagt da was?

Du lässt jetzt Inge in Ruhe und kümmerst dich um den Fall! Das ist jetzt wichtiger, außerdem, du weißt doch genau, dass es mit ihr nicht läuft. Sie gehört auch zu den Frauen, die dich immer genau dann ihrer Mutter vorstellen möchten, wenn du dem Ruf deiner SC-Dauerkarte zu gehorchen hast!

Igitt! Aber wer spricht da gerade in seinem Kopf? Na ja, egal, er kümmert sich jetzt erstmal um den Fall.

„Inge! Hör auf zu flennen. Wir kucken uns jetzt mal die Meersau an, die arme!" Er tritt näher – und befördert einen beschriebenen Zettel aus der offenen, ausgeräumten Bauchhöhle. „Na, sieh mal an!" Er liest den Zettel laut vor: „Au wau, seht her – tot ist sie, die Meersau!"

„Iiii, was für ein Reim, da schüttelt es einen ja!"

„Daher der Name Schüttelreim." Auch Behämmertle weiß nicht, was er schrecklicher finden soll, die Tat oder den Reim. „Nein, ich bin im Bilde! Das ist ein Psychospruch, der frisst sich in die Gehirnwindungen." Er dreht den weißen Zettel. „Computerpapier, Tintenstrahldrucker. Könnte jeder verwendet haben." Er beugt sich noch mal über das Opfer, untersucht es auf äußere Verletzungen, findet keine und kommt auf Grund des sehr weit oben angelegten, breiten Halsschnittes zu der Vermutung, dass der Täter dem Meerschweinchen offensichtlich die Kehle durchgeschnitten hat, bevor er den Schnitt zum Ausweiden der Leiche dann nach unten hin fortgeführt hat. Er pult im Mäulchen der Meersau herum, holt etwas heraus. „Ein Maiskorn! Offensichtlich unbenagt. Entweder den Schweinerich…"

„Die Schweine*rine*, es war eine sie, sie hieß Dickie."

„…hat es gerade mit dem Mäulchen im Futternapf erwischt oder, was wahrscheinlicher ist, der Täter hat es… *ihr* nach der Tat in den Mund gesteckt! Hm, ich fasse zusammen: Der Täter hat das Opfer rasch durch Zerschneiden der Kehle getötet, es auf die Unterlage gepinnt, ausgeweidet und ihm darauf einen beschriebenen Zettel mit einem kryptischen Spruch in die Bauchhöhle gesteckt. Dazu ins Mäulchen ein Maiskorn, was wohl eine Verhöhnung des Opfers darstellen soll. Ich ziehe ein Fazit: Es handelt sich ganz offensichtlich um die Tat eines, zwar nicht übertrieben grausamen, aber dennoch, psychisch gestörten Täters." Er holt Luft. „Um einen Ritualmord!"

Behämmertle schaut auf seine Uhr, der Grünhof hat noch auf!

„Inge, ich muss los, auf ein Schnitzel, kommst du mit?"

Kapitel 3

12. „Schokolinsen??? *Okaaay, Schokolinsen!!!*"

Stechendes, blendendes Licht um Mitternacht. Stimmengemurmel um ihn herum. Er wacht auf, fühlt sich völlig orientierungslos, weiß nicht, wo er ist. Dann: *Himmel, die BE! Und meine Kanüle ist am Arsch!* Er blinzelt den Nachtdienst leistenden Medizinstudenten im weißen Mantel an, der ihm die Klammern fürs EKG an die aufgeklebten Elektroden setzt. Nach zehn Minuten still liegen schwingt er sich aus dem Bett, hockt sich vor den übernächtigten angehenden Arzt, zur BE, zur Blutentnahme. Der setzt an, sticht und macht – kein Blut. Ekke ist jetzt wach, dumme Sache, denn gleich könnte er weiterschlafen, bis um Vier aber nur, dann gibt es nämlich das gleiche Theater. Aber erstmal muss der Student noch fertig an ihm üben. Beim zweiten Mal stechen und machen klappt es, Blut quillt in die Röhrchen. Ekke flucht innerlich, aber seine Verweilkanüle im Arm war schon wieder mal nach knapp zwei Tagen zu. Und der Kaliumspiegel muss stimmen. Dumme Sache, wenn man morgens aufwacht und ist tot.

Anschließend schlurft er nach vorne, wartet bis ihm jemand seinen Plastikbehälter für den Sammelurin in die Hand drückt und verschwindet im Klo. Dort rafft er die an einem flachen, kleinen Apparat hängenden Kabel fürs Langzeit-EKG zusammen, steckt sich den ganzen Apparillo in die Tasche vom Bademantel. Er fasst die geöffnete Flasche mit den Fingern der linken Hand oben am Rand, mit der Rechten seinen Schniedel, zielt. Müde pisst er hinein, verstärkt den Griff der Linken, beeilt sich mit dem Pinkeln, bevor ihm die deutlich schwerer werdende Flasche aus der Hand rutschen kann. Die nun fast volle Flasche gibt er an der „Bar" ab, zwinkert der Studentin hinter dem „Tresen" zu. Die nimmt sie mit einem Zellstoff in der Hand entgegen und verstaut sie im Kühlschrank. Dann notiert sie Uhrzeit und Probandennummer. Ekke schlürt ins Zimmer zurück, wo seine Leidensgefährten schon wieder im Bett liegen. Die Nacht ist kurz und morgen wartet ein anstrengender Tag auf sie. EKG's, Urinabgaben, Blutentnahmen und andere gräusliche Dinge im Minutentakt.

Ekke erwacht aus seinen Erinnerungen.

Na ja, gelegentlich geht er auch mal auf den Pharmastrich in der Schweiz, wenn seine nicht gerade üppige Taxikohle mal wieder nicht ausreicht.

Wäre das nicht vielleicht ein geeigneter Beitrag für die neue Zeitung?

Ekke ist vielseitig begabt. Neben Taxifahren, dieser hervorragenden intellektuellen Leistung, spielt er auch noch Gitarre und textet seine eigenen Songs. Seine Einsätze an der Pharmafront haben ihn zu einem Liedchen inspiriert:

„AE" – unerwünschte Nebenwirkung!

Karl ist wieder arbeitslos,
ständig fehlt es ihm an Moos.
Und weil's ihm so sehr dreckig geht
setzt er sich hin und überlegt:
„Geld hab ich so gut wie nie –
ich verkauf mich an die Pharmazie!"

Dort schüttelt jeder ihm die Hand
und nennt ihn dann: Proband!
Tapfer nimmt er nun das Gift,
denn so ist seine Unterschrift.
Doch kaum hat er's geschluckt,
hier es brennt und da es juckt.

Ja, so ist die Phase eins,
Vertrauen hat man besser keins.
Obwohl's den Ratten prächtig ging,
Karl nun in den Seilen hing.
Er erst ziemlich dämlich kuckt,
dann so manches in den Eimer spuckt!

Der Doktor darauf ernst nun blickt
und ihn auch gleich nach Hause schickt.
Doch kaum ist er zum Tor hinaus,
wird's ihm auf einmal ziemlich graus.
Erst wird's ihm heiß, dann sehr, sehr kalt,
schade, er war noch gar nicht alt!

Der Proband am Straßenrand
seine letzte Ruhe fand.
Tot lag er dann auf der Bahr,
er ein Pharmastricher war.
Und an sein Grabgedeck steckte man diskret...

Und an sein Grabgedeck
Steckte man...
den Scheck!

Ekke hockt im Bock und grinst. Zehn Uhr. Ist es nicht Zeit für eine kleine SMS? Er ist ja schon etwas neugierig, wie die wohl alle so ankommen, ob die schöne Lichtanlasserin genervt ist oder ob sie sich nur ein wenig ziert. Wie auch immer, die Sache macht ihm Spaß! Er schickt: „Ich würde zu gerne wissen, wie Sie zu mir stehen! Wissen Sie was, ich glaube, Sie haben sich in mich verliebt, können aber nicht ein Verhältnis unter Ihrem Stande eingehen, eine Mesalliance mit einem schmierigen Taxifahrer, einem ‚Mann der Strasse', die gesellschaftlichen Widerstände sind zu groß. Wenn ich recht habe, schweigen Sie!" Er lacht sich eins, er weiß ja ziemlich genau, dass er wieder keine Antwort erhalten wird.

Nun hat er aber die ganze Munition verschossen, sein Guthaben muss aufgeladen werden. In der Nähe ist ein Telefonkartenautomat.

„Rüüht!", macht der Geldscheineinzug verheißungsvoll. (Ein „Rüüht", das glückliche Assoziationen an fähige, ehrlich und hart arbeitende, fleißige und gut bezahlte Ingenieure aufkommen lässt, die Abends stolz nach Hause zu ihren Familien kommen, mit ihren zwei Kindern und dem Hund spielen und am Wochenende mit ihnen ins Grüne fahren.) Nur um kurz darauf mit dem gleichen, deutlich weniger verheißungsvollen „Rüüht" den Schein wieder auszuspucken. Dieses zweite „Rüüht" hat nun eindeutig die Qualität nicht ganz am Platze und angebracht zu sein, *ganz eindeutig ein „Rüüht" zu viel zu sein*, wenn man doch stattdessen etwa ein gedämpftes, weitaus sympathischeres „Plong" erwarten könnte, das unten am Kartenausgabeschlitz die Ausgabe der Karte verkünden würde. Genauso, wie es auch darauf schließen lässt, dass das wünschenswertere „Plong" wohl noch ein wenig auf sich warten lassen wird, wenn nicht gar auf unbestimmte Zeit. Und, selbstverständlich auch, dass, wenn man denn das Wagnis eingehen würde, den Geldschein noch einmal hineinzustecken und somit ein drittes „Rüüht" hervorrufen würde, dem unweigerlich *noch mal* ein weiteres, ein viertes, folgen würde.

Dieses unselige zweite „Rüüht" verändert nun auch sogleich das vorhin erwähnte Bild der trauten und glücklichen Ingenieursfamilie ein wenig und zwar unerwünschterweise leider eindeutig in die Richtung: „Papa kommt immer abends erst sehr spät schlechtgelaunt nach Hause, weil er sich mit lauter dämlichen Maschinen herumschlagen muss, die anstatt einmal rüüht und dann gleich plong, zweimal rüüht und keinmal plong machen. Mama hat deswegen immer rote Augen und riecht so komisch nach dem Zeug aus einer dieser Flaschen, die sie in einem der oberen Schränke aufbewahrt." Er dreht den Geldschein, steckt ihn, kurz bevor der Wind schneller ist, erneut hinein. Einmal rüüht, zweimal rüüht, kein plong.

„Einmal rüüht, zweimal rüüht, kein plong!", sagt er zu jemandem, der hinter ihm aufgetaucht ist, ohne Zweifel auch ein Mensch mit Glauben an die Technik und leerem XtraCash-Guthaben.

Es hat etwas Mantrenhaftes, dieses: „Einmal rüüht, zweimal rüüht, kein plong". Vielleicht sollte man es noch mit einem zweiten Satz kombinieren und dann beständig vor sich hinmurmeln, wenn man sich von der Technik im Stich gelassen fühlt: „Die Maschinen des weißen Mannes taugen nichts, einmal rüüht, zweimal rüüht, kein plong!" Doch wahrscheinlich steckt die ganze Maschine ja voll von Mikrochips des gelben Mannes.

„Tja, dann ist das *Scheißding* mal wieder kaputt. Da hinten um die Ecke steht noch mal einer."

Später, mit aufgefülltem XtraCash-Guthaben, kriegt Ekke „Material", muss in den Zentral-OP der Chirurgie, zur Schleuse. Jemand im OP-Blau drückt ihm vertrauensvoll ein frisch abgesägtes Bein in die Hand, dezent verpackt natürlich, wie eine nette Kleinigkeit, die man an Weihnachten unter dem Baum vorfindet. „Hier, das muss in die Patho." Das muss kacheln! Ekke unterdrückt ein aufkommendes Schlackern im Knie (In seinem!), sieht es positiv, diese plastische, handliche, anschauliche Information, wie viel denn ein Bein eines Menschen denn nun tatsächlich wiegt, anstatt einer bloßen akademischen Zahl, und nimmt die Beine in die Hand (Die seinen!), um das Bein in seiner Hand umgehend in die Patho zu befördern. Es schließt sich gleich eine Fahrt an, ins Industriegebiet. Danach braucht er aber erstmal

Pause, so wie ein Schulkamerad damals, als sie diesen Anti-Raucher-Film gezeigt bekommen haben, in dem jemandem das Raucherbein abgesägt worden ist.

„Jetzt brauch ich erst einmal 'ne Zigarette", hat der von sich gegeben, hinterher, und kreideweiß an der Fluppe genuckelt wie ein Baby am Schnuller.

„Jetzt brauch ich erstmal 'n paar Schokolinsen! Hab gerade dermaßen Bock drauf." Leider ist kein Kiosk in der Nähe, sondern nur ein Riesensupermarkt, wo man am nächsten Tag Muskelkater in den Waden hat, wenn man dort Einkaufen war. Er sucht und sucht in den zirka zehn Reihen Süßwaren, schon völlig bräsig im Hirn von der Werbung aus dem Lautsprecher, sieht einen Verkäufer, der Ware einräumt und, ebenfalls schon völlig bräsig im Hirn von der Werbung aus dem Lautsprecher, gerade sichtlich genervt die Frage einer Kundin beantwortet. Trotzdem nähert er sich ihm und fragt höflich: „Entschuldigung, haben Sie hier denn vielleicht – Schokolinsen?"

Der Verkäufer denkt anscheinend, *jetzt* wäre wohl durchaus gerade eine günstige Zeit, um ein ganz klein wenig Amok zu laufen, für eine kleine: „Wie soll ich es denn schaffen die Regale einzuräumen, wenn mich ständig irgendwelche blöden Kunden nerven"-Showeinlage. Seine Stimme kiekst so lustig, vor Anstrengung das Schreien zu unterdrücken.

„Schokolinsen??? *Okaaay, Schokolinsen!!!"*

Er springt auf, rast wie gestört los und hat Ekke gegenüber schon drei Reihen Vorsprung. Als der ihn schließlich keuchend einholt, hat er sich bereits vor einem Regal aufgebaut. Er steht dort, stumm und theatralisch, ein Mann auf verlorenem Posten, ein Genie in einem vergeudeten Leben, der mit großer Geste auf einen Platz im Regal deutet, wie ein Schiri auf den Elfmeterpunkt der Heimmannschaft. Ekke wagt es, fragend zu schauen, sichtbar trieft nun jedoch Schaum von den Lippen des Verkäufers. Nun ist er ein abgekämpfter Stürmer, der durch ein, vom Schiri unbemerktes, Foul um ein Tor gebracht worden ist. Er springt auf der Stelle auf und ab und fuchtelt hektisch mit dem Arm, weist, ein paar Mal gleich, auf dieselbe Stelle. Zusätzlich holt er dort eine Packung heraus und streckt sie ihm, der jetzt auf gleicher Höhe ist, anklagend ins Gesicht.

„Schokolinsen!!!! Daas! Hiier! Siind! Schokolinsen!!!" Er brüllt fast. Ekke grinst belustigt. Er hätte auch manchmal Lust, auszurasten. Er sagt cool: „Na ja, an der Nummer mit dem

Amoklaufen müssen wir aber noch ein bisschen arbeiten, oder? Also, als nächstes müssen Sie hergehen und die Packung aufreißen und das Zeug überall auf dem Boden verstreuen. Dann müssen Sie schreien: *Hier, sehen Sie, Schokolinsen! So sehen Schokolinsen aus!* Während Sie das schreien, müssen Sie auf ihnen herumtrampeln. *Das – und das – und das – sind Schokolinsen!* Zum Schluss müssen Sie noch versuchen, mir den Mund gewaltsam zu öffnen und ein paar davon hineinzuschütten. Haben Sie denn nie Comics gelesen?" Der Verkäufer lächelt nun, erschöpft, sichtlich ein wenig verlegen. Ekke hat seine Schokolinsen.

Gegen Nachmittag – zwei Busse küssen sich vor der Ampel! Ekke staunt nicht schlecht, die Busse stehen nebeneinander, die automatische Tür rechts, am Bus links, geht auf, eine Gestalt beugt sich heraus und gibt der anderen, die aus der offenen Klapptür links heraushängt, einen Schmatzer. Geht das Ganze auch während dem Fahren?

Gegen Abend, das Eishockeyspiel ist vorbei!

Eishockey!

Verglichen mit Eishockey ist Fußball ein Sport für Schwuchteln. Schöne Männer, „Scheiß-Millionäre", mit gepflegten langen Haaren oder Zopf, modelnd in der Freizeit, tätscheln sich im Strafraum lüstern den Popo, ziehen sich neckisch am Trikot, posieren beim Freistoß schamlos mit der Hand vorm Gemächte, reißen sich das Leibchen vom Leib, tanzen und singen mit nacktem verschwitztem Oberkörper an der Eckfahne, umarmen sich wild und hemmungslos, ja, werfen sich aufeinander, lassen ungeniert allen Gefühlen ihren Lauf – zeigen den Kameras der Welt weinend her ihr Wehweh.

Eishockey dagegen: ein Haufen Irrer auf Kufen und im Harnisch, nur die verzerrten Fratzen freigebend, prügelt abwechselnd auf den Puck und auf den Gegner ein – der Sport ist nur etwas für harte Burschen. „Sterbender-Schwan-Einlagen", wie beim Fußball, Spieler, die sich fünf Minuten lang theatralisch auf dem Boden wälzen und sich das zarte Millionenknie halten, gibt es hier nicht zu sehen. Dementsprechend drauf sind auch die Fans gelegentlich, wenn hier ein Taxi bestellt wird, besoffen und rauflustig.

Der Typ, der jetzt mit seiner Freundin einsteigt, hält einen Bierbecher in der Hand, prompt verschüttet er gleich etwas. Ekke will ihn so nicht mitnehmen und bleibt hart, obwohl es in so einer

Situation schon mal vorgekommen kann, dass einem der andere dann das Bier ins Gesicht schüttet. Der kippt jedoch das Bier brav auf die Strasse, fängt aber dafür gleich an zu maulen und ihn zu beschimpfen. Zwischenrein versucht er zu handeln und labert was von „einer großen Fahrt". Die entpuppt sich jedoch als: zuerst in die Elsässer, da holt der Typ seine Zahnbürste, und dann geht's zur Freundin in die Eschholz! So ein Witz, Ekke geht nicht vom Preis. Dann will er, dass Ekke solange die Uhr anhält, während er in seine Wohnung geht. Ekke weigert sich, warum soll er auf Geld verzichten, das ihm zusteht? Der Typ mault dann etwas von: „Dann zahlen wir gar nichts, wie wär' denn das?" Ekke bleibt hart, das muss kacheln!

„Sag mal, du redest hier von einer strafbaren Handlung, ist dir das klar? Von Zechprellerei, ihr geht ja auch nicht aus der Wirtschaft ohne zu zahlen! Ist dir das Wert, wegen ein paar Euro, willst du es drauf ankommen lassen, dass ich deswegen die Polizei rufe?"

„Du bist das letzte Arschloch, der letzte Wichser!"

„Schon gut, ok, ich bin das letzte Arschloch, der letzte Wichser, der allerletzte Wichser auf der Welt, ok. Sonst noch was?" Der andere ist geplättet von Ekkes Deeskalisierungspolitik, offensichtlich beantwortet man in seinen Kreisen Beschimpfungen dieser Art nur noch mal eben mit einem trockenen Faustschlag.

„Du bist cool, jetzt merk ich das, sackst jetzt fünfzehn Euro ein und denkst, leckt mich am Arsch, lass den Wichser doch labern, was er will!"

„Warum soll ich dir das denn erst noch sagen, wenn du's eh schon weißt." Ekke schaut ihn mitleidig an. Der Typ geht seine Zahnbürste holen, Ekke ist mit der Frau alleine im Auto. Jetzt macht sie auf verständnisvoll, gibt ihm recht, dass der hier nur 'ne dumme Show abzieht, den starken Max macht und – wechselt wieder flugs auf dessen Seite, als er wieder einsteigt. Wie es sich für eine brave Tussi ihrem Macker gegenüber gehört, pflichtet sie ihm artig bei, als er wieder anfängt: „Hey, du bist echt hart, wird man halt vielleicht, wenn man länger fährt, ok, aber ich hab schon viele Taxifahrer erlebt, die waren alle nicht so hart wie du." Die Nummer zieht er wahrscheinlich mit jedem ab, mit dem er Ärger kriegt.

Zum Schluss gibt er ihm aber doch noch die Hand und sie gehen ausgesprochen freundschaftlich auseinander.

Nur 'ne kleine Rangelei unter Männern halt. Wie beim Eishockey. Nicht ernst gemeint.

13. Patsch – und das kleine Ärgernis ist umgehend beseitigt.

Wolf-Dieter Flossinski rutscht ein wenig auf dem Fahrersitz zurecht und prüft mit einer mechanischen, gut einstudierten Bewegung den korrekten Sitz seiner Krawatte. Eine blaugelbe hat er heute an, eine blaugelbgestreifte genauer gesagt. Er hat keine Probleme damit, seine Sympathie mit den Liberalen offen zu zeigen. Leistung soll sich wieder lohnen, das ist genau seine Meinung – und warum soll einer, der sich ein bisschen mehr Mühe gibt als andere, nicht auch ein bisschen besser verdienen. Scheußliche Sache mit Möllemann neulich, aber der war ja auch noch nie sein Fall. Diese Kumpanei da im Ruhrgebiet, dieses grobe Getue, nein das ist nicht so seine Sache. Aber ansonsten…

Ist dort nicht ein wenig Belag auf der Scheibe? Gleich holt er den Lappen, den er neben dem Sortiment Putzmittel in der Mittelkonsole aufbewahrt heraus und geht flink einmal drüber. Da sich am Funk nichts tut, geht dieses Bemühen gleich nahtlos in sein tägliches Wagenpflegeprogramm über. Die Scheiben werden einmal von innen komplett von Fett und Belägen gesäubert, außen reicht es, sie einmal kurz nachzuledern, wenn er morgens aus der Waschstraße kommt. Die, in einem herrlichen champagnerfarbenen Ton gehaltenen, Kunstledersitze sind dann anschließend dran. Jeden Tag geht er einmal komplett mit Politur drüber. Mein Gott, er *hat* doch die Zeit und so hat er doch wenigstens ein bisschen Bewegung, wenn auch der schwarze Anzug manchmal ein wenig eng sitzt, obwohl maßgeschneidert. Nun kommen alle Kunststoffteile am Armaturenbrett, der Ablage und an der Innenseite der Türen dran, dann ist er fürs Gröbste fertig. Poliert nur dann und wann mal etwas nach, wenn er Zeit hat und er hat immer schrecklich viel Zeit im Taxi.

Ja, er sorgt schon für Ordnung. Das muss einfach sein.

Der Kopfstützenüberzug aus weißem Taft wird spätestens jeden zweiten, dritten Tag ausgewechselt, bei Bedarf sogar öfters. Selbst eine dann und wann wirklich nervende Fliege im Fonds wird von ihm auf das Säuberlichste und Trefflichste entsorgt. Das für solche Fälle bereitgelegte Utensil ist schnell zur Hand, eine kleine, flinke Bewegung seiner manikürten Hände, *patsch*, und das kleine Ärgernis umgehend beseitigt. Ein Stäubchen auf dem polierten Holz des Armaturenbrettes? Kein Problem, *husch*, mit dem Pinselchen darüber und schon kann man sich wieder beruhigt zurücklegen.

So ein sauberes Fahrzeug ist doch etwas, das Freude ins Leben bringt, was auch von den Kunden entsprechend honoriert wird. Nicht umsonst wird er von den exquisitesten Hotels der Stadt verlangt, nicht umsonst hat er die ausgesuchteste Kundschaft. Alles distinguierte Leute, Persönlichkeiten von Rang, teilweise hoch dekoriert, die es einfach im Leben zu etwas gebracht haben und schlicht Wert auf ein gepflegtes Fahrzeug und einen Chauffeur legen, der sich korrekt zu kleiden und zu benehmen weiß. Sie wollen eben keines dieser auf das Empörendste verwahrlosten, wie soll man es nennen, Vehikel, in denen Langhaarige lümmeln, die möglicherweise am Ende sogar noch Drogen nehmen.

Sie alle schätzen ihn, seine freundliche, unaufdringliche Art, wenn er ihnen beim Einsteigen den Schlag aufhält, schätzen seine angenehme, zurückhaltende Manier während der Fahrt Konversation zu betreiben, schätzen es, wenn er ihnen beim Verabschieden einen schönen Tag wünscht. Das alles, spüren sie, kommt von Herzen und ist nicht nur eine billige Masche, Trinkgeld zu heischen. So etwas honorieren die Leute auch.

Nun, das Leben ist nicht billig und ein stilvoller Lebensstil will bezahlt sein.

Vertreter für Fischbesteck war der Beruf, den er vorher ausgeübt hatte, aber dieser brachte leider die Erfordernis mit sich, viel zu reisen, was ihm auf Dauer zu anstrengend wurde. Sein eigentlicher Berufswunsch war es, Chirurg zu werden, aber das war ihm von seinem Elternhaus her, er war in bescheidenen Verhältnissen aufgewachsen, nicht möglich gewesen. So hatte er sich außerstande gesehen, einem Berufe nachzugehen, der für ihn Profession, Daseinszweck gewesen wäre und hatte stattdessen einen anderen Weg gefunden, seinem Leben einen Sinn zu geben. Eine andere Möglichkeit etwas zu tun, was Passion, Ehrgeiz und Ästhetik gleichermaßen in sich vereint. Seine ganze Leidenschaft ist die Kunst, eine Forelle korrekt zu zerlegen!

Nun, warum Forelle, warum nicht Brasse, Barsch oder Scholle? Nun, vielleicht ist es die südbadische Heimat, der

Schwarzwald mit seinen unzähligen Wasserläufen, Bächen und Flüsschen. Vielleicht…

Vielleicht waren es auch nur ein oder gleich mehrere Schlüsselerlebnisse aus seiner Kindheit. Wenn dem so wäre, fiele ihm dazu immer wieder sein Vater ein, in erster Lesung, wie er da saß und das Forellenmenü zelebrierte, mit seinen ruhigen Händen, es zu einer Art kultischen, rituellen Handlung überhöhte, wie es dergleichen seit den Tagen der Medizinmänner, der Totemtänzer und heiligen Schamanen nur noch selten zu sehen gab. Er sprach dazu, mit seiner ruhigen, festen Stimme, erklärte ihm jeden ruhigen, weihevollen Handgriff – und vielleicht weil sein Vater so früh verstarb, waren diese feierlichen Momente der Gemeinsamkeit so prägend für ihn gewesen.

Als Autodidakt, weil ihm zu studieren finanziell nicht erlaubt war, beobachtete er das Verhalten der Forelle, las Bücher über ihre Biologie, studierte ihre Anatomie. Eine Forelle richtig und fachgerecht zu zerlegen, erfordert innere Ruhe, Konzentration und absolute Präzision in den Bewegungen. Schon die innere Einstellung muss stimmen. Wolf-Dieter hätte sich damals ein Buch gewünscht: „Zen oder die Kunst eine Forelle zu zerlegen". Heute könnte er es selber schreiben. Der Meister in dieser Kunst kennt sich. Er hat es gelernt, der Gier zu entsagen. Überhaupt sollte man sich nie vor den Teller setzen, wenn man hungrig ist. *Hunger* ist etwas für Beizen, für Schenken, in denen stämmige Gastwirtstöchter Bauern und Handwerkern riesige Teller voll Schweinereien und fetttriefenden „Pommes frites" an den Stammtisch bringen, Krüge voll Maßbier hinterher, bevor diese sich lärmend zu einer Skatrunde versammeln. Wer eine Forelle speisen will, bevorzugt eine meditative Atmosphäre, Ruhe, allenfalls etwas gedämpfte Musik im Hintergrund. Weiter ist die richtige Atmung wichtig. Man sollte niemanden an eine Forelle lassen, der seine Atmung nicht beherrscht, so etwas sollte bereits in der Speisekarte erwähnt sein. Das „le poisson poisseux", vornehmstes Meerestierspeiselokal in ganz Deutschland, nimmt nur Tischreservationen von Personen an, die Kurse zur Vermittlung von Atemtechnik nachweislich besucht haben, und auch dann nur drei Monate im Voraus.

Ja, inzwischen könnte Wolf-Dieter selber Bücher schreiben über die Forelle, diesen sympathischen König der Süßwasserspeisefische, er hat da schon so mancherlei interessante anatomische Variationen entdeckt. Er ist aber mehr der Praktiker.

Wolf-Dieter erinnert sich an gestern Abend, an Hannelore. Hannelore war wieder mal eine dieser Frauen, die ständig Wolf-Dieters Wege kreuzen. Sie sehen ihn in der Fußgängerzone promenieren, sie sehen ihn in einem Drei-Sterne-Restaurant, sie sehen ihn bei einem Glas Wein in einer der etabliertesten Enotecas der Stadt. Sie sehen ihn, mit seinen maßgeschneiderten Anzügen, seinem fein geschnittenen, exquisit gepflegten Gesicht, seinen wohlgeformten, feinnervigen Händen – und dann sehen sie nichts mehr, sind für alles blind, lassen sich völlig willenlos von ihm zu einem freien Tisch geleiten.

Er führte sie natürlich gleich in ein gutes Restaurant in der Nähe aus, von dem er wusste, dass es ständig frische Forelle auf der Speisekarte hat. Er weiß, wie er auf weibliche Wesen wirkt, wenn er *die Speise* zubereitet. Wie alle Frauen schaute sie gebannt auf seine ruhigen, manikürten Chirurgenhände, zwei, drei kleine, kaum zu sehende Schnitte mit dem Messer – die Forelle teilte sich, wie immer, wie von selbst, in appetitliche mundgerechte Häppchen. Sie lag nun da, würdevoll, gleichsam einverstanden mit ihrem Zustand, als erfahre sie *jetzt erst* den eigentlichen Sinn ihres Daseins, als wäre sie nach dem Tode erhöht, in eine höhere Form überführt worden. Man meinte fast, der Teller, nicht das Wasser, wäre ihr eigentliches, ja wäre ihr ureigenstes Element. Ja, man meinte fast, dass sie nun erstrahlte, im Glanze ihrer posthumen Würdigung. Sie sah ganz aus, wie die mit einem feinen Firniss überzogenen Delikatessen aus den Kochrezept-Seiten verschiedener Frauenzeitschriften, (bevor sie photographiert und dann natürlich sogleich, da ungenießbar, weggeworfen werden).

Hannelore spürte, wie ihr Mund trocken wurde.

Mein Gott, mein ganzes Leben hat mich noch nie ein Mann so erregt, wie Wolf-Dieter. Wenn sie da an ihren letzten Freund dachte, dem sie den Laufpass gegeben hatte, weil sie die Hoffnung verloren hatte, dass aus ihm noch mal was Rechtes werden würde. Wie er zu essen pflegte, wie er hier an dieser Stelle, an der sich jetzt die adrette Erscheinung von Wolf-Dieter befand, wirken würde! Sie erinnerte sich an das letzte Mal an dem sie mit ihm Forelle gegessen hatte. Er saß am Tisch, wie ein Holzfäller bei der Brotzeit, und ging der Forelle zu Leibe, ging ihr an die Gräten, ja *attackierte* sie förmlich. Ein einziges fettiges Geschlabber, grätiges Gebastel, schuppiges Geschlosser, ein derart unbeholfenes Gestocher in der Forelle, als wolle *er* sie nach dem Tode noch verhöhnen, als wollte *er* ihr, auf dem Teller liegend, noch die letzte Würde nehmen. Fisch und Gräten, Gräten und Fisch, lagen anschließend zusammengemantscht in einem einzigen, unappetitlichen Gemenge am Tellerrand, als wär's vom Reiher hervorgewürgt. Aber von ihrem letzten Freund war auch gar nichts anderes zu erwarten. Er rülpste, wenn sie unter sich waren, trommelte sich auf den Bauch, zog regelmäßig im Kino seine Schuhe aus. Die Krönung war, als er diese mal im Supermarkt auszog, weil ihm zu warm war, sie dann in den Einkaufswagen legte, und sie, auf Socken laufend, mit dem Einkauf zusammen vor sich her schob.

Wolf-Dieter dagegen ist wie ein Mann aus der Reklame, Feinkost statt Dosenbier. Wie konnte sie wissen, dass er sonst ein Langweiler ist, fade wie zu lang gegarte Forelle blau? Sie schenkte ihm ein strahlendes Lächeln.

Er sah dieses Lächeln, diesen Blick, diesen Blick kurz vor dem Zubeißen, starr auf den Köder gerichtet. Er kennt ihn sehr gut, nahm ihn mit einem kleinen, befriedigten inneren Lächeln zur Kenntnis.

Es wird wieder klappen heute Abend, mit Hannelore, dachte er. Ihr Haar schimmerte, wie der Bauch der *Speise* im Sonnenlicht. Sie warf es mit einem gekonnten Schwung vor und zurück, wie ein geübter Angler den Blinker. Ja, Hannelore war ihm sicher.

Der Oberkellner brachte Wein. Wolf-Dieter gab ihm mit einem kleinen dezenten Wink zu verstehen, dass er getrost eingießen könne. Er riecht nicht am Korken. In einem Restaurant von Rang würden dies nur Angeber und Proleten machen, da in jedem gut eingeführten Laden ein veritabler Sommelier den Wein bringt und nicht ein kellnernder Student. Und nach dem zweiten Gläschen Wein an diesem Abend brachte er das Geschäft zum Abschluss, stellte sicher, dass er die Nacht nicht alleine verbringen würde.

Natürlich gab es wieder eine dieser hässlichen Szenen am Morgen danach, wie üblich, wenn er den Frauen eröffnet hatte, dass er gar kein Chirurg sei, sondern Taxifahrer. Immer dieses Auf- und Zuschnappen der Münder, wie eine *Speise*, die man aus dem Wasser zieht. Aber – was soll's, auch Hannelore war schließlich wieder nur so ein Notbehelf, ein Notnagel, wie so viele anderen Frauen vor ihr. Eine Frau, die ihm das Wasser reichen könnte, müsste ihn schon verstehen, müsste seine Interessen teilen, wenigstens Biologie studiert haben oder aber, vielleicht von der praktischen Seite her, Köchin sein, Tochter eines Landgasthofes oder doch allermindestens, geübte und geschickte Anglerin.

Wenn er die entsprechende Frau gefunden hätte, würde er notfalls auch lügen, notfalls auch sein ganzes Leben lang eine Maskerade vollführen. Es hatte ihn schon immer gereizt, eine Rolle einzunehmen, etwas darzustellen, etwas das er gar nicht ist. Für die Frau seines Lebens würde er dieses Opfer gerne auf sich nehmen. Aber das Schicksal wollte es, dass er bisher immer nur minderwertige Frauen kennen gelernt hatte, gut für eine Affäre halt, aber nicht für mehr.

Nein, warum sollte er sich einen anderen Beruf erwählen, nur weil der, den er hat, manchen Frauen Probleme bereitet? Das einzige, was ihn schon mal stört daran, sind diese vielen, vielen Kollegen mit der falschen Einstellung, die das Gewerbe kaputt machen. Die da mit so einer „Jobbermentalität" an den Beruf herangehen und die Kundschaft verschrecken. Die an den Ständen in ihren Autos fläzen, herumproleten, ihren Abfall und ihre Zigarettenstummel überall verstreuen und schließlich noch ihre Notdurft in den Hecken, vor den Augen aller Leute, verrichten. Das ist doch keine Werbung! Da sollte sich doch niemand wundern, dass die Leute nichts mit so einem primitiven Gesindel zu tun haben wollen und lieber alle möglichen Umstände in Kauf nehmen, bevor sie sich dazu überwinden, ein Taxi zu benutzen! Da könnte er schon mal „einen Hass" kriegen. Da könnte er *durchaus* auch schon mal einen Mord begehen, wie ja neulich erst einer passiert ist. Er langt unter den Sitz. Dort hat er etwas liegen, das aussieht wie ein dünnes Stahlseil. Er spielt damit herum, bis es kurz in der Sonne blitzt. Hastig legt er es zurück. Er will sich nicht verdächtig machen.

Sein Autotelefon läutet.

„Taxibetrieb Wolf-Dieter Flossinski, schönen guten Tag, was kann ich für Sie tun?" So viele Menschen leiern solche Sätze herunter, als wären sie schon damit überfordert, sich die paar wenigen Worte zu merken. Bei Wolf-Dieter kommen diese freundlichen Floskeln aus dem Herzen, noch in den stressigsten Situationen hat er Zeit dafür, noch ein inneres Lächeln mit hinein zu legen.

„Jawohl, Herr Doktor von Müller, geht in Ordnung. Nach Zürich, morgen früh, halb acht, jawohl, Herr Doktor von Müller!"

Zürich also, schon wieder, Herr Direktor Doktor von Müller schaut mal wieder nach seiner Schwarzkohle.

Aber geht ihn das etwas an?

14. Pour le mérite '16, Ritterkreuz '17
– Kopfschuss '18.

Rainer liest im Exposé seines Romans „Seelenverwandtschaft".

» Nach dem Versetzen seines Geistes in den Körper des zwanzigjährigen Fotographen, der damals das Bild aufgenommen hatte, schafft es Stefan, über die Jahre hinweg, ein Freund der Familie zu werden, jedoch einer, der unter ihrem Stande steht. Mit seiner Urgroßtante verbindet ihn irgendwann mal eine Art tragischer Liebe, sie erwidert auf eine gewisse, unbestimmte Art seine Gefühle, ist aber schon jemandem aus besseren Kreisen versprochen. Außerdem wirkt er durch seine gelegentlichen seltsamen Orakelsprüche, durch nebulöse Andeutungen und rätselhafte Prophezeiungen, die sich aber immer wieder bewahrheiten, befremdlich auf sie. Selbstverständlich hat er auch Anpassungsschwierigkeiten an die Zeit, in der er jetzt gezwungen ist zu leben. Dadurch kommt es immer wieder zu delikaten Verwicklungen.

Der Geist, in dessen Körper er jetzt lebt, ist spurlos verschwunden. Ohne dass Stefan dies überprüfen kann, geht er davon aus, dass dieser jetzt seinen Körper in der Zukunft bewohnt, von dort aus aber keine Möglichkeit hat, mit ihm in Verbindung zu treten. Stefan dagegen schon. Er engagiert gewitzt zur geeigneten Zeit den jungen Picasso, damals noch billig, lässt diesen das Porträt abmalen und lanciert eine Botschaft in das Bild, von dem er ziemlich sicher sein kann, dass es einmal sehr berühmt werden wird und von dem er sich sicher sein kann, dass es der andere finden wird. Zum Beruf wählt er den Journalismus, aufgrund seines Studiums und weil er den Fotographenberuf ja schon „erlernt" hat. Aufgrund seines übersinnlichen Riechers für politische Geschehnisse avanciert er bald zum Starjournalisten.

Im Sommer 1914, in seinem biologischem fünfunddreißigsten Lebensjahr, kurz vor Ausbruch des Krieges, findet, zur Hochzeit seiner Urgroßtante mit dem reichen Schnösel, ein Bankett statt. Ein Bankett... mit Folgen, für alle. «

Hier, an dieser Stelle, hat Rainer eine Leseprobe mit abgeschickt, da dies eine überaus zentrale Szene ist.

Stefan muss ohnmächtig zusehen, wie die Flut des Patriotismus immer höher steigt, die Deutschland verschlingen und ihm seine Söhne rauben wird.

» Stefan sitzt irgendwo am Katzentisch, fern von Elise, die zudem seinen Blicken ausweicht. Es war ein schönes Fest bisher, mit Tischen, die sich unter reichlichem Essen bogen, mit Musik und Tanz und reichlich Unterhaltung. Wenn es nicht das vorläufige Ende all seiner Hoffnungen, der Vorabend einer europäischen Katastrophe gewesen wäre, hätte er dieses Bankett sicherlich auch genießen können. Vielleicht, wenn er sich vorgestellt hätte, es wäre sein Hochzeitsbankett, seine wunderschöne Hochzeitsfeier, im wunderschönen Sommer des Jahres 1914. Wenn er einer von ihnen wäre, einer der Menschen des Jahres 1914 und kein Artefakt, kein Paradoxon, kein Außenseiter. Kein Beobachter mit Sonderstatus, der da sitzen muss, mit klarem Kopf und bangem Herzen, der die Stunden zählt, die Stunden bis zum großen Knall, während die anderen trinken und feiern und lachen.

Als es dann Abend wird und man Wein trinkt, wird die Stimmung feierlicher. Die Fröhlichkeit der Hochzeitslaune weicht zunehmend jener Grundstimmung dieser Tage. Jener Welle des Patriotismus, der nationalen Erhebung, des begeisterten Kriegsgeschreis, die Alles und Jeden erfasst hatte. Man fängt an, Reden zu halten. Jeder Redner beginnt mit Honneurs an das Brautpaar und endet mit flammenden Appellen an das Nationalbewusstsein.

Stefan sitzt da und *lässt* sich nun Wein einschenken, denn er ist zunehmend angeekelter von dem Geschehen um ihn herum. Aber, was kann er machen? Nachdem das berauschende Gefühl der Einzigartigkeit, des Ausgewähltseins durch das Schicksal vorbei war, die erste Begeisterung über die Schönheit dieser Epoche sich gelegt hatte, kam die Konfrontation mit einer ganzen Reihe von Schwierigkeiten, die alle in seiner Außenseiterrolle begründet lagen. Das Schlimme an seinem Schicksal ist die Einsamkeit, die Tatsache, dass er sich niemanden zur Gänze anvertrauen kann. Denn, wer würde ihm je glauben? Und selbst wenn ihm geglaubt würde, es gäbe Möglichkeiten Beweise zu liefern, was würde dann aus ihm? Und was für katastrophale Folgen würde jede noch so kleine Veränderung der Zeit bedeuten, für ihn selber, und – vielleicht für die gesamte Menschheit? So versuchte er sich irgendwie durchzulavieren. Jeder hielt ihn für einen Journalisten mit einem guten Riecher, aber auch für ein bisschen sonderbar, weil er sich manchmal nicht zurückhalten konnte, sich in rätselhaften Andeutungen erging.

Und jetzt sitzt er hier und sieht die Lemminge sich für den Aufbruch rüsten.

Ein Herr, ein entfernter Verwandter von ihm, ist aufgestanden und hat das Wort ergriffen: „Was wir in tiefer Ergriffenheit jetzt erleben, ist eine Auferstehung, eine Wiedergeburt der Nation. Jäh aufgeschreckt aus den Mühen und Freuden des Alltags, steht Deutschland einig in der Kraft sittlicher Pflicht, zu höchstem Opfer bereit. Der Kaiser, heute wahrhaft ein Volkskaiser, rief: ‚Ich kenne keine Parteien mehr, ich kenne nur noch Deutsche!' Jetzt, meine lieben hier Versammelten, hat die Stunde der Prüfung fürs deutsche Volk geschlagen. Mit heller Zuversicht sehen wir ihr entgegen!"

Stefan hört nicht zu, trinkt Wein und lässt seine Blicke schweifen. Er sieht Elise an, die wegsieht, als sie es bemerkt. Schräg hinter ihr sitzt ein junger Mann von knapp zwanzig Jahren, auf den sein Blick jetzt fällt. Er ist groß, schlank, eine imponierende Erscheinung. *Das ist Karl. Der mit dem Bauchsteckschuss, '15. Stirbt zwei Wochen später im Lazarett bei Varennes, im Delirium. Schreit die ganze Zeit nach seiner Mutter, doch sie kommt nicht. So muss er sich also ohne ihr die Seele aus dem zuckenden Leib stöhnen. Kein schöner Heldentod.* Seine Blicke wandern weiter nach rechts, zu einem anderen jungen Mann, der sich gerade angeregt leise mit einer jungen Dame unterhält. *Das ist Eugen, vermisst zu Verdun '16, einer der in der Blutmühle zigmal Umgepflügten, die man nie mehr finden wird.* Er schaut weiter in die Runde. Der Redner ist schon über fünfzig, einer derer, die zum Aufbruch rufen, zum Abschied winken, um sich dann zuhause, auf dem Canapé, gemütlich die Pfeife zu stopfen. Er hört ihm zu: „…uns anzuschließen dem Zuge derer, die aufbrechen, dem frechen Franzen auf die Finger zu klopfen. Auch ich rufe es hiermit gerne aus: Jeder Schuss ein Russ, jeder Stoß ein Franzos!"

Du fieser alter Kriegstreiber! Stefan trinkt Wein in großen Schlucken. Hinten dann – noch ein junger Mann mit roten Wangen und leuchtenden Kinderaugen. *Wilhelm! Offiziersanwärter. Tragischer Fall. Pour le mérite '16, Ritterkreuz '17, Kopfschuss '18. Auf dieser letzten sinnlosen*

Großoffensive, vom 21. März bis 5. April, die die dritte oberste Heeresleitung unter Ludendorff befehlen wird, die alleine zweihundertdreißigtausend deutschen Soldaten noch das Leben kosten soll. Stefan sieht Wilhelm sein Glas zu den Lippen führen, sieht ihn seinem Onkel beim Reden zuhören. Es ist Wilhelm förmlich anzusehen, wie er vor seinem geistigen Auge den Christbaum stehn sieht, all die Lichtlein, die brennen, all die Geschenke, die da warten. *An was glauben sie denn eigentlich, diese verträumten Milchgesichter, an den Weihnachtsmann? Glauben sie ans Vaterland? An welches Vaterland denn, an das der Junker im Osten, der Stahlbarone im Westen? An das der preußischen Offizierskaste? Wieso sind denn alle so verdammt erpicht darauf, sich in die kalten Fluten jenes großen Ozeans zu stürzen, der ihr nasses Grab bald werden wird? Wisst ihr denn, was euch erwartet, ihr Bubis? Ihr, mit den frischen Gesichtern, ihr, die ihr mir vorkommt, wie Korpsstudenten einer schlagenden Verbindung, auf einem ihrer Zechabende. Jetzt sauft und schwingt ihr große Reden, träumt von Gefechten, Schlachten, Siegen, von Ruhm und großen Taten.*

Wisst ihr denn, was euch erwartet?

Der Redner geht in ein furioses Finale und bekommt rauschenden Applaus. Er hebt sein Glas: „Auf den Kaiser!" Bravorufe, alle rufen: „Auf den Kaiser!" Stefans Nachbar stößt ihn an, fordert ihn auf, es ihm gleichzutun, sein Glas zu heben und aufzustehen. Er erhebt sich widerwillig, hebt sein Glas.

„Jawohl, auf den Kaiser!" *Auf dich, Kaiser Wilhelm der Zweite Schweinepriester, auf dich! Auf das du in der Hölle schmorst! Auf dich und alle, die du hast im Graben verrecken lassen, Kaiser Wilhelm der Zweite Schweinepriester, während seine Majestät den kaiserlichen Arsch schön im Trockenen hatte. Auf dem Feldherrenhügel wichtig tun mit Hindenburg und den anderen. Die Stirn umwölkt, ob Deutschlands Lage. Vier Jahre Spiel und Spannung für dich, den Bauch voll Leckereien, während deine Soldaten hungern und frieren mussten.*

Man singt „Die Wacht am Rhein!"

Stefan gießt den Wein hinunter, schenkt sich selber nach. Es fängt zu sieden an in ihm, sich zu beherrschen fällt ihm immer schwerer.

Der nächste Redner.

Es ist der Ehemann, der frisch vermählte, dieser blasierte Lackaffe, der das Rennen um Elise gemacht hat. Er ist ein schlechter Redner, liest mühsam vom Blatt ab, bringt nichts Neues.

Als auch er anfängt, die Schlachten von '70/71 einzeln aufzuzählen, verliert Stefan die Nerven, er springt auf. Rote Nebel wallen vor ihm, er verliert jede Kontrolle, jede Beherrschung.

„*Und jetzt rede ich!*", schreit er aus voller Lunge. „Denn ich finde *euer* Gerede zum Kotzen, nur dass ihr es wisst! Ich finde euch alle zum Kotzen!" Der Saal ist still. Keine Stecknadel hätte unbemerkt zu Boden fallen können, kein Mäuschen ungehört einen Muckser tun können. Niemand hatte damit gerechnet, dass er das Wort ergreifen würde, schon gar niemand, dass er dem Gastgeber in die Rede fallen würde, ja, dass er es wagen würde, eine derartige Szene zu machen.

„Ihr redet hier von Schlachten und Siegen, wie damals vor vierundvierzig Jahren!", donnert er. „Aber die Zeit ist nicht stehen geblieben! Wisst ihr denn, was euch erwartet? Wisst ihr, was Grabenkrieg bedeutet? Alles schlammig, feucht, das wenige Brot schimmlig und von Ratten angenagt, überall Typhus und Cholera? Wisst ihr, was das heißt, Trommelfeuer? Tage und Nächte lang, wo euch doch schon nach einer Stunde die Hand so zittern wird, dass sie keine Waffe mehr gerade halten kann. In klaren Nächten wird man das Trommelfeuer vor Verdun, diese Pauke des Todes, bis nach Mannheim noch hören, über dreihundert Kilometer Luftlinie hinweg! Ihr träumt von Ritterlichkeit, von Schwerterklirr und Wogenprall! Wisst ihr, was das heißt, moderne Kriegsführung? Da baut man die Kanonen auf, die der Engländer, Russen und Franzosen auf der einen Seite, die der Deutschen auf der anderen Seite. Dann fährt man die Granatenproduktion auf Kriegsniveau, auf das die Kriegsgewinnler, auf dass Krupp und Thyssen fett werden, wie die Maden im Speck. Und dazwischen werden die Soldaten beider Seiten getrieben, wie Vieh zur Schlachtbank. Und dann schreit einer: ‚Feuer!' So dass der Tanz beginnen kann, auf das sie alle zerrissen, zermalmt und untergepflügt werden! Und auf den Rest, der noch steht, lässt man das Gas! Und dann die Tanks! Und dann die Flammenwerfer!" Stefan schweigt für einen Moment, schöpft Atem. „Warum erzähle ich euch das alles", fährt er dann fort, für einen Moment erschöpft, in einem ruhigeren Tonfall, beinah als halte er eine Grabpredigt, „ich erzähle euch das alles, weil ich weiß, was passieren wird. Du Wilhelm und du Eugen und du Karl", er deutet auf sie, „und viele andere junge Männer hier im Saal, ihr alle sollt nicht mehr zurückkommen. Ihr werdet den Tag nicht mehr erleben, an dem dieser *verfluchte Krieg* endlich zu Ende gehen wird."

Rings um ihn herum blasse, weiße Gesichter – Spiegel schieren Entsetzens. Offene Münder, betretenes, bass erstauntes Schweigen. Niemand spricht ein Wort, niemand, als hätte er ihnen mit seinen Worten den Atem verschlagen, als hätte er sie mit seiner düsteren, schrecklichen Prophezeiung gelähmt, jede Regung des Lebens in ihnen erstickt.

Erst nach einer ganzen Weile springt einer auf, es ist Wilhelm. Schneidig ruft er nun: *„Woher* weißt du das denn so genau, Stefan, wovon du da redest, hast du das alles etwa schon erlebt?"

„Woher ich das weiß?" Er schaut ihn an. „Weil ich Bücher darüber gelesen habe." Er fixiert Eugen. „Weil ich Bilder davon gesehen habe." Er betrachtet Karl. „Weil ich Filme darüber angeschaut habe." Er schaut alle an, lässt seine Blicke wandern. „Und weil ich nicht aus dieser Zeit stamme, nicht von hier, aus dem Jahr 1914." Dann richtet er seine Augen über ihre Köpfe hinweg, als wollte er in die Ferne sehen, in die weite Ferne, aus der er gekommen ist. „Sondern, weil ich aus der Zukunft komme. Ich komme... aus der Zukunft, aus dem Jahr 2003." Er schweigt einen Augenblick, lässt die ungeheure Bedeutung seiner Worte wirken. „Und ich werde euch jetzt sagen, wie die Menschen aus meiner Zeit den Krieg nennen, in den ihr jetzt hineinstolpert, den flotten Feldzug, aus dem ihr nach sechs bis acht Wochen wieder siegreich zurückgekommen sein wollt.

Sie nennen ihn den Ersten Weltkrieg!"

15. Niemand kommt mehr dazu, auf Notfunk zu gehen.

Thomas wischt angeekelt das Lenkrad ab, „Butterfinger" war wieder dran, die Frühschicht, die ihm immer das Auto mittags hinstellt. Er fordert einen Eignungstest für Taxifahrer, das entscheidende Kriterium: keine Schweißhände! Thomas steht am „Tchibo" (Tchibo, du schöner, du Blume unter den Standplätzen!) und hat gerade den Lappen verstaut, als drei Laster mit riesigen Reklameschildern, die, wie große, zu transportierende Glasscheiben seitlich hinten drauf befestigt sind, an ihm vorbei fahren und sich an der Ampel, jener, die ihn schon so oft zu Tode genervt hat, anstellen. *Tucker, tucker*, aus den Auspuffen bläut es hinten raus und macht ihm das beworbene Produkt auf Lebenszeit, also noch vier Stunden genau, gründlich verhasst.

Heute ist mal wieder der Wurm drin, ein „kaum gebucht, schon geflucht"-Tag. Stress, Fehlfahrten, komische Leute. Es heißt ja immer, dass die Leute bei Vollmond ausrasten, aber wer sagt, dass sie das bei Halbmond nicht auch tun? Hm, Halbmond, er liebäugelt mit einem Döner (mit Ayran natürlich, dem türkischem Nationalgetränk, in dem er zurzeit baden könnte), lässt es aber, weil er gerade sauber gemacht hat und es ihm bei dem Gedanken graust, hinterher Hammelbröckchen vom Fahrersitz zu klauben. Außerdem ist ihm noch schlecht vom Fahrgast vorhin, einem ekligen, übel riechenden alten Schmatzer, bei dem sich ihm während der Fahrt die Zehennägel einzeln aufgerollt haben.

Was hatte er nicht schon für Fahrten heute! Eine ältere Frau zum Beispiel, aus einem Hochhaus, die zu ihrem Arzt wollte, aber überhaupt nicht mehr orientiert war, welcher Wochentag ist, prompt hatte der Arzt heute gar keine Sprechstunde.

„War denn gestern Sonnenfinsternis? Es war doch den ganzen Tag dunkel! Dann gegen neun Uhr abends ist es hell geworden. Und dann kamen die Vögel!", meinte sie und zeigte ihm ihren Teddybären, ob der nicht süß wäre. Er bot ihr an, sie zu einem anderen Arzt zu fahren, in die Notfallpraxis zu fahren, nach Emmendingen zu fahren, irgendwo hin zu fahren, wo man sich, in Gottes Namen, um sie kümmert, ganz nachdrücklich, was konnte er mehr machen, aber nein – sie will nicht mehr in die Klinik.

Dann eine Frau, die beschlossen hat, in Zukunft immer hinter dem Fahrer zu sitzen, weil sie mal bei einem üblen Discounfall dabei gewesen war. Sie schnallt sich nun nicht mehr an, damit sie dem Fahrer bei einem Unfall ins Genick fliegen kann. Sie ließ sich nicht überzeugen, dass sie beide mehr davon hätten, wenn sie sich anschnallen würde.

Dann zwei Frauen, von einem Besuch in der Frauenklinik kommend. Die eine erzählte der anderen wohl noch nachträglich eine Geschichte, von einer Ausländerin:

„Sie wurde gefragt, ob sie nach dem Verkehr Schmerzen hätte, hat das aber nicht verstanden: Verkehr. Da habe ich mit Ticki-Tacki ausgeholfen."

Natürlich, bei soviel Plastizität in der Schilderung, machte sie auch ergänzend die zu „Ticki-Tacki" gehörige Handbewegung.

Dann ein paar Alkis nach Emmendingen, in die Klapse. Den einen Kumpel wollten sie offensichtlich nur zum Entzug dort abgeben, sie selber waren wohl noch nicht ganz so übel dran. Der sitzt da hinten ziemlich relaxed drinne und bemerkt auf einmal ganz trocken, dass es doch in Emmendingen eine „*Zu*laufstraße" gäbe! Hat der doch aus der „Geyer-zu-Lauf-Straße" eine „*Zu*laufstraße" gemacht!

Dann ein sturer Schrat aus der Klinik, der mit über sechzig Jahren einen Motorradunfall hatte und kaum noch krauchen konnte. Doch die dreizehn Euro Eigenanteil wollte er nicht bezahlen, schrie Zeter und Mordio. Da stieg dieser Seniorenrocker doch aus, obwohl er vorhin mit seinen gebrochenen Rippen und dem kaputten Fuß es kaum ins Taxi geschafft hat, stellte sich hinkend auf die Füße und machte wie Rumpelstilzchen! Und humpelte dann davon. Hundertprozentig, um nach fünf Minuten dem nächsten Taxi zu winken, und die *ganze* Strecke dann bar zu bezahlen.

Und jetzt: Einsteiger am Tchibo. Ein alter Zausel, stets betrunken-tief-gesunken-hat-gestunken – aber lustig und froh, wie der Mops im Paletot.

„Es geht wieder aufwärts!", sagt er, kaum dass er drin ist. „Auf den Grabhügel!" Und er vertraut Thomas an: „Erst kürzlich hat doch jemand gesagt, dass manche alten Menschen vor ihrem Tod noch mal aufs Klo müssen: ‚Jedes legte noch ein Ei und dann kam der Tod herbei'." Unterwegs lässt er sich darüber aus, warum hier bei uns so wenig ausländische Euros im Umlauf sind. Und er unterbreitet Thomas seine Spargroschentheorie. Denn das sei sicher der große Renner, sagt er, bei den kleinen Steppkes. Jeder ausländische Euro käme sofort ins Sparschwein. Darüber kommen sie ins Gespräch, über Erfolg und so.

„Der Erfolg hat viele Väter, den Misserfolg hat der Esel im Galopp verloren!", gibt er ihm noch eins seiner Alkohol-Aphorismen mit auf den Weg und bezahlt – mit Bundesadlern.

Thomas stellt das Auto am Stand „Klinik vorne" ab, schließt ab und nimmt sich seiner schwachen Blase an, auf der Besuchertoilette – in der Urologie.

Erstaunlich, wie lang sich eine Fahne im Fahrgastraum hält. Als er nach fünf Minuten wieder zurückkommt, ist sie immer noch zu riechen. Thomas macht es sich nun bequem. Es ist immer noch sehr warm. Ein Kollege schöpft Wasser für das Entenpärchen vor dem Brunnen, „grukgruk", machen sie. Sie halten sich schon seit einigen Wochen hier auf und er ist einen Moment sehr traurig, als er sich die ganzen Gefahren vergegenwärtigt, die hier überall auf das treue Paar lauern.

Der Brunnen schaltet sich ab, urplötzlich. Das ist genau dieser Moment für den Nachtfahrer, an dem er weiß: Der Tag ist zu Ende. Das geschäftige Treiben der Leute um ihn herum kommt zur Ruhe. Die anständigen Menschen sind alle schon zu Hause, vor dem Fernseher. Es – beginnt die Nacht mit ihren eigenen Gesetzen.

Ein Mensch steigt ein, hinten. Sie fahren. Auf einem Parkplatz in einer menschenleeren Gegend lässt er ihn halten, reicht ihm einen Schein zum Wechseln. Bevor er raus gegeben hat, ist er schon tot und erwürgt. Der Täter schleift ihn zum Kofferraum, welcher Thomas, den Geldbeutel im Mund, sodann diskret verschluckt. Erst am nächsten Morgen wird man ihn vermissen.

An diesem Abend müssen noch drei weitere Kollegen dran glauben. Niemand kommt mehr dazu, auf Notfunk zu gehen.

16. Geisterstunde.

Mitternacht.

Die Geister der Opfer stehen um den letzten Neuankömmling herum und begrüßen ihn. Der Neue nimmt es wenig froh zur Kenntnis, reibt sich den nicht mehr vorhandenen Hals.

„Tut es arg weh?", erkundigt sich einer mitfühlend.

„Na ja, ist wahrscheinlich mehr die Einbildung."

„Ich finde, langsam geht er zu weit! Dass er aber auch immer so dolle fest zudrücken muss!" Der erste Geist, der das gesagt hat, ist entrüstet.

„Genau, wir sollten ihm das Handwerk legen!", meldet sich ein zweiter. „Sag mal, hat er dir auch den Geldbeutel in den Mund gesteckt?" Der Neue bestätigt.

„Ich finde das völlig würdelos, das ist, das ist ja schon geradezu... Leichenschändung!" Der zweite Geist schwebt aufgeregt ein wenig über dem Erdboden.

„Mir wäre ganz recht, wenn du solche Wörter nicht in den Mund nehmen würdest, ich finde das nämlich ziemlich pietätlos", sagt der Erste frostig.

„Entschuldige."

„Schon gut."

„Wir sollten endlich mal die Öffentlichkeit aufmerksam machen! Die dürfte sehr neugierig sein, wer der Mörder ist. Und, äh… *wir* wissen es ja", mischt sich ein Dritter ein.

„Habt ihr euch eigentlich schon mal überlegt, wie wir das machen sollen, wenn uns keiner sehen kann? Sollen wir denn so über die Kajo prozessieren, mit Schildern in der Hand?" Das hält niemand für eine gute Idee. Abgesehen davon, dass es ihnen überhaupt nicht möglich ist, irgendetwas mit den Händen zu greifen, abgesehen davon, dass sie für Menschen unsichtbar sind, abgesehen davon, dass sie nur um Mitternacht spuken können – würden sie auch nichts damit erreichen. Niemand in Freiburg beachtet auch nur irgendwen, der mit Schildern in der Hand durch die Kajo prozessiert. Ja, man kann sagen, mit Schildern in der Hand durch die Kajo zu prozessieren ist vielleicht das sicherste, was man in der ganzen Stadt *überhaupt* tun kann, um nicht beachtet zu werden. Flüchtige Verbrecher könnten sich auf diese Weise wochenlang jeder Verfolgung entziehen. Der unvermeidliche Peter Niehenke, der Nacktläufer, könnte hier, entblößten Unterleibes und mit einem Schild in der Hand, unverhaftet in der Sonne auf und ablaufen, bis er Hautkrebs an den Schniedel bekäme. Ja, Osama bin Laden selber könnte sich hier für die arabische Sache einsetzen, nebenbei seine neusten Anschläge planen und wäre sicherer, als in der tiefsten afghanischen Höhle, solange er dabei nur ein *Schild in die Höhe streckt* – denn genau das ist ja der Schlüssel zum Völlig-übersehenwerden. Die Leute würden ihn nur kurz mit dem Blick streifen und seufzen: „Schon wieder 'ne Kurdendemo", und würden rasch weiter ihre Einkaufsliste memorieren.

„Was sollen wir denn dann also machen? Nachts stöhnen und mit den Ketten rasseln?"

„Wir haben doch gar keine Ketten! Also ich zumindest. Ich habe rein gar nichts, was auch nur im Mindesten kettenähnlich wäre." Der zweite Geist zögert kurz. „Noch nicht mal… eine Garotte." Pikiertes Schweigen. Er spürt, dass er wieder einmal zu weit gegangen ist.

„Das ist *überhaupt* nicht witzig."

„Entschuldigt", sagt er zerknirscht. „Aber ich mache halt nun mal gerne Scherze, nun… habe gemacht." „Ja, aber da waren es die anderen, über die du deine Scherze gemacht hast, verstehst du, die *anderen*, das ist ein Riesenunterschied!"

„Na, wenn ihr meint."

„Ja, das meinen wir, also halt gefälligst deinen nicht mehr vorhandenen Rand."

17. „Lädst du mich zu einem Ka-Ka-Kaffee ein?"

Rainers beste Chancen in seinem Taxi an eine Frau zu kommen, so stellt er es sich vor, ist, wenn diese einen Fuß im Gips hat. Denn dann ist ein Taxifahrer doch der Mann der Wahl! Und es gibt schon komplizierte Brüche!

Aber was könnte man nicht erst alles abschleppen, überlegt er sich, könnte man Gedanken lesen! So gerne würde er, als nächstes, eine Story über einen Gedankenleser, einen Telepathen schreiben. Und zwar müsste es dann so sein, dass dieser der einzige Telepath überhaupt auf der ganzen Welt wäre, der Einzige! Und er würde sein Geheimnis hüten, als wäre es das letzte auf der Welt. Er hätte panische Angst vor seiner Entdeckung, denn er kann sich gut vorstellen, was ihm dann blühen würde. So lebt er also im Geheimen und liest die Gedanken seiner Mitmenschen.

Unzählige Seiten könnte er damit füllen, was gäbe es da nicht alles zu schreiben?

Rainer hängt lässig auf seinem Sitz und seinen Träumen nach. Er stellt sich vor, er wäre Telepath. So viele Leute laufen ständig vorbei. Wäre das nicht etwas wahnsinnig Tolles, wenn man ihre Gedanken lesen könnte? Zu wissen, was jeder einzelne von diesen vielen, vielen Menschen denkt? Jeder noch so intime Gedanke, jede erotische Phantasie, selbst das noch so sorgfältig gehütete Geheimnis – läge offen vor ihm!

Dieser Mann da hat vielleicht gerade seine Frau betrogen, und schwelgt noch in Erinnerungen, diese Frau plant vielleicht gerade einen Mord, vielleicht an ihrem untreuen Gatten, warum nicht, und dieses Mädchen da – *wow*, dieses Mädchen da! Rainer vergisst für einen Moment ganz seine kleinen schmutzigen Phantasien und ist ganz in Betrachtung von ihr versunken – wie ein Besucher einer Galerie angesichts eines schönen Gemäldes. Sie schlendert auf sein Taxi zu, sieht zu ihm rüber.

Was würde er darum geben, jetzt ihre Gedanken lesen zu können: *Wenn du wüsstest, wie ich es grad besorgt haben wollte, du großer starker Taxihengst. Mit meinem Freund ist jetzt schon zwei Wochen Schluss und der Dildo überstrapaziert.* Sie leckt sich die Lippen. *Ja, schau nur, ich würde ganz gerne da so einiges lecken!*

Susanne studiert Mineralogie im vierten Semester, hat gerade tierischen Prüfungsstress und hat sich einen Stadtbummel gegönnt. Sie braucht das einfach von Zeit zu Zeit, und jetzt tun ihr gehörig die Füße weh. Da sieht sie ein Taxi stehn.

Wie der Typ da glotzt... hat der aber viele Pickel... Ihre Lippen sind ziemlich spröde, bemerkt sie gerade so nebenher, vielleicht könnte sie etwas Labello vertragen. *Mmm, war das gut mit Burkhard gestern... er weiß wirklich, was Frauen wünschen... Taxifahrer, das letzte! Aber meine Füße... ich glaub, ich steig mal bei dem da ein... obwohl, nee, der glotzt so... und sein Auto, iiih!*

Rainer starrt wie hypnotisiert auf die schöne, junge Dame vor ihm, nur mit Mühe kann er die telepathische Verbindung aufrechterhalten: *Was ist, Taxihengst, Frauen wollen umworben werden!*

„Da-DaDa-Darf ich Sie vielleicht wo hin fahren?" *Gut so, Taxihengst, du bist schon halb am Ziel!*

„Ja, gerne, ich mein, es geht nicht weit, aber meine Füße tun so schrecklich weh!" *Die Pickel! Hoffentlich muss ich die Fahrt über nicht reden, ich bin so ausgepowert von dem ganzen Stress!*

Sie nennt die Straße, wo sie hin will und setzt sich hinten rein, beschließt, etwas angeekelt die hochgradige Verdreckung um sie herum zu ignorieren. Rainer fährt und liest weiter in ihren Gedanken: *Frag mich, was ich so treibe im Leben – und sag Du zu mir, da steh ich drauf!*

„Und, was, äh, treibst'n so im Leben?"

Was ist'n das für ein Vogel? Was geht den das an? Wieso duzt der mich überhaupt? Hoffentlich sind wir bald da. „Ich studiere noch, und Sie?"

„Ich fahr' Taxi." *Das sieht die doch!*

„Ach!" Gesprächspause. Susanne denkt an ihre Prüfungen und ans Ende der Fahrt. Sie wird daheim erst mal ein Bad nehmen und dann vielleicht ihren Freund anrufen. Rainer fährt und hält den Kontakt: *Mach mich an, worauf wartest du noch?*

Rainer dreht sich um, schaut Susanne an. *Jetzt oder nie!*

„Lädst du mich zu einem Ka-Ka-Kaffee ein, wenn..." Er schaut seinen Fahrgast an, beim „Ka-Ka-Kaffee". Dies tut er auch gerne und gründlich, versäumt dabei nur eine kleine Winzigkeit, nämlich dem Auto vor ihm ebenfalls ein klein wenig Aufmerksamkeit zu schenken. Dessen Fahrer hat nämlich nichts davon mitbekommen, dass Rainer mit wichtigen Wahrnehmungen beschäftigt war und deshalb den Erfordernissen des Verkehrsflusses entsprechend konsequent und souverän reagiert.

Kurz, der steigt in die Eisen, Rainer tut dies nicht und fährt deshalb konsequent und wenig souverän – auf ihn drauf.

Alles halb so schlimm, aber sein schöner Fahrgast beschließt, ihn bei der Abwicklung des Unfalls nicht weiter zu stören und die restlichen paar Meter nach Hause zu laufen.

Ich fass es nicht, ich war so nah dran!

18. „*Du bist ein Mausklick, Behämmertle!*"

„J-J-Jetzt weiß ich w-warum ich ein-nen D-Doppelnamen habe, Sch-Schibulski. Weil ich immer alles d-doppelt seh, wenn ich einen geladen habe!" Behämmertle, das wandelnde Vorlesungsverzeichnis philosophischer Fakultäten, hängt wie immer im Belle Eponge und lässt sich von seinem Freund und Barkeeper abfüllen. Seine besoffenen Schweinsäuglein streifen Schibulski kurz, bleiben einen Moment an seiner athletischen, solariengebräunten Gestalt hängen, neidisch wie immer, und verlagern sich dann wieder in Richtung „Blondine, in der Nähe". „J-Jean, du nimmst die l-links und C-Claude die rechts!" Sein Freund und Barkeeper raunt ihm noch kurz zu, dass er die Kleine erst noch für ihn auf den Prüfstand zu nehmen habe, testen müsse, ob sie denn überhaupt für ihn, Jean-Claude, geeignet wäre und schenkt ihm dann reichlich nach. Behämmertle als lallendes Wrack, hin und wieder braucht auch Schibulskis nicht unbeträchtliches Ego eine Stütze und die hat ein gelegentlich schwacher Mann eben dadurch, dass er sich einen noch schwächeren Freund hält. Er muss nur immer kucken, dass er es nicht übertreibt, wenn der andere erst mal in den Entzug müsste, würde es einsam für ihn.

Sober up, Behämmertle, wie der Engländer sagt! Der Leser weiß jetzt zur Genüge, wie behämmert du bist, jetzt musst du dich wieder an den Fall dranhängen. Gleich wird jemand zur Tür hereinkommen, der dich sucht und du wirst dich um ihn kümmern. Aber dazu musst du nüchtern sein!

Jesses! War da nicht gerade eben wieder diese verflixte Stimme in seinem Kopf gewesen oder hat er sich die nur eingebildet? Und wo ist denn sein schöner Rausch auf einmal hin? War er nicht gerade zu wie tausend Russen? Hatte er nicht gerade wieder für einen Riesendeckel gesorgt, nun allerdings völlig umsonst?

Jammerschade um all den schönen Alkohol!

Wolf-Dieter betritt das Belle Eponge, schaut sich suchend um, läuft zum Tresen.

„Hallo Kollege, du bist doch der Jean-Claude Behämmertle!?" Wolf-Dieter tut sich immer noch schwer mit dem kollegialem „du", hat es aber akzeptiert.

„Wasndas? Guido Westerwelle auf seinem Weg in den Big-Brother-Container?", murmelt Behämmertle in den Bart und schaut entsetzt auf die Gestalt im schwarzen Maßanzug und FDP-Krawatte.

„Also Jean-Claude... ich darf doch Jean-Claude zu äh, dir sagen oder bevorzugst du die Anrede ‚Jean' oder ‚Claude' – und wenn ja welche?"

„Langsam mal, was willst du denn überhaupt von mir, Chef?"

„Nun, du hast doch überall inseriert, wegen dem, äh, Meerschweinchenmord." Und Behämmertle fiel es wieder ein, dass er ja eine ganze Menge Dinge in Gang gebracht hatte. Er war bei der Polizei gewesen, hatte Zeitungen benachrichtigt, überall inseriert, Aushänge gemacht, rumgefragt und hatte tatsächlich förmlich eine Lawine ins Rollen gebracht – eine ganze Reihe von Leuten hatten bereits ihren kleinen Liebling zu betrauern gehabt! Merkwürdigerweise, ja schon groteskerweise, war dies vorher noch nicht an die Öffentlichkeit gekommen. Denn obwohl ja zu dem grausigen Ritualmord zusätzlich immer noch ein Einbruch stattfand, notwendigerweise, *fehlte* nie irgendetwas aus den Wohnungen und deswegen kam es auch in den wenigsten Fällen zur Anzeige. Die Tat lief jedenfalls tatsächlich immer nach dem gleichem Muster ab. Stets wurde die Meerschweinchenleiche genauso aufgefunden, wie es bei Inge der Fall war und stets steckte ihm irgendein Futterkorn, Mais, Weizen, Roggen, irgendwelche grünen Pellets im Mäulchen und im Bauch ein Zettel mit einem kruden Spruch: „Meer Schwein als sein" oder „Meerrettich, Meerschwein, mehr Leichen" oder ähnlichem Schwachsinn in dieser Richtung.

Und was will jetzt diese *bescheuerte Osterwelle* von ihm?

„Also, Jean-Claude, sag ich jetzt einfach mal, ich will dir helfen. Ich bin nämlich Tierfreund und mich empört das alles ungemein." Und er greift in seine Tasche und zieht ein kleines braunes beschriftetes Fläschchen hervor, stellt es auf den Tisch,

„Wassndasfürnscheiß?"

„Testserum. Meerschweinchenserum, für einen Allergietest. Hab ich von meinem Hausarzt, zu dem ich ein sehr gutes Verhältnis pflege." Tatsächlich, denkt sich Behämmertle, er sagt „Verhältnis pflegen". Echt bescheuert, der Typ. Behämmertle seufzt. Warum soll er sich jetzt hier eigentlich weiterhin den Kopf über diesen beknackten Fall zerbrechen? Warum nicht… *natürlich!* Er wird jetzt hier alles stehen und liegen lassen und im Grünhof einfallen, wie ein Schwarm Heuschrecken.

Doch – da ist sie wieder, die Stimme in seinem Kopf, die ihm ständig einredet, dass er nur das tun soll, was sie mit ihm vorhat.

Du bist ein Mausklick, Behämmertle! Du bist ein paar Anschläge auf der Tastatur. Times New Roman, Schriftgrad Zehn – das bist du.

„Times New Roman? Warum nicht Bookman Old Style oder Arial? Warum nicht Futura bold, hä?" Behämmertle kramt in seiner Erinnerung, ob er jemals einen Roman in Futura bold gelesen haben könnte, findet aber keinen. Er wischt diese Überlegungen jedoch energisch beiseite. Er freut sich jetzt auf sein Grünhofschnitzel. Er…

Du wirst jetzt kein Grünhofschnitzel essen, Jean-Claude!

„Warum denn nicht!"

Weil ich anderes mit dir vorhabe! Außerdem musst du an deinen Cholesterinspiegel denken.

Behämmertle stößt eine ganze Reihe von Verwünschungen aus und noch eine ganze Menge anderer fieser Sachen dazu, von denen kein Mensch aber jemals etwas erfahren wird. Denn kaum hat er das getan, hat die Stimme in seinem Kopf schon all die vielen Sätze schön sauber mit der Maus markiert.

Und dann drückt sie ganz locker eine Taste.

„Entf."

Kapitel 4

19. Ute, die gute Pute.

Ein junger Typ läuft den Gehweg entlang. Mit seinem gesunden Arm hält er eine Gehstütze, die andere hält er abgewinkelt, wie spastisch gelähmt. An beiden Beinen hat er hölzerne Prothesen, zumindest die Unterschenkel fehlen. Er läuft, indem er jeweils den Fuß, der gerade dran ist, nach vorne schlenzt. Dann verlagert er das Gewicht darauf, das künstliche Kniegelenk arretiert. Er läuft. Er hat einen Full-Time-Job damit, aber – er läuft. Eine Frau will an ihm vorbei, sie ist viel schneller als er. Er strahlt sie an.

Was will ein Gesunder denn nicht alles erreichen? Ständig ist er unzufrieden, ständig will er mehr. Dieser Junge sieht nicht unzufrieden aus, im Gegenteil! Er sieht aus wie *Pinocchio*, aber er ist stolz auf sich. Und er hat Freude am Leben.

Ute bekommt für einen Moment feuchte Augen. Vorhin schon hat sie einen jungen Blinden gefahren. Wie viele Menschen müssen ihr Leben meistern und sehen nicht aus, wie die strahlenden jungen Menschen mit guten Berufen aus der Werbung. Und wie viel Elend um einen herum muss alleine schon eine Taxifahrerin aushalten. Erst gestern die Frau mit dem Loch im Kehlkopf, durch das sie pfeifend Luft geholt hat. Gesprochen hat sie nicht mit ihr und ihr auch kein einziges Mal in die Augen geschaut. Die Beine waren dick geschwollen, sie kam kaum die Treppe hinaufgekeucht. Wie lange wird diese Frau denn noch zu leben haben? („Wie lange werden wir *alle* noch zu leben haben", sagt sich Ute, „angesichts der jüngsten Ereignisse!") Alleine, was hier nur von der Klinik alles so am Taxistand vorbeiläuft, den ganzen Tag!

Aber nicht alles ist krank, was hier vorbeiläuft. Ein knackiger Bursche in engen Jeans schlendert durch ihr Blickfeld, sie bewundert im Rückspiegel seinen festen Po.

„Ute, du gute Pute!", sagt sie zu sich selber. „Was ist los mit dir? Du schräge Schreckschraube, du *Schrägschraube*." Und nun ist sie doch wieder dabei, bei ihrem Lieblingsthema: ihren unaufhaltsamen Niedergang zu analysieren, den sie meint an sich entdeckt zu haben. Jetzt, wo sie Fünfunddreißig geworden ist, also schon in fünf Jahren das Alter erreicht haben wird, in dem die Frauen billig in der Anschaffung und teuer im Unterhalt zu werden beginnen.

Sie muss an einen Typen namens Michael denken. Der hat ihr mal vor einer ganzen Weile gesagt, wenn sie sich nicht mehr so gehen lässt und wenn sie abnimmt, wird das vielleicht was mit ihnen. Sie hat also abgenommen, sie hat sich nicht mehr so gehen lassen, hat versucht ihr Leben neu zu strukturieren, er wollte aber trotzdem nichts von ihr.

Vielleicht hat er ja Recht, denkt sie selbstquälerisch, *er traut mir einfach nicht zu, dass ich mein Leben auf die Reihe kriege, ich trau es mir ja selber nicht zu.* Zum Beispiel: Sie *hat* keine Bulimie. Das heißt, sie frisst nicht irgendwelche Süßigkeiten, um dann zu kotzen, sondern sie kauft welche, um sie dann angebrochen wegzuschmeißen. Bei ihr läuft der Diätjojoeffekt zyklisch alle zwei Wochen. Sie kauft die „Brigitte" am Mittwoch und fängt begierig, konsequent und diszipliniert mit der Diät der Woche an, um sie dann, ein paar Tage später, wenn sie mit dem Lesen bis zu den Kochrezepten gekommen ist, wieder an den Nagel zu hängen. So gegen Ende nächster Woche stößt sie dann auf die leckeren Schlemmerrezepte und frisst sich begierig, konsequent und diszipliniert anhand derer den Pansen voll.

Vielleicht liegt das Problem ja eigentlich *überhaupt* nur an diesen bescheuerten Frauenzeitschriften. Bevor sie angefangen hatte Frauenmagazine zu lesen, war sie mal eine ganz patente Frau. Die vielen Psychoratgeber haben jedoch aus einer liebenswerten natürlich-fröhlichen Frau ein nervöses, misstrauisches (Ute selber sagt immer *misstraurisch* anstatt misstrauisch) Wrack gemacht, das Alles und Jeden, vor allem aber sich selbst psychologisiert.

Seien wir doch mal ehrlich: Das ganze Dilemma sind doch die vielen arbeitslosen Psychologen. Niemand braucht sie, alle wären glücklicher ohne sie. Aber ein arbeitsloser Psychologe ist gefährlicher als ein ganzes Gramm Plutonium in einem Abfalleimer direkt an einem Kinderspielplatz. Er bohrt und wühlt solange im Unbewussten, bis man ihn einstellt und dann hat man das Problem.

Ute ist aber auch schon einmal in die Fänge einer Hobbypsychologin geraten, die nach willfährigen Opfern in ihrem Bekanntenkreis Ausschau hielt, um sie ihrer Machtsphäre einzuverleiben, sie mit Psychospirenzchen zu vernebeln, abhängig zu machen und sich auf diese Weise Gurustatus zu verschaffen. Und sie war auch mal auf einem Psychoseminar (die Adresse hatte sie aus einer Frauenzeitschrift), wo einer dieser Typen mit ruhiger fester Stimme Vorträge hielt. Einer dieser Typen, die es gelernt haben, alle Dinge, in denen sie schrecklich unsicher ist, mit ruhiger, fester Stimme vorzutragen.

„Du kannst alles schaffen!", sollten sie dann vor dem Spiegel stehend, sich immer wieder sagen.

„Du kannst alles schaffen!", sagte sie dann vor jenem Spiegel und bei diesen markigen Worten schob sie energisch das Kinn hervor. Es knackte im Halswirbel und ein scharfer Schmerz durchfuhr sie. Aber sie zuckte mit keiner Wimper. Doch als sie dann wieder zu Hause war fehlten ihr fünfhundert DM und einfach der Anreiz sich immer wieder vor den Spiegel zu stellen und hinterher ihren Chiropraktiker anzurufen.

Also war auch dieser Ansatz, ihr Leben neu zu richten, vergebens.

Sicher liegt es auch an den Frauenzeitschriften, dass Ute jeden bescheuerten Trend mitmacht, Hauptsache, er hat einen englischen Namen: „Walking" zum Beispiel, anstatt nur einfach spazieren zu gehen und an nichts zu denken. Das sind dann immer diese Frauen, die in Gruppen durch den Wald ziehen und so komisch mit den Armen rudern. (Ein Mann würde das nie machen, es wäre ihm viel zu peinlich.) Sie ist Mitglied in drei Fitnesscentern, geht da jeweils am Frauentag hin. Dann kann sie in Ruhe in die Sauna gehen, ohne von Männern angeglotzt zu werden, das neugierige Geglotze der Frauen ständig, „Was hat die denn da für eine Figur?", reichen ihr schon.

Jedenfalls – irgendwie vergraule ich die Männer, denkt sie, seufzt tief und sucht nach weiteren Gründen dafür. Vielleicht liegt es an ihrem vollen Kleiderschrank? Sie hat ja alles für das Frühjahr, den Sommer, Herbst und Winter, kauft aber triebhaft Sachen für den „Übergang" und dazu jede Woche noch ein neues Paar Schuhe – das heißt, sie gibt auch durchschnittlich jede Woche ein kaum getragenes Paar Schuhe in die Altschuhsammlung. Wegen Frauen wie ihr gibt es diese überhaupt. Oder liegt es an ihrer unpraktischen Art? Als ihr Fahrrad mal wieder einen Platten hatte (früher hat das ja immer ihr Exfreund repariert), hat sie sich, anstatt das Fahrrad zur Reparatur zu bringen, einen Heimtrainer angeschafft. Der verstaubt jetzt nur – und sie fährt jeden Meter mit dem Auto.

Ja, sie ist zwar rebellisch und starrköpfig – aber doch auch so ein Typ, der gerne noch die andere Backe zum herzhaft draufhauen hinhält. Erst gegen Ende ihres Lebens wird sie merken, dass es falsch war. Sie wird dann in ihren Memoiren darauf hinweisen, aber es wird zu spät sein.

Ute denkt nun an das Zeitungsmeeting. Sie hat da eine bestimmte Sache im Kopf, die sie wahrscheinlich *bringen* wird. Telefonauskunft – da hat sie mal gejobbt, eine ganze Weile, bis man sie rausgeschmissen hat, ihren Vertrag nicht verlängert hat. Dann hat sie mit Telefonsex geliebäugelt, weil es ja doch groß keinen Unterschied macht, ob man Telefonnummern raus gibt oder für die Typen in den Hörer stöhnt, für sie jedenfalls nicht, sie sieht das alles nicht so eng, dann ist sie aber doch beim Taxifahren gelandet.

Die erste Zeit war das ganz schön lustig in der Auskunft, sie hatten da einen Rollifahrer, der ziemlich crazy drauf war und der sie auch eingelernt hatte. Hüschi, der „Unhinauswerfbare"!

„Ja-gutte-Dack!", hatte der immer in den „Hörer" geschrien, also in das Mikrofon, welches vor dem Mund schwebte. Ute saß neben ihm, war durch ein zweites Kabel mit in der Leitung, konnte zuhören und mit in den Bildschirm schauen, wie Hüschi nach dem Teilnehmer suchte.

„Ja-gutte-Dack!", war seine Standardbegrüßungsformel, seine höchstpersönliche Variante von „Herzlich willkommen bei der deutschen Telekom, was kann ich für Sie tun?"

Hüsch, der Rollifahrer, „Hüschi", wie er immer bei allen hieß, war ja unkündbar, ein Sonderstatus, der ihm so richtig auf den Leib geschnitten war. Grinsend, unübersehbar, unkündbar, vitaler und besser drauf als alle nicht Behinderten, rollte er sich immer durch die Flure, nach allen Seiten grüßend. Hüschi war bisweilen anstrengend mit seiner guten Laune, die, *falls* sie überhaupt Kompensation für seine Rolle als Behinderter war, immer auf dem gleichen hohen Level blieb, so hoch, dass es einen bisweilen schon neidisch auf so viel Lebensenergie machte. Ute hatte er immer besonders in sein Herz und in seine Arme geschlossen, denn das war bei Frauen für ihn ein und dasselbe. Auch hierbei spielte er dasselbe Spiel, auch hier war er der Unkündbare mit dem Sonderstatus. Hasilein und Mausilein – grabsch, grabsch. Der Grabscher im Rollstuhl, der „Un-Pfoten-weg-bare!"

„Ja-gutte-Dack! Sie sprechen mit Hüschi, dem Rollifahrer, mein Herz macht „Puckerdipucker" und ich habe *Speed* im Blut!"

Es gab aber so gut wie nie Ärger, wenn er da seine persönliche Version von „Elmis Radioshow", seine „Hüschis-Auskunftsshow" gebracht hatte, die Leute waren davon teilweise sichtlich angetan, fanden das auf jeden Fall witziger, als so einen muffligen Auskunftsdrachen. Natürlich war das damals, als man noch pauschal eine Gebühr gezahlt hatte und dafür fast stundenlang mit der Auskunft quatschen konnte. Heute, wo sich die Telekom und Auskunften anderer Unternehmen jedes Wort mit Gold aufwiegen lassen, sind die Kunden nicht mehr so gesprächig, sondern wollen ihre Ansage, c'est tout! Hüschi jedoch verwickelte fast jeden Teilnehmer in ein Gespräch, hatte da eine unheimliche Routine darin, die bloße Frage nach einer Rufnummer in ein Schwätzchen abzubiegen. Dann ging es immer über Gott und die Welt, während die Kolleginnen und Kollegen verbissen den virtuellen Stapel auf dem Schreibtisch abarbeiteten. Bei weiblichen Anrufern sowieso, die Stimme musste nur ein wenig weiblich klingen, und vielleicht nicht gerade wie weiblich, aber über Achzig, dann kam schon gleich ein: „Ja-gutte-Dack – *schöne Frau!"*

Und wenn es mal Ärger gab, zog Hüschi die „Notbremse", hatte immer so ein patentes Anrufer-Ausleitungs-programm drauf. Reine, konzentrierte Psychologie, wirkte immer. Sobald er merkte, da ist ein Humorloser am Apparat, ein Gestresster, ein „Was sülzt der da, ich will doch bloß eine Nummer" oder wenn einer seiner gewagten Scherze übers Ziel hinausschossen, brachte er dieses Schema: „Entschuldigung…", damit würgte er schon mal den aufgebrachten Redefluss ab. „Verzeihung, Sie möchten doch eine Telefonnummer?" oder wenn das noch nichts half: „Entschuldigung, Sie sind doch jetzt hier bei der Auskunft, *oder?"* Hatte er sie soweit, dass sie diese Suggestivfrage mit einem sauren „Ja!", beantworteten und mit Mosern aufhörten, kam er mit seinem: „Also möchten Sie doch jetzt sicherlich eine *Telefonnummer?"*

„Ja!", kam dann immer, in dem Ton, „was meinen *Sie*, warum ich hier angerufen habe."

„Also, wie war der Name des Teilnehmers noch mal?" Und diese Frage stellte er so suggestiv, so zwingend, dass die Leute ganz davon abkamen, die Aufsicht zu verlangen oder „Geben Sie mir doch bitte Ihre Platznummer!", usw. zu fragen, blöd zu machen, sondern den Namen nannten, die Telefonnummer bekamen und sofort auflegten. Dass sie auflegten, war ja wichtig, denn obwohl es die meisten Leute nicht wissen, kann, oder konnte zu mindestens, die Auskunft selber nicht auflegen. Eine Maßnahme zur Disziplinierung, man konnte also einen pampigen Kunden nicht einfach „weg-auflegen".

Wenn die „rote Lampe" brannte, konnte Hüschi dann aber auch kollegial und fleißig sein. Die rote Lampe war eine weitere Maßnahme zur Disziplinierung, neben der Möglichkeit einem bestimmten Auskunftsplatz eine bestimmte Stückzahl abgearbeiteter Anrufe zuzuordnen (der Grund dafür, dass Hüschi manchmal einen Anrufer mit Sonderwünschen an die Aufsicht weiterleitete: „Der verdirbt einem ja den ganzen Schnitt!"), und brannte immer dann, wenn Anrufer zu lange in der Warteschleife hingen und deshalb aus der Leitung flogen. Um in die Warteschleife zurückzukommen, mussten diese dann erneut anrufen.

Hüschis Einlernen hatte leider auf Utes ohnehin rebellisches Naturell einen unguten Einfluss. Sie hatte immer Ärger mit den Kunden, verfügte zudem nicht über seine Ausstrahlung und über sein psychologisches Geschick und rasselte mit ihrem Dickkopf immer irgendwo dagegen.

„Mach die Auskunft fertig!", war ja für viele damals Volkssport. Scherzanrufer, obszöne Anrufer, gerade bei weiblichen Kräften, Leute, die jemanden suchten, den sie für eine Gebühreneinheit gefahrlos anschreien konnten, es waren ja immer genügend Reibungspunkte vorhanden. Der eine damals! Erst machte er blöd, dann ließ er sie eine ganze Weile suchen, ohne ihr zu helfen. Dann fragte sie nach: „Sind Sie noch dran?"

„Ja, was glauben Sie denn? Glauben Sie, dass ich hier sitze und onaniere?"

„Ich bin sogar überzeugt davon, dass Sie hier sitzen und onanieren!" Wegen solchen pampigen Antworten ist sie letztendlich gefeuert worden. Es wurde von den Arbeitskräften in der Auskunft erwartet, dass sie sich so etwas anhören, ohne sich zu wehren. Sie konnten solche „Kotzbrocken" zur Aufsicht weitergeben. Wenn das aber ein paar Mal passierte, hatten sie allerdings gleich einen gewissen Ruf weg.

Ekke kommt angegrinst. Er umarmt sie kumpelhaft, schmatzt sie auf die Backe, obwohl sie ihm gleich zahnfleischlächelnd den Mund hinhält. Ekke zu vernaschen würde sie auch noch tun, obwohl er zehn Jahre jünger ist als sie.

„Mäuschen! Wie geht's, Taximord und so?" Ansatzlos (natürlich interessiert es ihn nicht wirklich, wie's ihr geht) holt er sein Handy heraus und liest ihr vor: „Oh mein Gott, ich wusste es! Keine Frage, ich werde mich sofort entleiben, ich werde solange Starthilfe in Tiefgaragen geben, bis mich eine Abgasvergiftung von meinem unwürdigen Dasein erlöst hat. Sie werden wieder frei sein, nach langen Jahren der Trauer zwar, aber das Leben kann, durch mein Opfer, wieder lebenswert für Sie sein."

„Hat sie sich denn immer noch nicht gemeldet?"

„Nein, aber sie wird, ganz bestimmt wird sie das!"

20. Dumpfer, rassistisch gefärbter, Sexualneid.

Es ist heiß.

Sehr – heiß.

Jahrzehnte alte, angewitterte Kaugummis auf der Humboldtstraße, zahlreicher als die Sterne am Himmel, ja, zahlreicher sogar noch als Taxis in Freiburg, kleben nun wieder an den Schuhsohlen, als wären sie frisch ausgespuckt. Sie kleben an den Sohlen der Schuhe von Menschen, die zu müde sind sich zu ärgern, zu ausgelaugt von der Hitze. Seit einer Woche nämlich klettert das Thermometer jeden Tag bis auf vierzig Grad, um dort, hämisch grinsend stehen zu bleiben, für lange, lastende Stunden.

Rainer steht mit dem Taxi im Schatten und stellt sich vor, in einer Oase unter einer großen Palme zu sitzen. Über den Dünen, die bis zum Horizont reichen, flimmert die Luft. Dromedare wiegen sich durch seine Vorstellung und, unvermeidlich wenn es um Rainers Phantasien geht, kredenzen liebliche Beduinenmädchen Datteln und Feigen, tauschen glutvolle Blicke mit ihm.

Er korrigiert seine Phantasie augenblicklich, denn schon alleine bei der bloßen Vorstellung „glutvoll" fließt der Schweiß schneller und er macht die desillusionierende Feststellung, dass es auch im Schatten einer Sahara-Palme hauptsächlich eines ist: drückend heiß.

„Wenigstens kühlt es in der Sahara nachts ab. Die Menschen dort wissen gar nicht wie gut sie es haben, in Freiburg tut es das nämlich nicht." Rainer lässt den Motor an und beschließt wegzufahren. So kann er nämlich die Klimaanlage laufen lassen. Während er steht, kann er das nicht, denn dann ruft sofort jemand bei der Taxizentrale an und beschwert sich. Der betroffene Fahrer kriegt umgehend den Rüffel vom Funker, während rings um ihn herum die Nicht-Taxifahrer stehn und Motor und Klimaanlage laufen haben. Sie müsste man ja *direkt* ansprechen und das trauen sich die Leute nicht. Es fällt ihnen leichter, wenn noch eine Person dazwischen geschaltet ist.

Rainer fährt zum Seepark, er entscheidet sich, schwimmen zu gehen. Zwar verdient er dann die nächste Stunde nichts, aber er hat so eine Ahnung, dass dem auch so wäre, würde er nicht schwimmen gehen.

Wo ist das Wasser? ist sein erster Gedanke, als er durch zehn Meter Schlick am Uferrand watet, und *Warum stinkt es so?* sein zweiter, als er es endlich erreicht hat. Der Schweiß perlt auf seiner Stirn, während er sich ins Nass hinab lässt, der Schweiß perlt auf seiner Stirn, auch nachdem er bereits fünfzig Meter geschwommen ist.

Das Wasser kühlt nicht mehr ab!

Rainer, einen Hitzschlag befürchtend, versteht nun, warum der eine Typ da nun schon eine Viertelstunde lang auf der roten Boje balanciert, zu zwei Dritteln im Wasser, die Hände nach oben ausgestreckt, obwohl ihm eben dies vorher noch ziemlich albern vorgekommen ist.

Er schwimmt weiter, sein Knie durchfährt jedoch auf einmal ein scharfer Schmerz. Es ist an einen metallischen Gegenstand gestoßen und der einzige Gegenstand aus Metall, der im Flückigersee schwimmt und nicht sofort untergeht – ist die Sauerstoffflasche eines Tauchers.

Oder war es eine Taucherin? Rainer schwimmt nämlich nackt, wird sich auch gar nicht erst mit einem Handtuch abrubbeln, wenn er wieder an Land ist, sondern nur von der Sonne trocknen lassen, während dem sich Zerkarien, die Entenwürmer, gemütlich in seine aufgeweichte Haut bohren.

Sein Blick fällt, am fernen Ende des Sees, auf eine Reihe von wichtig und kompetent aussehenden Fahrzeugen. Zusammen mit einer Zeitungsnotiz über einen vermissten, zuvor alkoholisierten, Seeparkbesucher, die er gestern gelesen hatte, ergänzen sich nun all diese Informationen zu einem zusammenhängenden Bild.

Irgendwo unter ihm befindet sich eine Wasserleiche.

Eine stört mich nicht, ich will schwimmen!

Die wenigsten Menschen scheint das auch zu stören.

Wie immer an einem Sommernachmittag besiedelt ein buntes, großenteils nacktes, Vielvölkergemisch den mit bräunlichen

Grasresten überzogenen Uferstreifen, an dem stellenweise schon der blanke, hart getrocknete Boden zu sehen ist.

Nirgends wo sonst ist Freiburg internationaler.

Rainer landet an einer Stelle und lässt sich auf trockenen, pieksigen Grasbüscheln nieder, wuselnde Ameisen ignorierend, eine Nackte neben sich jedoch nicht.

„Gefällt dir, was du siehst?" Rainer interpretiert diese, an ihn gerichtete, Bemerkung der weiblichen Sehenswürdigkeit mit Freundin richtigerweise nicht als Einladung zu einem Flirt, sondern als Aufforderung seine Blicke fürderhin in eine andere Richtung schweifen zu lassen.

Dort, in dieser, anderen Richtung, wohin er jetzt gehorsam blickt, tummeln sich vier junge, muskulöse, französisch sprechende Schwarze, die, voll des männlichen Selbstbewusstseins, nicht so aussehen, als ob sie ihrerseits auf eine solche Bemerkung eingehen würden. Denn sie laufen nackt auf und ab, winken Frauen zu, die vorbeipromenieren oder miauen sie gar an, ja, wälzen sich sogar vor ihnen auf dem Boden herum, wie rollige Kater. Ein bisschen Deutsch können sie indes: „Schöne Frau!", sie winken ihnen. „Komm her!" Eine weiße, matronenhafte Frau, Mitte dreißig, mit Rastazöpfen, die offenbar dazugehört, lacht kehlig, mit nach reichlich Alkohol und Zigaretten klingender Stimme.

Dumpfer, rassistisch gefärbter, Sexualneid bringt Rainer dazu, wieder wo anders hin zu blicken und zwar, da er hinten keine Augen hat, nach vorne – die einzige, ihm verbliebene Möglichkeit. Doch auch da: zwei weibliche Nackedeis, dem Wasser entsteigend – die ihre Haut jedoch ausschließlich der Sonne aussetzen wollen. Eine innere Einstellung, die sich an einem einsamen finnischen See, in Höhe des Polarkreises, momentan jedoch leichter ausleben ließe, als ausgerechnet am Flücki.

„Geh doch ins Kino!", blafft die eine, während sie aus dem Wasser steigen will, damit aber noch wartet. Doch diesmal ist nicht Rainer gemeint, denn vor ihm sitzen noch zwei Zigeunerjungs, die sich in stark badisch gefärbtem Romani, der Zigeunersprache, unterhalten.

„Geh doch ins Lorettobad, Alte." Der eine Roma-Junge kann sehr schnell die Sprache wechseln.

„Der geht mir vielleicht auf den Keks", beschwert sie sich bei ihrer Freundin. Rainer beschließt ein Zeichen zu setzen, gegen die

Schlechtigkeit aller Männer dieser Welt (und gegen all die nicht viel besseren Frauen dieser Welt, die sich mit solchen Männern einlassen) und geht hocherhobenen Hauptes ins Wasser, ohne die nackte Lorettobaddauerkarteninhaberin eines Blickes zu würdigen.

Er ist *keiner* dieser schlechten Männer.

Deswegen ist er ja auch alleine.

Wieder an der Stelle angekommen, an der seine Kleider liegen, muss er feststellen, dass alles im Leben im Fluss ist, dass nichts bleibt wie es war.

Dort, wo seine Kleider lagen, liegt jetzt nichts mehr.

Manch einer wünscht sich vor Verzweiflung an einen anderen Ort, mancher möchte am liebsten im Erdboden versinken – Rainer tut nichts von all dem. Er setzt sich hin und tut einfach so, als wäre das alles gar nicht wahr.

Es hat *keine* vierzig Grad im Schatten, das Wasser im Flückigersee stinkt *nicht* und es beschweren sich keine schamlos in aller Öffentlichkeit splitternackt herumlaufenden Frauen bei ihm, damit er seine Blicke abwendet, während gleichzeitig vier nackte Afrikaner, mit wüsten Auftritten und schwarzen Riesendingsdas, ihm die letzte deutsche Singlefrau vor der Nase wegschnappen.

Er versenkt sich einfach in sich selbst und versucht seine Kleider herbeizumeditieren. Doch da er nicht sicher ist, ob das klappt überlegt er sich gleichzeitig einen Alternativplan. Falls es nicht funktioniert wird er sich einfach selber eine Hose klauen.

Rainer konzentriert sich und denkt an – Kälte. Das macht es ihm angenehmer die tropische Hitze zu ertragen und hat außerdem etwas mit Kleidung zu tun, respektive umgekehrt, Kleidung hat etwas mit Kälte zu tun. Er denkt an Schnee – rieselnder, auf der Zunge schmelzender Schnee. An Schlittenfahrten, an Eislaufen auf zugefrorenen Seen, an Winterabende mit Glühwein und roten Backen. Er öffnet die Augen – seine Kleider sind immer noch nicht da.

Solche Assoziationen sind Humbug, denkt er. *Ich muss es pragmatischer angehen.*

„Wenn das Auto morgens noch völlig kalt ist, wird es im Fahrgastraum nicht warm, wenn man nur am Stand steht, selbst dann nicht, wenn man den Motor laufen lässt." Rainers erster Fahrgast an einem klirrendkalten Wintermorgen hat Pech.

„Das ist genau mein Glück, erst friere ich, will nicht in der Kälte stehn und auf den Bus warten und dann kommt da so ein kaltes Taxi!", beschwert er sich, wobei er es noch mit Humor nimmt. Er erzählt von einem anderen Taxifahrer, dessen Gebläse am Auto ausgefallen war, der mit einem kleinen, eisfreien Guckloch in der Scheibe bei ihm ankam. Ihm fror damals natürlich auch schon beim Warten.

Keine Kleider.

Sylvester: Temperaturen um den Gefrierpunkt. Rainer fährt nachts, macht eine Pause bis kurz nach Mitternacht, in einer Kneipe. Um 0.00 Uhr schießen sie mit Starenschreckschusspistolen auf der Straße, bis es ihm im Ohr klingelt. Als er losfährt, wünscht er sich selber eine, denn von überall her werfen nun die Leute Kracher auf sein Taxi. Er aber hat nichts zum zurückschießen.

Keine Kleider.

Nikolaus: Eine Feier in einer großen Gaststätte. Rainer hat eine Fehlfahrt, findet den Fahrgast nicht. Hunderte von Leuten feiern und sind fröhlich. Er will rückwärts herausfahren, bleibt aber an einem der Steine hängen, die dort aufgestellt worden sind, damit Leute sich daran die Kotflügel verkratzen und das nächste Mal dann nicht mehr mit dem Auto hineinfahren. Er steigt aus, öffnet die Tür, besieht sich den Schaden, schreit rum.

Ein Biermensch, mit einer Sackkarre, will vorbei.

„Tür zu", schnauzt Biermensch. Rainer, rotsehend, schmettert die Tür mit aller, aller Kraft ins Schloss.

„So! Die Türe *ist* zu, oder?", kreischt er herausfordernd. Biermensch schaut kurz, ob es lohnt, die Sackkarre abzustellen, um sich kurz mal eben ein paar Knöchel aufzuschrammen, schätzt es aber als unter seiner Würde ein, Rainer mit einem Faustschlag in den Dreck zu schicken. Der versucht nun zu wenden, um wieder aus der Einfahrt herauszukommen, ohne Lackspuren an weiteren Steinen zu hinterlassen. Die Gabeln der abgestellten Bierlasterhänger ragen, so wie es Stoßzähne aus einem Elefanten tun, jedoch auch noch in den Weg. Rainer flucht und kurbelt. Doch Gott hat seine Flüche überhört, außerdem ein Einsehen und schickt – Nikolaus mit seinem Knecht Ruprecht, zum Einweisen! Aber der Weg vom Himmel war wohl weit und die beiden sind wohl vom rechten Weg abgekehrt – und unterwegs noch ein wenig *ein*gekehrt. Jedenfalls sind sie ziemlich knülle und keineswegs eine große Hilfe, wie sie so dastehen und betrunken mit Armen und Beinen fuchteln. Rainer muss also zwischendurch immer wieder aussteigen, um im Dunkeln nach Steinen und Hängergabeln zu schauen, hektische Bemühungen von Nikolaus und Knecht Ruprecht dabei besser ignorierend. Was seine volle Aufmerksamkeit erfordert.

„He, nicht wegfahren, dass war reiner Eigennutz, dass wir dich eingewiesen haben!" Rainer lässt das mal so stehen und wartet, bis Nikolaus und sein Knecht eingestiegen sind.

Nun gibt es dabei ein kleines Problem.

Der Nikolaus hat einen ziemlich langen, schönen Hirtenstab und Ruprecht, um nicht ganz zurückstehen zu müssen, eine überdimensionale Rute, die eigentlich eher aussieht, wie ein zwei Meter langer Stock.

Sie steigen ein, sie steigen aus, sie stoßen sich mit ihren Stäben. Sie legen sie längs, sie legen sie quer, sie geben Schmerzenslaute von sich. Es sieht ein bisschen aus, wie „Stockfechten mit einem Taxi", was sie da machen.

Endlich, Rainer fährt gerade los, da winkt noch eine Frau und will noch etwas aus dem Sack.

„Ouh, die ist hübsch, die kriegt was." Nikolaus packt Nüsse und Mandarinen aus.

Dann endlich fahren sie los. „Oh Mann, ist mir schlecht", nuschelt er jetzt, auf dem Rücksitz, unter seinem langen, weißen Wattebauschbart als erstes, kaum dass sie endlich losgefahren sind. „Das hören Taxifahrer immer gern", als zweites. Auf Rainers Wunsch macht er dann noch seine brennende Laterne aus, es stinkt nun nach der Kerze, einer billigen vom Aldi, wie Nikolaus entschuldigend meint. Dann stimmt er ein schmutziges Lied an, Ruprecht fällt ein.

Es ist Nikolausabend, Rainer fährt Nikolaus und Knecht Ruprecht durch die Nacht und sie singen betrunken schmutzige Lieder.

„Fahr schon schneller, Taximann!", zum Schluss kommt noch Westernhagen dran.

Keine Kleider.

„Ey", ein Mensch spricht ihn an, „ist das deine Hose und dein T-Shirt? Sorry, ich hab da was verwechselt!"

21. Bin Laden ist groß und Mohammed sein Pilot.

Der rote Heinrich kommt nach Hause, von der Taximaloche. *Ein Streetworker, das bin ich,* denkt er. Auf dem AB sind acht Nachrichten, die er einfach löscht. *Was zum Geier... wer was von mir will, der soll halt später noch mal anrufen.* Er stutzt. *Vielleicht war's ja wegen den Morden?* Er geht ins Wohnzimmer, betrachtet liebevoll seine Sammlung historischer Garotten, vom Feinsten! *Alles da! Es darf nur nicht jemand zu Besuch kommen, jetzt gerade!* Er läuft ins Bad. *Was für eine Zeit!* denkt er. *Kleine Knilche, über die man bisher immer herzhaft gelacht hat, entpuppen sich auf einmal als deutscher Meister in irgendwas. Looser, die bisher sozial geächtet waren und sich die Augen kaputt gelesen haben, schreiben Bestseller und werden reich und berühmt, Taxifahrer, die bisher sozial geächtet waren – bleiben es auch weiterhin.*

Seine Gedanken kreisen. Er duscht, zieht sich frische Sachen an, putzt sich die Zähne. *Es sind doch oftmals die kleinen Dinge, die das Leben lebenswert machen,* denkt er und betrachtet seinen Zahnpastaspender. Was für eine segensreiche Erfindung! Nie wieder offen gelassene, eingetrocknete Zahnpasta, nie mehr Deckel auf- und zuschrauben müssen. Oder was hat es ihn happy gemacht, als er den kleinen, fiesen, boshaften Lüfter, der ihn mit seinen Sägeattacken zur Verzweiflung gebracht hat, von seinem Board gepickt und zum K&M gebracht hat, „Ich hätte gern einen neuen Lüfter, ein neues Board oder einen neuen Computer, mir *scheißegal!"* und der Verkäufer macht das Label weg und zeigt ihm die Stelle, wo man ein klein wenig Nähmaschinenöl hineinträufeln muss – und das war's auch schon, é tutto! Problem gelöst!

Man muss doch alles positiv sehen! Ist man einsam, kann man sich doch zum Beispiel auch über eine Fliege freuen, die über einen hinwegtrippelt und sich dabei vorstellen, liebevoll gestreichelt zu werden.

Ich geh noch mal inne Stadt, mal kucken, was geht. Er geht zur Straßenbahn, steigt ein, fühlt sich geborgen, gewogen, wie im Mutterleib, will gar nicht mehr aussteigen. Er ist unter Menschen, ohne jedoch ein Gespräch anfangen zu müssen, kann das Leben um ihn herum beobachten. Ein Pärchen knutscht so ungeniert, als würde es demnächst gleich zum Vorspiel übergehen. Vier geschminkte Kinder, um die elf, zwölf wollen zu einer Party. Die eine erzählt gerade: „Die ist total doof. Die kommt immer her: ‚Ey, was geht!', und dann lacht sie auch immer noch so blöd: ‚Hohoho!'" Das Mädchen, mit türkisblauen Augendeckeln, holt tief Luft und prustet los: „Wie so'n *Junge...!*" Alle Mädchen lachen. Ein Kind sitzt bei der Mutter, hält einen Luftballon, spielt damit herum. Leute steigen ein und aus. Gesprächsfetzen um ihn herum. Fremde Formen, Farben, Gerüche, doch alles ist seltsam vertraut. Man ist eine Familie. Der Luftballon zerplatzt.

Heinrich fühlt es siedendheiß durch seinen Körper schießen. Die Schläfen pochen, sein Nacken kribbelt. Die Mutter tadelt sanft das Kind: „Siehst du, jetzt hast du keinen Luftballon mehr."

Siehst du, jetzt hast du keine Mutter mehr, Madre de fuckos! Heinrich steigt aus, das Klingeln in seinen Ohren hat wieder nachgelassen. Er läuft ein Stück, vermeidet es, am Taxistand vorbeizugehen.

Die Fusion, ha! Sind es die Freiburger Taxifahrer überhaupt wert? Als er hierher kam, aus dem Ruhrgebiet, war er schockiert über die Zustände hier. In der Serengeti geht es sozialer zu, fand er. Aber da fällt für die Geier auch mehr ab als hier. Was hatte er sich nicht den Mund fusslig geredet in den letzten Jahren. Genossenschaft, Gemeinschaft, Kollegen, Kameraden, Zusammenhalt. Er erinnert sich an Versammlungen in Gaststätten, bei denen die Leute schon nach einer Stunde nicht mehr deutlich geredet haben, an Gezerre und Gemache. An fruchtlose Gespräche am Taxistand, an all diese Einzelkämpfer, jeder für sich und Gott gegen uns alle. Grausam. Was wird denn hier noch alles passieren? Vielleicht gibt es jetzt noch einen Globalisierungsschub. Die Taxitarife werden auf ein Drittel gesenkt, Stellen werden im Internet ausgeschrieben, und hoch motivierte Taxifahrer aus Karachi, Kairo, Bangladesh, Kalkutta, Addis Abeba, aus Peking kommen und arbeiten für ein Drittel vom Lohn. Kriegen einen Sprachcrashkurs, einen Stadtplan (Learning-by-doing!), einen Ein-Jahresvertrag, eine Baracke mit lauter Zweischichtbetten, der Nachtfahrer schläft in der gleichen Furzmulde wie der Tagfahrer – und dann läuft der Laden! Aber hallo! Kein ewiges Gemaule dieser ewig unzufriedenen Fuhrknechte mehr, sondern: Nicken und Lächeln. Deutschland, das Land des Lächelns und der freundlichen Taxifahrer. Sie nicken und sie lächeln. Oder man kann hergehen und einen Auftrag an mehrere Taxis gleichzeitig vergeben. Wer den Auftrag am schnellsten bedient, bekommt den Fahrgast. Sind mehrere Taxis gleichzeitig vor Ort, wird sich eben um ihn geprügelt, das ist ja heute auch schon so.

Ach, was geht's ihn an, sollen die doch machen.

Er kommt an einem Plakat von Jess Jochimsen vorbei, der heute Abend auftritt, so etwa um diese Uhrzeit. Der Künstler mit der harten Kindheit. Heinrich geht es ziemlich auf den Keks, dass der sich immer darüber beklagt, dass ihn sein Vater emotional so sehr vernachlässigt hat, weil er immer so beschäftigt war, auf Friedensdemos zu gehen. *Auf Friedensdemos!* So etwas Frevelhaftes, Unmenschliches und Gemeines, so etwas Grundperverses. Gott, das kann einen Mann ja völlig fertig machen, *muss* ihn ja seelisch völlig verkrüppeln! Wie kann denn so ein Mann es überhaupt noch verantworten, Kinder zu haben, wie kann so ein Vater denn überhaupt noch auf Kinder losgelassen werden – *sein Vater* war ja nur in Russland, Gott sei Dank. Und was er dort gelernt hat, na ja, Schule der Lebenstüchtigkeit halt, kein dummes Gelabere über Frieden.

Nein, Heinrich geht lieber ins Kino, da kann man auch nebenher Popcorn futtern. Er setzt sich rein – es läuft Werbung. Ein Pärchen neben ihm macht ein Spielchen, einen kleinen Wettbewerb, wer am schnellsten errät, welche Werbung gerade dran ist, gewinnt. Ein Schemen von Berg huscht in ihr Gesichtsfeld.

„Marlboro!", schreit sie, ein Punkt für sie.

Zigarettenwerbung, denkt sich Heinrich, obwohl er selber raucht, *eine Allegorie für den Kampf des Guten gegen das Böse.* Das Böse kämpft mit allen Mitteln der Verführung. Berge, Weite, Freiheit, gut aussehende Männer, die sich das Streichholz am unrasierten, kantigen Kinn anreiben könnten. Wilde gefühlvolle Musik, einschmeichelnde Stimmen, all die Verlockungen Satans. Das Gute? Es bringt nur wenig Spaßiges. Ein nüchternes: „Rauchen schadet der Gesundheit!", Miesmacherei – kein Wunder, dass die Leute rauchen. Kein Wunder, dass sie Hüllen für Zigarettenschachteln erfinden, auf denen sexy Mädels posieren – um die Aufschrift „Rauchen macht impotent" zu verdecken.

Der rote Heinrich stellt sich vor, er hätte Kinder und würde mit ihnen ins Kino gehen. Was sollen Kinder eigentlich denken? Doch nur, wie bescheuert kann diese Gesellschaft denn eigentlich sein?

Überhaupt Kinder und Kino: Filme, in denen Menschen getötet werden, sind freigegeben ab sechs Jahren oder ab zwölf, je nachdem wie brutal es genau ausfällt. Filme, in denen Menschen gezeugt werden – ab achtzehn. Filme, in denen das Gehirn von irgendwelchen Leuten gemütlich direkt an der Wand hinter ihrer Leiche trocknet, kann jeder sich auf der Riesenleinwand anschauen. Filme, die beim Sex gleichermaßen ins Detail gehen, gibt's nur in den Schmuddelecken der Videotheken.

Was sollen Kinder eigentlich denken? fragt sich der rote Heinrich erneut. Wovor sollen sie denn eigentlich geschützt werden? Wollen wir Kinder vor Sexszenen bewahren, um ihre reinen Seelen zu erhalten oder ist es doch nicht eher so, dass wir stattdessen uns, die Erwachsenen, vor ihren neugierigen Blicken in unser Schlafzimmer schützen wollen? Weil es uns peinlich ist, sie beim Schöpferischsten überhaupt, beim Zeugungsakt, zuschauen zu lassen. Weil wir in dieser Beziehung immer noch zu verklemmt sind?

Heinrich nimmt wieder seine Kinonachbarn war. *Sie* hat gewonnen, mit einem Punkt Vorsprung und der Film fängt endlich an.

Hinterher, die graue Realität hat ihn wieder. Wie er da so entlang schlurft, noch am überlegen ist, ob er in eine Kneipe gehen, den Politischen raushängen und dabei eine abschleppen soll, wie schon etliche Male vorher, trifft er jemanden. So beschließt er eben mit ihm, einem Arzt, den er noch aus dessen Studienzeit her kennt, ein Bier trinken zu gehen.

„Wolfgang, alter Schwede, erzähl schon!" Der tut das. Er ist jetzt in Holland, in einem Klinikum tätig, in der jetzt, seit der liberaleren Gesetzgebung der letzten Jahre einiges an Sterbehilfe praktiziert wird. Er erzählt, sichtlich beeindruckt davon. Heinrich hört nachdenklich zu. Er muss dabei an das Hospiz denken, an dem er vor kurzem mit dem Taxi Station gemacht hat, ein Arzt, auf den er gewartet hat, sollte einen Totenschein ausfüllen, eine dort oft anfallende Tätigkeit. Während er wartete, schaute er von der Straße hoch in die Fenster, die keineswegs großartig verhüllt sind, sah Pflegepersonal am Bettenmachen. Man hat in einem Hospiz nichts groß zu verbergen, es gehört ja zur Hausphilosophie, dem Sterben das Tabu zu nehmen. Und er sah einen alten Mann mit schneeweißen Haaren, der währenddessen auf dem Stuhl saß und wartete. Er saß gebeugt, sein Körper hatte nicht mehr die Kraft den Kopf, die schwere Last der Jahre zu tragen. Es hatte ihn sehr berührt, dieser Anblick, dieser Einblick in ein fremdes Leben, das sich dem Ende zuneigt. Während er noch hier dem alten Bekannten zuhört, ist dieser Mann vielleicht schon nicht mehr am Leben, liegt vielleicht schon da, die Augen geschlossen für immer. Und doch – auch dieser alte, gebeugte, weißhaarige Mann war einmal jung. Kam auf die Welt, als ein schreiendes, zappelndes Bündel. War ein Kind, tollte unternehmungslustig herum. War ein junger Mann, der die Welt herausforderte. War vielleicht ein verantwortungsvoller Familienvater, der am Bett seiner Kinder wachte, wenn sie Fieber hatten. Vielleicht jemand, der ein Lebenswerk vollbracht hatte. Und vielleicht ein Großvater, den die Enkel im Garten besuchten. Und nun – ein Passagier auf der letzten Reise?

Hat das Sterben nicht einen Sinn, an genau dem Zeitpunkt, den die Natur auserwählt hat? Ist nicht alles Leben heilig, auch das eines Sterbenden? Heinrich nimmt einen Schluck Bier, legt Wolfgang seine Gedanken dar.

„Alles Leben ist heilig. Ha, heilige Scheiße!" In Holland muss es sehr liberal zugehen. „Ist das Leben einer Krebszelle heilig, das einer Zecke? Einer Anopheles-Stechmücke? Eines HIV-Virus? Lächerliches, bigottes Pfaffengeschwätz. Wenn ich alt bin, möchte ich über den Zeitpunkt meines Todes frei bestimmen können und nicht um Gnade und Erbarmen winseln müssen, bevor mein Kehlkopf so weit verkrebst ist, dass ich nur noch röcheln kann."

„Die Hospizleute meinen, wir dürfen den Tod weder künstlich hinausschieben, noch dürfen wir ihn künstlich beschleunigen…"

„Ja, ich weiß, der Sterbende soll Anteilnahme haben und er soll eine optimale Schmerzmedikation bekommen und ansonsten soll man alle Verantwortung dem lieben Gott überlassen. *Mein Gott*, gibt es etwas Bequemeres? Die vom Hospiz greifen doch schon massiv in die Natur ein, indem sie die Leute zu Tode sedieren. Die würden doch ohne Morphium vielleicht noch viel länger leben. Soll man denn dann nicht noch einen Schritt weitergehen, muss man das nicht sogar, und sagen, auch der Mensch hat eine Verantwortung, zumindest dann, wenn er als Arzt um Sterbehilfe ersucht wird, sonst nichts mehr machen kann? Aber so sind die Christen halt." Wolfgang kommt in Fahrt. Er wechselt nahtlos zu einem Diskurs über Religionsphilosophie, reibt sich am Christentum, dessen Neigung, sich den Gott zu suchen, der ihnen den Papa der Kindertage ersetzt, ihn erbost: „Mein Gott, gönnt dem armen Mann doch mal'n Moment Pause. Zwanzig Milliarden Jahre im Einsatz, Millionen von Galaxien – und dann all diese Beterei immer, bitte, bitte, lieber Gott, helf' mir, nein helf' *mir*! Jetzt soll er sich noch die kleinen Wünsche all dieser kleinen Menschlein anhören? Der Mensch nimmt sich doch viel zu wichtig. Da ist mir der Buddhismus viel lieber mit seiner Eigenverantwortlichkeit. Aber dieser Blödsinn mit der Wiedergeburt bis zum Nirwana zeigt doch, dass auch die sich viel zu wichtig nehmen."

Heinrich hat die nachdenkliche Stimmung von vorhin überwunden und steuert zu dem Thema bei: „Warum lassen wir es eigentlich zu, dass ein Berufsprominenter so eine schweinemäßige Kohle verdient, ein alberner Halbstarker, der auf der Bühne den Affen macht, während ein Altenpfleger beispielsweise, der mit der größten Tragik der menschlichen Existenz konfrontiert wird, der Tatsache, dass wir alt werden und das nicht immer in Würde, so gut wie nichts verdient? Warum beschäftigt sich diese bescheuerte Gesellschaft mehr mit der Farbe von Dieter Bohlens Unterwäsche, mit Boris Beckers' Samenraub, als mit sozialen Themen?" Und Wolfgang steuert seine Erfahrungen aus der Medizin diesbezüglich bei. Da gibt es die Gegensätze Krankenpflegepersonal – Arzt, Innere Medizin – Chirurgie, ganzheitliche, präventive Medizin – apparative Hightechmedizin. Generell stehen sich auch *hier* zwei Grundprinzipien gegenüber. Verantwortungsvolles, fürsorgliches Mitdenken, was sich eher bescheiden im Hintergrund hält und das sirenenheulende, schimmernde, flimmernde, hubschrauberknatternde: „Machen Sie Platz, aber ein bisschen hoppla, ich bin Arzt!"

Heinrich erinnert sich, wie bei einem KV-Einsatz im Altersheim auf einmal die rettende Kavallerie im leuchtend Orangerot hereingesprengt kam, Adrenalinjunkies allesamt, coole Sonnenbrillen tragend, Türen aufknallend, herumschreiend. Einer musste noch mal was holen, fand den Türschalter für den Ausgang nicht gleich, schrie, völlig unangebracht: „Das ist ja wie im *Knast* hier!"

Die kamen ihm vor, wie Studenten im praktischen Jahr, die zu viel „Emergency Room" angeschaut und Cola dabei getrunken haben. Wolfgang gibt zu, während dem halben Jahr Dienst als Notarzt, wären das Beste die Einsätze samstags in der Fußgängerzone gewesen. Sirene, Leuchtweste mit dem „Notarzt" hinten drauf und die Blicke der Mädels – das war besser als Sex!

Zwei Biere später entgleist die Unterhaltung immer mehr zu einem politisch-philosophischen Gemüsegarten. Aus irgendeinem Grund kommen sie nun auf die drei Frauenbeauftragten der Stadt zu sprechen und deren Rechtfertigungsnot in diesen Zeiten knapper Kasse. Zwei Männer vor ihren Bieren sitzend, ist ja klar, dass die das anders sehen, als die beauftragten Frauen auf ihren Planstellen. Die eine hatte ein Beispiel für ihre wichtige Tätigkeit gebracht. Als die Bildzeitung eine großflächige Plakataktion mit halbnackten Mädels gebracht hatte, kamen Beschwerden aus der weiblichen Bevölkerung, die sie dann weitergeleitet hätte.

„Hast du mal ein Foto von diesen Frauen gesehen? Die schaun die Mädels auf den Plakaten an, so jung und knackig, wie sie von all den Männern angegiert werden und dann sich selber, wie ihnen keine Sau mehr hinterher schaut und dann werden die *so* neidisch und boshaft!"

Nun kommt der Niehenke dran. Heinrich erzählt von seinem Lachanfall, den er bekommen hat, als er las, dass die Stadt, die von Niehenke laufend geschmäht wird, für ihn sowieso nur mehr unter „Zwangsburg" firmiert, es mehr oder weniger aufgegeben hat, juristisch etwas gegen ihn zu unternehmen. Auf eine Eingabe von ihren Leuten kämen zehn von Niehenke und dafür hätte „echt keiner mehr von ihnen den Nerv dazu." Er fängt noch einmal zu lachen an, infiziert Wolfgang damit.

„Jaja", sagt Heinrich unvermittelt, bei der anschließend auftretenden Gesprächspause, bei der sie gemeinsam nach Luft ringen, „irgendwann betritt jeder mal seinen letzten Flieger. *Osama Air* heißt die Fluggesellschaft…"

„Bin Laden ist groß und Mohammed sein Pilot." Wolfgang lacht immer noch. „Wer ist der meistgehasste Mann der Welt?"

„Osama bin Laden?"

„Nein, Bill Gates. Übrigens, hast du schon mal versucht mit Word: *Bill Gates ist ein Arschloch!* zu schreiben? Es geht nicht, das Programm bringt immer Fehlermeldung." Nun kommt die Globalisierung dran. Wolfgang hat neulich ein Werbeplakat gesehen, auf dem zwei asiatische Punkmädels einen Europäer angrinsen und das hat ihn irgendwie inspiriert. Es geht doch auch um globale Verständigung und Vielfalt und nicht nur darum, Bill Gates noch reicher zu machen. Auch Linux kann sich über das Internet verbreiten. Man sollte doch jetzt nicht fordern Deutschland vom Internet abzuhängen, die Lederhose, bayrisches Brauchtum und Folklore sakrosankt zu sprechen, um sich der

McDonalds- und Whitney-Houston- Kaufhausmusik-Einheitsbreikultur zu erwehren, das ginge doch auch anders.

Wieder Themenwechsel.

„Und – neulich mal wieder an der Holzschlägermatte gewesen?"

„Windmühlen und so, nicht? Das hätte man doch schon vor Jahren machen sollen, da hätte Freiburg doch sein Wahrzeichen gehabt, als Ökohauptstadt."

„Ja, und nun soll das ja jetzt alles zum Teufel gehen."

„,Hol's der Teufel', sagte die Kernenergiemafia und hielt einen Umschlag mit seinem Anteil in den Wind!"

„Das wird jetzt wieder abgerissen und dann kommt ein schneller Brüter hin, unter der Auflage, dass die Kuppel nicht höher als fünfzig Meter ist!" Sie lachen wie gestört, trinken Bier wie gestört: zwei deutsche Männer in der Kneipe. Noch ist das Gesprächsniveau über der Gürtellinie. Bald schon jedoch steigen die beiden auf Schnaps um, die Köpfe sinken ein wenig, das Gesprächsniveau auch. Heinrich schlägt vor, noch in den Funpark zu gehen, aber es fällt ihm ein, dass da schon abgelästert wird: „Jetzt kommen die schon zum Sterben hierher!", wenn man nur schon etwas zarten Bartwuchs hat.

„Für die sind wir doch nur noch Gruftis!"

„Skelettis!"

„Kompostis!"

Was macht der Heinrich, wenn er sich so voll laufen hat lassen, dass er nicht mehr laufen kann? Nun, das was alle in diesem Fall machen, sie rufen ein Taxi.

„Ekkeha-aa-ard!", lallt Heinrich. „Was machst du denn noch so spät, bei Nacht und Wind?"

„Ich fahr dich heim, du Rind."

„Und wenn wir dann zu Hause sind?"

„Dann mach ich dir ein Kind!"

„E-e-eckehard, ich bin noch Jungfrau, a-a-anal."

Ekke grinst. Ein besoffener Kollege verhält sich nicht viel anders als ein dementsprechender Fahrgast. Er überlegt sich Heinrich seine neuste SMS anzuvertrauen, aber der hat wohl den Kanal voll. Schade, die war auch nicht schlecht: „Kennen Sie denn nicht den Hollywoodfilm, in dem ein Taxifahrer einer Dame Starthilfe gab und sich in sie verliebte? Nach vielen Monaten des Buhlens um sie gab sie ihm schließlich ihr Ja-wort. Der Film bekam acht Oscars!"

22. Jean-Claude Behämmertle jagt den Meerschwein-Mörder.

Wolf-Dieter betritt das Belle Eponge, schaut sich suchend um, läuft zum Tresen.

„Hallo Kollege, du bist doch der Jean-Claude Behämmertle!?" Wolf-Dieter tut sich immer noch schwer mit dem kollegialem „du", hat es aber akzeptiert.

„Kollege? Du bist also auch Taxifahrer? Schön, dich zu sehen!", sagt Behämmertle erfreut und schüttelt dem vornehm aussehenden Herrn mittleren Alters, im schwarzen Maßanzug und FDP-Krawatte freundlich die Hand.

„Also, Jean-Claude... ich darf doch Jean-Claude zu, äh, dir sagen, oder bevorzugst du die Anrede ‚Jean' oder ‚Claude' – und wenn ja, welche?"

„Aber selbstverständlich darfst du Jean-Claude zu mir sagen, ist ein bisschen komisch, so ein französischer Doppelvornahmen für einen Deutschen, aber es klingt irgendwie originell, nicht? Und wie heißt du?"

„Wolf-Dieter, ich habe auch einen Doppelnamen. Nun, du hast doch überall inseriert, wegen dem, äh, Meerschweinchenmord." Behämmertle lächelt weiter einladend, gespannt, was Wolf-Dieter diesbezüglich auf dem Herzen hat.

„Also, Jean-Claude, sag ich jetzt einfach mal, ich will dir helfen. Ich bin nämlich Tierfreund und mich empört das alles so ungemein." Und er greift in seine Tasche und zieht ein kleines braunes Fläschchen hervor, stellt es auf den Tisch.

„Mensch, *Wolf-Dieter*, das sieht ja aus, wie diese Sachen, die man zu einem Allergietest nimmt? Das ist ja *Spitze!"*

„Danke. Richtig, Testserum, für einen Allergietest. Meerschweinchenserum ganz konkret. Hab ich von meinem Hausarzt, zu dem ich ein sehr gutes Verhältnis pflege." Tatsächlich, denkt sich Behämmertle, er sagt „Verhältnis pflegen". Echt ulkig, der Typ, sieht aber jedenfalls richtig nobel aus. Behämmertle seufzt. Er könnte vielleicht auch mehr für sein Äußeres tun. Na ja, bei ihm ist ja eh Hopfen und Malz verloren. Ach, am besten, er geht jetzt mal eben in den Grünhof, auf'n Schnitzel.

Behämmertle!?

„Hmm?"

Musst du denn ständig ans Essen denken? Du bist da, um diesen Fall zu lösen und nicht, um ständig ans Essen zu denken!

„Aber wenn ich doch Hunger habe! Ich will jetzt'n Schnitzel."

Du hast keinen Hunger, wenn ich das nicht will. Hast du Hunger?

„Äh, nein!"

Also, dann mach dich an die Arbeit. Da kann man nicht mal eben Einkaufen gehen oder mit seinem Verleger telefonieren, ohne dass dieser Mensch sich selbständig macht, schlimm ist das!

Wolf-Dieter beobachtet Behämmertle perplex bei seinen Selbstgesprächen, aber er ist ja schon vorgewarnt worden, was ihn bei diesem Menschen so alles erwarten kann. Er sagt: „Also, sehr viele Menschen haben nämlich eine Meerschweinchenallergie und ich bin fest davon überzeugt, dass dies ein sehr wichtiges Tatmotiv für den Täter sein muss. Wenn man einen Verdächtigen vor sich hat, so kann man ihn testen, um einen weiteren wichtigen Hinweis auf eine mögliche Täterschaft zu bekommen. Hier sind steril verpackte Lanzetten. Mit denen ritzt man die Haut ein wenig, gibt einen Tropfen Serum darauf und wartet zehn Minuten."

„Ich weiß, und wenn das dann anschwillt, so reagiert der Betreffende allergisch. Pass mal auf! Wir fahren mal eben zu mir, dann erzähl ich dir den neusten Stand der Ermittlungen." Wolf-Dieter fährt ihn nach Hause, in seinem Nobelhobel. Im Auto riecht es irgendwie seltsam, sehr edel, nach Neuwagen, Putzmitteln, auch ein wenig nach Wunderbaum – und, ja, irgendwie nach Fisch!

„Sag mal, in deinem Auto riecht's nach Fisch, kann das sein?" Flossinski rümpft ein wenig die Nase. „Na ja, nicht nach *Fisch!*", beeilt sich Behämmertle zu sagen. „Ich meine, nicht wie auf dem Fischmarkt…"

„Nun, gelegentlich, wenn ein Fahrgast etwas, äh, transpiriert, verwende ich auch mal den Wunderbaum, den ich normalerweise im Handschuhfach liegen habe, der mit einer… dezenten Spur von Forelle."

„Mensch, du bist ja 'ne Nummer, Flosse!" Sie betreten Behämmertles Domizil in der Sternwaldstraße sechsundzwanzig. Er nimmt einen großen Stadtplan, faltet ihn auseinander und pinnt ihn an eine Wand. „So ist die Lage, Wolf-Dieter! Aufgrund meiner Erkundungen haben sich eine ganze Reihe von Leuten bei mir gemeldet. Die exakte Zahl der Morde, die mir bis jetzt vorliegen, ist fünfundzwanzig." Er streicht mit der Hand über den Plan. „Fünfundzwanzig Morde an kleinen, süßen unschuldigen Nagetieren! Und, wohlgemerkt, alles Meerschweinchen! Nicht ein einziges Kaninchen dabei, Hamster, Ratte, Wiesel, Frettchen, was die Leute auch immer bei sich in der Wohnung halten. Ausschließlich Meerschweinchen."

„Äh, Wiesel und Frettchen sind Fleischfresser..."

„Na ja, so wieselige kleine süße Biberchen halt..."

„Nun, eine Allergie, wie ich schon sagte! Was für eine Erklärung kann es denn sonst noch geben?"

„Ich habe eine Liste erstellt, mit den genauen Daten zu Tatort und Tatzeit. Zur Tatzeit hat sich nichts Konkretes ergeben, es scheint, so weit sich dies genau ermitteln lässt, kein System dahinter zu stecken. Der Täter bricht zu allen Tages- und Nachtzeiten in die Wohnungen ein, wann immer wohl seine Observierungen ergeben, dass gerade die Luft rein ist. Was wir jetzt machen, ist, die Tatorte auf dem Stadtplan zu markieren, vielleicht kann man so irgendein Muster erkennen, irgendetwas, das uns einen Anhaltspunkt liefern, auf den Täter rückschließen lassen könnte."

Behämmertle nimmt einen der farbigen Reißnägel, die er sonst für seine Pinnwand verwendet und steckt ihn in eine der Straßen auf dem Stadtplan. „Es hat schon die merkwürdigsten Fälle gegeben, bei diesen Ritualmorden, geometrische Muster, Hexagramme, ja, verschlüsselte Botschaften sogar!" Behämmertle pinnt die Tatorte nach und nach an den Stadtplan, bestimmte Tatorte häufen sich, ergeben aber keinen Sinn. Er tritt einen Schritt zurück, betrachtet den Stadtplan. Ein bestimmtes Muster ist nicht zu erkennen. Behämmertle kratzt sich den Kopf, schaut angestrengt.

Plötzlich geht ihm ein Licht auf.

Er pfeift leise durch die Zähne: „Natürlich!"

Kapitel 5

23. „Du willst ‚SF' schreiben? Vergiss es."

Rainer wälzt sich unruhig auf dem Kissen. Schreiben, Geldsorgen. Taxifahren, Geldsorgen. Verlage anschreiben und Absagen kassieren – schlecht für die Nerven, schlecht für einen ruhigen Schlaf ohne Alpträume. Zuerst träumt er vom Taxifahren (was ja eigentlich schon im Wachsein ein ziemlicher Alptraum ist), und dann von anderen Dingen, ohne dass irgendwelche geisterhaften Fratzen auftauchen. Und dann *taucht* auch noch die geisterhafte Fratze auf, ohne die ein richtiger Alptraum ja nur die Hälfte wert ist. Sie spricht zu ihm, so wie diese es in Alpträumen eben tun: „Hallo Rainer, ich bin's, der Autor von ‚der Frauenmörder von der East-side', du weißt doch, dein Lieblingskrimi, wo all die vielen Frauen dafür bezahlen müssen, dass sie den Hauptakteur, den Mörder, verschmäht haben. Der hat dir doch so gefallen, weil du dich halt so richtig damit identifizieren konntest, oder nicht?" Rainer wälzt sich, murmelt Undeutliches. „Du kennt mich also noch. Also, ich will dir mal was sagen! Ich will dir mal einen Tipp geben. Du willst ‚SF' schreiben? Vergiss es. Das ist nur etwas für Träumer und Phantasten, weltfremde Gymnasiasten, die in Phantasiewelten leben, à la Startrek. Menschen, die im Leben stehen, und denke daran, das sind die, die Bücher kaufen, lesen Krimis. Schöne, dicke Hardcover-Schinken mit goldenem Deckblatt vorne, was meinst du, was du da verdienst als Autor? Schön repräsentativ, in Folie geschweißt. Ein dickes Präsent zum Geburtstag im Werte von dreißig €! Kaufen das pubertierende Weltverbesserer, die sich deinen Science-Fiction-Mist in der Stadtbibliothek ausleihen? Nein, das sind Leute, die sich im Berufsleben behaupten! Und die wollen Blut sehen, vergiss nicht, Rainer, Blut! Die Hämatologie ist ein eigener Zweig der Wissenschaft, der sich allein mit Blut beschäftigt, so wichtig ist Blut.

Aber am Wichtigsten ist es für einen Schriftsteller, vergiss das nicht, Rainer. Menschen und Dinosaurier haben gemeinsame Vorfahren. Keine Gesellschaft kann friedlich miteinander existieren, ohne dass die Aggressionen kanalisiert werden. Bücher und Filme spielen da eine wichtige Rolle. Vergiss nicht Rainer,

Leute, die die Bücher kaufen sind wichtig, nicht die, die sie lesen." Rainer stöhnt im Schlaf.

„Du kennst Stephen King? Jeder kennt Stephen King. Mach es wie er, Rainer, verschütte eimerweise Blut, würze es mit ausreichend Arsch und Titten und saug dir eine Story drum herum aus den Fingern. Wenn er zum Beispiel schreibt, über einen Piloten, über dessen Angst vor einer Bruchlandung, mit so einer kleinen Krähe, dann schreibt er, dass der fürchtet, es würde ihn in zwei Hälften dabei teilen, die eine Hälfte bliebe dann oben in dem einen Trümmerstück und die andere im unteren, und: ... *er würde seine Därme wie lange Seile hinter sich herziehen und seine Nieren würden auf den Asphalt klatschen, wie Riesenvogelscheiße!'* So musst du schreiben! Nicht dein SF-Weltschmerzgejammer.

Oder denk an die weibliche Leserschaft, Frauen lesen mehr als Männer! Frauen wollen Krimis. Gute Krimis, richtig bösartig, psychologisch-hintergründig, voll perfider, abgefeimter Boshaftigkeit werden nur von Frauen geschrieben. Patricia Highsmith, Ruth Rendell, Elisabeth George... Männer begehen die Verbrechen, Frauen denken sie sich aus. Die friedlichste kleine Frau liest die blutigsten Thriller!

Die Leute kommen nach Hause, Rainer, und die lungern nicht den ganzen Tag im Taxi rum, so wie du, sondern die müssen richtig arbeiten, ja? Wenn die dann daheim sind, dann brauchen die einen Krimi! Da muss Blut fließen, Bottiche Blut, baden muss man darin können, ja? Wenn sie schon ihren Chef oder ihre Kunden nicht umbringen können, muss es wenigstens im Krimi geschildert werden." Rainer stöhnt. Hier hat er ihn doch, einen direkten Draht zu einem Profi! „Und wenn ich dir noch einen Tipp geben darf, Rainer, einen unbekannten Autoren wollen die Leute nicht, du weißt doch, was der Bauer nicht kennt, das frisst er nicht, aber wenn du erst mal bei einem etablierten Verlag bist, kannst du den größten Mist schreiben, die Leute kaufen es."

„Erzähl mir doch, wie werde ich denn eigentlich bekannt als Schriftsteller?", fragt er jetzt schlafend seine Traumspukgestalt.

„Hm, du meinst, ohne Talent? Nein, das war ein Scherz, ich glaube schon, dass du Talent hast. Viele große Künstler fristeten ein kärgliches Leben, nicht nur du. Aber Talent ist nicht wichtig, viel wichtiger sind Beziehungen. Die etablierte Kultur ist eine Mafia. Egal, ob Film, Theater, Musik oder Literatur, *eine* Mafia. Die lassen dich nicht rein ohne Beziehungen. Wenn du nicht Jahre in irgendwelchen Literaturvereinen geschleimt hast, kriegst du keine Preise. Und ohne Preise keine Verlage. Und ohne Verlage keine Rezensionen. Und ohne Rezensionen kein Publikum. Und ohne Publikum, Rainer", er macht Pinke-Pinke mit der rechten Hand, „heißt es weiter *Taxifahren.*" Rainer stöhnt abermals im Schlaf, das sind so die richtig fiesen Stellen in seinen Alpträumen. „Stephen King war auch gerade dabei, von Bier auf Schnaps umzusteigen, als endlich mal jemand einen Roman von ihm verlegte, *Carrie,* na, und den Rest kennst du ja… die Rowling lebte von Sozialhilfe. Na ja, jetzt ist ihr Einkommen ein wenig über der Bewilligungsgrenze. Glaub mir, ich hatte es auch schwer am Anfang… gut, ich bin eigentlich immer noch nur in irgendwelchen billigen Krimireihen, reine Zeilensklaverei… aber ich habe eine hübsche Frau. Die hat für mich mit Verlegern gebumst. Na ja, so hat sie es mir wenigstens erklärt…"

„Was kann ich tun, ich *will* nicht mehr Taxi fahren!"

„Hm, was? Ach ja, nun, warum machst du nicht noch eine Umschulung und lernst einen gescheiten Job? Sieh mal, mit der Schriftstellerei ist es ein bisschen so, wie… na, pass auf, ich sag dir mal ein Beispiel. Also, jemand will sich ein Haus bauen lassen, ja? Dann braucht er erst mal einen Architekten. Dann braucht er einen Anwalt, um den Architekten zu verklagen, damit der vom Preis runtergeht. Dann braucht er Handwerker und noch mehr Anwälte. Dann braucht er Möbel. Dann braucht er noch mal einen Anwalt, weil ihn seine Frau inzwischen verlassen hat. Und wenn das alles rum ist – *dann* braucht er einen Ohrensessel, ein Kaminfeuer und ein gutes Buch. Aber erst dann. Also überleg dir das mit der Schriftstellerei, studier lieber noch mal Jura, bist ja noch nicht so alt."

„Ich will aber einen Verlag finden! Wie mache ich das?"

„Nun, was du machen kannst, lege dir eine nette kleine Körperbehinderung zu, das kommt immer an."

„Aber ich habe doch Pickel!"

„Das ist nicht gut, attraktiv aussehen musst du auf jeden Fall."

„Ich habe Tinnitus…"

„Dein Pech, dass man das nicht sieht."

„Ich habe Allergien!"

„Hmm, ich glaube, im Vordergrund stehen eher deine Probleme mit dir selber. Nun, ich geb dir Recht, lieber ein Bein ab, als Allergien, aber man sieht sie eben leider nicht. Na ja, vielleicht schaffst du es ja doch irgendwie." Sein Alptraum lacht beunruhigend beruhigend. „Mach es doch wie Günter Grass, Rainer. Nimm dir ein Synonymlexikon und versuche so viele, den meisten gänzlich unbekannte, Worte daraus zu verwenden, wie du nur irgendwie in deinem Roman unterbringen kannst. Eine gute Methode, um Kritiker zu beeindrucken. Diese Bücher liest dann zwar keine Sau, weil sie niemand versteht, aber sie machen sich eben sehr gut als gebundene Ausgabe in einer Vitrine hinter Glas. Die Vitrinenindustrie-Chefetage gibt jedes Mal einen aus, wenn Grass ein neues Buch geschrieben hat. Oder versuch es wie dieser Shooting-Star-Schriftsteller. Er lieh sich nach und nach zirka tausend Bücher aus der Bücherei, schrieb jeweils die besten Seiten daraus ab, verfremdete sie ein bisschen und machte einen tausend Seiten starken Schinken daraus. Das Buch wurde auf Anhieb ein Bestseller. Der Schwindel flog zwar auf, aber da war er schon bekannt und machte dann, darauf folgend, als ‚bad guy' der Literatur ein Vermögen. Oder mache es wie Salman Rushdie. Beschimpfe den Islam. Du musst aber vorher konvertieren, denn sonst gilt es nicht als chic. Der britische Staat muss zwar seither etwa das gleiche Vermögen, das Rushdie mit seinen ‚idiotischen' Versen verdiente, für seinen Schutz ausgeben, aber das braucht ihn ja nicht zu kümmern." Der Alptraum grinst sardonisch. „Und dann brauchst du ein Photo von dir, am besten eins mit schwarzem Rollkragenpulli und Pfeife. Pfeife ist gut, das hat etwas Phallisches, signalisiert Kompetenz und Überlegenheit. Aber er zeigt gleichzeitig auch lässiges Savoir-vivre, so ein Rotzkocher, und solange nicht auf Lunge geraucht wird, haben Pfeifenraucher noch einen ausreichend hohen Sauerstoffgehalt im Blut, im Gegensatz zu Zigarettenrauchern, um nicht nur Schwachsinn zu labern. Pfeifenraucher bestimmen, bevor sie nach zwanzig Jahren des Pfeifenrauchens an Zungenkrebs sterben, das kulturelle Leben unserer Gesellschaft." Rainer will noch fragen, wie viel pickelige Taxifahrer mit Tinnitus, denen vom Passivrauchen schlecht wird, das gesellschaftliche Leben bestimmen, wird aber abgewürgt, denn sein Traumbild verflüchtigt sich. „Und Rainer", sagt es zum Schluss, „ich bin kein Traum! Sondern ich bin eine Erscheinung Gottes, auf das du Niete endlich mal deinen kleinen Hintern hochkriegst!"

24. Ein Kampf mit einem missmutigen, miesen Mercedesmann.

„Du! (Taxi, das griechische Wort für „duz mich!") Du hast nur ein Taxischild auf dem Dach, kein Blaulicht, *ja!"* Der missmutige, miese Mercedesmann, dem er durch sein Wendemanöver den Weg versperrt, hat sein Fenster heruntergelassen. Bukenkötter tut es ihm nach, auch er will einen Kampf!

„Wegen *dir* fahr ich trotzdem keinen Fußgänger um!"

„Ach leck mich doch am Arsch, leck mich doch am Aaaarsch!" Der Mercedes braust mit diesen Worten davon.

„Du sollst ihn am Arsch lecken, hat er gesagt!", schreit ein Radfahrer, der aus dem Nichts aufgetaucht ist, um gleich wieder im Nichts zu verschwinden.

„Ach ja?" Bukenkötter glaubt es nicht, sieht rot, springt aus dem Auto und schreit: „Ach ja? Wer hier möchte mir denn eigentlich noch alles mitteilen, dass ich diesen Mann am Arsch zu lecken habe?" Er sieht einen Fußgänger, mustert ihn misstrauisch. *„Sie!* Haben Sie mir etwas zu sagen vielleicht?" Zu einem anderem: „Oder Sie! Sie sehen so aus, als hätten Sie gerade etwas auf dem Herzen, nein?" Er baut sich vor seinem Auto auf und ruft, mit Stentorstimme: „Ich möchte, dass jetzt jeder, der mir etwas wichtiges mitzuteilen hat, dies bitte auch in genau – diesem – Moment – tun – möge!"

Heute ist Sonntag. Frühmorgens hatte Bukenkötter eine Abholung von Emmendingen. Eine bildschöne Russin, vom Gewerbe, die sicher gerade von ihrem Einsatz kam. Sie war müde und genervt, Carl sollte unterwegs an einem Automaten anhalten. Dann sollte er auch noch die Zigaretten *holen.*

„Soll ich sie auch noch aufmachen? Ich meine, für schöne Frauen tu ich ja alles", sagte er. Denn hübsch war sie ja, sündhaft hübsch sogar, Klassen besser als all die Huren, die Carl schon so in seinem Leben gebockt hat. Auch erinnerte sie ihn ein wenig an Ilona, in die er gerade verliebt ist, auch Russin, fast genauso schön, und leider genauso unerreichbar für ihn. Doch für Ironie war sie nicht empfänglich, verwöhnt von dick in Honig getauchten Bauchpinseleien devoter reicher Männer – und für Carl schon gar nicht. Er parodierte sie: „Ich bin genervt, und will nach Hause, und nicht noch mit einem dummen Taxifahrer Konversation führen."

„Tja, so ist das Leben", sagte die doch, das Biest!

Als nächstes bewahrheitete sich für ihn wieder einmal die alte Tatsache aufs Neue, dass Kneipen gerne mal für wirklich üble Besoffene eine andere Firma anrufen, als die, bei der sie es sonst tun, mit der wollen sie es sich ja nicht verderben. Eine Kneipe, von der er gar nicht wusste, dass sie überhaupt existiert, weil sie nie bei ihnen anruft, wollte ein Taxi, *Spezialfuhre*.

„Für Entsorgung von Sondermüll bin ich nicht zuständig", knurrte Bukenkötter jedoch, dreißig Jahre Taxi härten ab. Er fuhr wieder in die Stadt rein, machte vor dem Blitzer in der Kronenstraße langsam, auf dem schön frisch gemachten Fahrbahnbelag über der Messstrecke, auf dem es sich so gut rasen ließe, und fischte sich eine Fahrt aus dem Raum. Eine erwachsene Frau, die bei ihm einen auf „Teletubbie" macht, als wäre sie erst sechs Jahre alt. Es ging zur Klinik. Dort griff er sich gleich jemanden, musste ihn auf Station abholen. Der Patient hatte keinen Transportschein, die Schwester kommandierte bösartig: „Besorgen Sie dort auf der anderen Station den Schein!" Der Patient wollte aber gegen Quittung bar bezahlen. *Hochanständig von ihm*, dachte sich Bukenkötter, *ich muss nicht dem beschissenen Schein hinterher tapern, kriege sechs Euro für die Fahrt anstatt 4.70, Bargeld anstatt Papierkrieg, und zwei Euro Trinkgeld anstatt einem bloßen „schönen Tag"!*

Die nächste Fahrt, Kinderklinik. Eine Mutter mit Frühgeburt, begleitet von einer Kinderkrankenschwesterschülerin mit Stein an der Nase, die hinten saß. Carl kriegte kaum die Augen aus dem Rückspiegel. Sie war so jung, so hübsch, so stolz und selbstbewusst. Doch zuerst sprach er mit der Mutter: „Ich hab 'ne junge Katze, die ist größer!", und meinte das Zufrühgeborene, welches in der Tat noch winzig klein war. Am Ziel stieg die Mutter aus, die Schülerin gab ihm den Schein. Sie war so jung! Sie hätte seine jüngste Tochter sein können, wenn er eine haben würde. Vielleicht machte sie ihn deswegen so an. Bukenkötter nimmt nie ein Blatt vor den Mund. Er blickte sie an: „Ich träum' heut Nacht von dir!" Sie wurde nicht rot, sie war so dermaßen selbstbewusst – fast so cool wie er selber.

Bukenkötter hat eine Menge Freunde von damals noch, denen es schlechter geht als ihm. Es sind Menschen, die „im Leben stehn", das heißt, es gelingt ihnen, die Maske des Reichen,

Erfolgreichen, Glücklichen aufrechtzuerhalten und ihre chronischen Kopfschmerzen, ihr Sodbrennen und ihre Potenzstörungen so weit zu überdecken, dass es keiner merkt. Alles Kleinkrämer, alles geistige ein-und-zwei-Centstücke-Zähler, Finnland ist weit. Er ist das nicht. Er sitzt im Taxi bis zur Rente und vielleicht auch dann noch, aber er fühlt sich ihnen nicht unterlegen.

Aber jetzt – steht er hier auf dem Gehsteig, erschöpft vom Schreien! Was für ein Job…

Er steigt wieder ins Auto, nimmt aufs Neue an der Auftragslotterie teil. Nun kriegt er KV, eine Ärztin, die ihm durch ihr zickiges Auftreten mal wieder bestätigt, dass weibliche Ärzte oft unsensibler, als ihre männlichen Kollegen und unnötig hart sind. Müssen die so werden?

Dann eine ältere Frau, die er von der Klinik nach Hause fährt und beim Aussteigen ein wenig betüteln will: „Kommen Sie raus?", die übliche gutwillige Floskel halt.

„Will ich meinen Lebensabend hier drinne verbringen?", ist der Lohn. Sie hat sich aber natürlich noch nicht abgeschnallt.

„Nehmen Sie das Auto nicht mit!", sagt man dann in diesen Situationen. Sie zwinkert ihm zu: „Es heißt doch, alte Leute werden bösartig", sagt sie schelmisch. Es scheint aber mehr Galgenhumor zu sein, denn es geht ihr nicht besonders. Er hilft ihr zur Wohnungstür. Sie hatte keinen Schlüssel dabei, als sie in die Notaufnahme eingeliefert wurde, hatte dabei noch Hausschlappen an den Füßen – und zittert jetzt mit dem Finger so sehr, dass sie nicht mehr selber klingeln kann, sie trifft den Knopf einfach nicht. Carl tut es für sie. Ihr Mann, der aufmacht, ist selber so klapprig, dass er sich kaum mehr auf den Beinen halten kann.

Gegen Abend. Zwei Mädels sitzen hinten drin und fangen an Sinatras „New York" fürs Karaoke heute Abend im Atlantic einzustudieren, „start spreading the news", Bukenkötter korrigiert sie in der Aussprache. Englisch kann er besser als sie. Vor dem Atlantic trifft er zufällig Ekke, der auch gerade Leute ausgeladen hat und grüßt ihn. Ekke grinst, wie immer. Aber Bukenkötter weiß auch nichts von seiner SMS-Aktion, also auch nichts von seiner Neusten: „Ich weiß, was Sie denken: Solange es einigermaßen witzig ist, was er da von sich gibt, soll er nur. Irgendwann wird ihm ja mal das Geld ausgehen. Aber vergessen Sie nicht, Sie haben mir zehn Euro gegeben. Das ist wie damals mit dem Irak! Erst wird er aufgerüstet und dann beklagt man sich."

„Sie arbeitet in einem Etablissement in der Innenstadt. In einem Puff."

you don't have to put the red light on...

„Als Prostituierte, Paul, als *Nutte.* "

*these days are over, you don't have to
share your body to the night!*

Als Nutte.

Er wäre der letzte, der von Frauen so reden würde, die sich ihren Lebensunterhalt selber verdienen, mochten sie sich auch von allen möglichen ekligen Typen bocken lassen oder nicht. Für ihn sind Frauen um vieles schlimmer, die sich in der Ehe prostituieren, keinen manikürten Finger rühren, sich mit Pelzen behängen lassen, um ihre Männer dann am Ende noch *arm* zu scheiden. Wenn Anke sich für diesen Job entschieden hat, dann wird er das respektieren und versuchen, damit klar zu kommen. Er wird niemals einer Frau etwas vorschreiben, genauso, wie er sich dies umgekehrt auch verbitten würde.

Dennoch...

Die Adresse des Etablissements hat er herausgefunden, über drei Ecken (Ekke war eine davon), sozusagen. Eine Telefonnummer hatte er nicht für ihn. Ihre verwandtschaftlichen Verhältnisse sind etwas ominös, zu ihrem Freundeskreis hatte er bisher nur wenig Kontakt. Was bleibt ihm also anderes übrig, als hinzugehen?

Von außen sieht das Gebäude ausgesprochen heruntergekommen aus. *So heruntergekommen wie die, die hier arbeiten,* er kann es nicht ganz lassen. An der Klingel steht Susanne, Katja und *Anke!*

Er holt tief Luft. Noch nicht einmal einen „Künstlernamen" hat sie sich zugelegt! Seine Hand zittert ganz leicht, als er die Klingel drückt. Drei Stockwerke weiter oben macht ihm eine Dame mit langen, blondierten Haaren in einem Hausanzug aus Satin auf. Er fragt nach Anke, sie bittet ihn herein, mit einem leichten osteuropäischen Akzent. Schummriges Licht empfängt ihn, in der geräumigen Mehrzimmer-Wohnung riecht es dezent nach Puff, Parfüm verschiedener Sorten, Tabak, Räucherkerzen. Paul muss erst mal verhalten husten.

Anke hat ihn gehört. Sie lehnt schon im Türrahmen am Ende des Flurs. Sie stehen sich gegenüber, schweigend.

„Ich..."

„Komm rein." Sie macht die Tür hinter sich zu, weist ihm einen roten Plüschsessel. Selber setzt sie sich aufs üppig dimensionierte Bett. Beide sehen sich an, noch immer schweigend.

Anke macht den Anfang, mit ihrem spöttischen, oft verletzenden, Lächeln sagt sie: „Was ist, weswegen bist du gekommen? Willst du eine Nummer?" Eine Ohrfeige würde nicht so weh tun.

„Ich bin hergekommen, weil ich dich liebe."

„Viele Menschen lieben mich, Paul."

„Dann wirst du jetzt also sehr schnell reich." Er schluckt. „Weshalb ist denn gerade niemand bei dir?"

„Es ist ruhig um diese Uhrzeit."

„Deine Taxistammkunden kommen auch alle her?"

„Die Hälfte von denen wartet doch schon lange darauf, mich endlich besteigen zu können." Paul fühlt ein Würgen in seiner Kehle. Diese jetzt so eiskalte, wunderschöne Frau ihm gegenüber – es war so einzigartig mit ihr in Australien, im heißen australischen Sommer, vielleicht die schönste Zeit seines Lebens. Sie hatten den ganzen Kontinent bereist, ihn erforscht. Und sie hatten sich selber erforscht. Sie waren sich so nahe gewesen. War das jetzt alles – Erinnerung? Sie scheint seine Gedanken zu erraten.

„Ich kann nicht immer so weitermachen mit dir, Paul. Wir hatten eine wunderbare Zeit. Doch die ist nun vorbei. Wie wollten wir denn jetzt wieder an Geld kommen, mit Taxifahren? Ich werde *nie wieder* Taxi fahren, das schwör ich dir, Paul. An einem Tag hab ich hier so viel, wie damals in einer Woche. Und ich habe mich verändert. Ich könnte jetzt nicht mehr mit dir irgendwo hinfliegen."

„Geld..." Das Wort klebt Paul am Gaumen, so wie Blut an manchem Gelde klebt.

„Wir haben Globalisierung, Paul. Die dringt bis in die innersten Lebensbereiche vor. Sieh die Japaner, Paul. Sie arbeiten siebzig Stunden in der Woche. Dafür prostituieren sich in Japan schon Schulkinder, das ist ganz normal." Sie schüttelt kurz ihre blonde Mähne. „Wir in Deutschland haben die Wahl mitzuziehen oder Deutschland in einen Disneypark zu verwandeln, ein einziges Neuschwanstein für Manager der Nippon-AG, in denen wir ihnen im Dirndl oder im Krachledernen aufwarten. Oder wir arbeiten siebzig Stunden die Woche. Oder", sie rutscht sich ein wenig anders hin, liegt entspannter auf dem Bett, zeigt nackten Bauch und den Ansatz eines weißen Spitzenhöschens, Pauls Mund wird trocken, „wir prostituieren uns. Bislang konnten wir immer noch sagen: Nein, wir machen da nicht mit, bei diesem Wachstumswahnsinn, Deutschland soll eine Insel der Glückseligen bleiben, mit fünfunddreißig Stundenwoche und Freizeitgesellschaft. Aber nun heißt es: ‚Die Produktion wird ins Ausland verlagert, wenn ihr nicht spurt, die Leute entlassen, wenn sie nicht zur Mehrarbeit bereit sind.' Und gleichzeitig, auf der anderen Seite, machen sie die letzten Schlupflöcher dicht. Arbeitslosengeld kriegt bald keiner mehr, denn dann sagen sie: ‚Warum arbeitet ihr nicht bei McDonalds, warum arbeitet ihr nicht in Neuschwanstein? Es hat genug Jobs für jeden, wenn ihr die nicht wollt, gibt's kein Geld.' Also heißt es fit machen für die Siebzig-Stundenwoche. Klar, 'ne halbe Stunde Gi Gong auf Firmenzeit ist immer drin, auch mal'n Besuch im Firmenpuff. Und dann: ‚Sayonara Deutschland! Noch mehl Albeiten? Kein Ploblem, Albeit ist unsel Leben'." Japaner können das „r" sprechen, aber Paul weiß, was sie meint. „Gerade Jobber wie dich kriegen sie doch jetzt an den Kanthaken. Ungelernte gibt's auf der ganzen Welt genug. Der Industrie ist das egal, ob der Neger an der Maschine weiß oder schwarz ist, die sind nicht ausländerfeindlich. Wir haben Globalisierung, Paul, der gnadenloseste Kapitalismus aller Zeiten. Das einzige, was jetzt noch zählt, ist Geld. Mit Geld kann man sich alles kaufen, auch Liebe." Sie schaut ihn herausfordernd dabei an, mit ihren grün-blauen Augen, die ihn so faszinieren.

„Du redest doch Unsinn, der gnadenloseste Kapitalismus aller Zeiten war immer noch Ende des vorletzten Jahrhunderts, als die Leute an Cholera und Hunger wie die Fliegen gestorben sind, manche davon *obwohl* sie Arbeit hatten! Was *du* da machst, du machst die Beine breit für… irgendwelches Zeug, was du noch gar nicht einmal brauchst…" „Was soll das, Paul, du kommst hier rein und schreist rum, meinst du *so* kannst du mich dazu bringen, wieder zu dir zurückzukommen?"

„Ich habe doch noch gar nicht *geschrieen!*" Jetzt aber schon. Die Tür geht auf, die Blonde von vorhin streckt besorgt den Kopf hinein: „Alles in Ordnung?"

„Alles in Ordnung, wir kennen uns."

„Na, das merke ich." Sie schließt die Tür wieder, Paul und Anke sind aufgestanden, stehen sich gegenüber.

„Paul…"

„Hör mal…" Doch dann fasst er sie jedoch plötzlich, setzt den Satz nicht fort, zieht sie heftig zu sich heran, küsst sie, bevor sie weiter reden kann. Er drängt seine Zunge in ihren Mund, presst sich an sie. Leidenschaft durchflutet ihn. Die rechte Hand auf ihrem Rücken verstärkt den Zug, die linke knetet ihre Pobacke. Er atmet schwer.

„Paul!", sie stößt ihn sanft von sich. „Du willst mit mir schlafen? Erst… gib mir das Geld!"

Er starrt sie an, entsetzt, angeekelt, als würde es ihm erst jetzt richtig bewusst, was sich hier eigentlich abspielt. Doch – sie ist so schön, wie sie da steht, mit einer sanften Röte im Gesicht, in so einem samtenen Fummel, der aussieht wie eine Mischung aus Kimono und Pyjama, unter dem sich ihre Figur abzeichnet. Wird er sie so bald wieder sehen? Er verschlingt sie mit den Augen, mit der Wehmut eines baldigen Abschiedes, fühlt ein Ziehen in seinem Unterleib, ein schmerzhaftes Sehnen dabei. Sein Verstand ist ausgeschaltet, ohne nachzudenken, ohne dass ihm bewusst wird, was er tut, langt er in seine Hosentasche, zieht den Geldbeutel heraus. Während er den Blick nicht von ihren Augen wendet, legt er ihr einen Schein auf den Tisch. Sie erwidert seinen Blick, achtet nicht auf das Geld, das da liegt. Er tritt näher, ihre Augen verschmelzen, ihre Münder verschmelzen – in einem leidenschaftlichen Kuss. Seine Hand schiebt sich unter ihr samtenes Oberteil, liebkost das nackte Fleisch darunter, schiebt sich hoch nach hinten, löst ihren BH-Verschluss mit geübtem Griff. Sie streift das Oberteil ab und steht vor ihm, mit nackten Brüsten, die er sofort begierig liebkost. Sie sinken aufs Bett, ziehen sich aus, küssen sich heftig. Paul streichelt sie, lässt seine Hand zwischen ihre Beine gleiten, sie ist nass wie ein Brunnen. Paul seinerseits ist zum Bersten geschwollen, führt ihn augenblicklich ein. Er nimmt sie hart, legt in jeden Stoß seine Liebe, seine Wut, seine Enttäuschung, seine Angst, sie für immer zu verlieren. Sie fängt an heftig zu atmen. Offensichtlich ist er *doch* kein Allerweltskunde.

„Mach ich's dir gut …, mach ich es dir gut? Du… kleine… *Nutte!"*

„Du machst es gut!"

„Mach ich's… dir besser als die anderen… Kunden?"

„Paul… ich…"

„Was, ich…? *Was, ich…?* Du kleine Hure… du wirst es schon sehen… ich mach dir's… wie mit der *Brechstange!"* Er bockt und knurrt, rammelt um den Weltfrieden, fürs Seelenheil, um Reinwaschung, um Vergebung für die Sünden, um Erlösung von all den Sorgen, die es auf dieser Welt gibt und um sein ganz privates Glück, von dem er weiß, dass er es verloren hat. Bald schon stöhnt sie und zuckt, umklammert ihn mit ihren Armen und als er kommt ist es, als spülte eine Woge, eine Flut reinsten Empfindens den Sand seiner aufgewühlten Emotionen glatt und sauber, für einen Moment des absoluten Friedens, des Angekommenseins. Für einen Moment ist Ruhe, schwitzige Wärme, wohliges Benommensein. Es klopft.

„Da ist jemand für dich, Anke, bist du fertig oder soll ich ihn nehmen?"

„Nein… ich, ich bin fertig, er… soll einen Moment warten, es geht noch ein bisschen." Paul ist gelähmt, schockiert, kann es nicht fassen.

„Paul…" Sie lässt es in der Luft hängen und er gibt sich einen Ruck, versucht sich zu beherrschen.

Er zieht sich hastig an. Dann stehen sie voreinander.

Es ist ein Abschied für lange Zeit, das ist beiden klar.

„Anke… hast du…?" Sie schaut ihn an, es arbeitet in ihrem Gesicht, sie muss *so vieles* in sich unterdrücken.

Ist sie traurig?

„Ich… habe nur geschauspielert, Paul… ich wollte eine gute Nutte sein." Paul ist weiß wie die Wand. Er legt ihr zusätzlich Geld auf den Tisch, alles was er noch hat.

„Hier… weil du ja so eine *gute Nutte* bist." Er schaut sie an, verächtlich, verletzt – immer noch verliebt. „Doch, du bist wirklich große Klasse, ich werde dich *weiter empfehlen*. Freiburg darf dich nicht verpassen. Ach was, Freiburg, ganz Südbaden! Du bist wirklich dein Geld wert." Er geht zur Tür, dreht sich um. „Jeden Cent." Er geht, nimmt nichts mehr um sich herum wahr.

> *I loved you since I knew ya,*
> *I wouldn't talk down to ya,*

I have to tell you just how I feel,
I won't share you with another boy.

Roxanne…
I know my mind is made up,
So put away your make up,
I told you once I will tell you again,
It's a bad way.
Roxanne…

Paul läuft die Straße entlang. So ist es also, wenn man der Welt entsagen möchte, so fühlt man sich also. Man geht irgendwo umher und merkt, dass es gerade nichts gibt, nichts auf dieser ganzen Welt, was einen hält, was einen dazu bringt, so weiter zu machen wie bisher.

Er hat noch etwas Geld. Morgen wird er seinen Kram packen und den Flieger nehmen. Bombay – One Way und dann weiter nach Nepal, nach Katmandu. Und von dort aus… er kennt da einen Ort, wo man sehr billig leben kann. Sehr billig.

Katmandu,
I'll soon be seeing you
and your strange bewildering town,
will hold me down.

26. „Es soll auch intelligente Taxifahrer geben."

Wolf-Dieter sieht ihn fragend an. Behämmertle hebt sich die Backe, weil es ihm immer da hinten an einem empfindlichen Zahn schmerzt, wenn er durch die Zähne pfeift. Er sollte das eigentlich lassen, aber Hobbykriminalisten machen das halt immer, wenn sie auf einer Fährte sind.

„Der Mörder – ist Taxifahrer! Und er fährt bei uns, bei Taxi-Freiburg." Wolf-Dieter staunt. In Krimis gibt es immer einen, der schlau ist und einen, der nur daneben steht und staunt. Jean-Claude Behämmertle holt Luft, dies ist sein Einsatz: „Ganz einfach! Ich muss ein Idiot sein, dass mir das vorhin nicht schon aufgefallen ist!" Der in den Krimis daneben steht und staunt muss sich jetzt *noch dümmer* als ein Idiot vorkommen. „Die Straßen,

Wolf-Dieter, schau her, fällt dir nichts auf, *die Straßen!"* Wolf-Dieter brilliert in seiner Rolle als staunender Vollidiot. „Fünfundzwanzig Morde, ja, fünfundzwanzig insgesamt, finden in nur acht Straßen statt und diese sind: Bismarckallee, Auf der Zinnen, Rotteckring, Bertoldstraße, Humboldtstraße, Oberlinden – in der der Innenstadt. Lassbergstraße, im Osten, Prinz-Eugenstraße – im Süden! In all diesen Straßen – sind Taxistandplätze! Wobei es in einigen dieser Straßen so wenig Wohnungen gibt (geschweige denn nachts Aufträge anliegen), dass man sich wundert, dass es da überhaupt Meerschweinchen gibt. Die Tierliebe kennt keine Grenzen."

„Ja, aber...", hat jetzt immer einer zu sagen, meistens praktischerweise der, der daneben steht und staunt.

„Nichts, *ja, aber!* Wir haben es doch hier mit Sicherheit mit einem psychopathischen Serienkiller zu tun?! Na also, alle psychopathischen Serientäter wollen letztendlich gefasst werden, wollen letztendlich vor sich selber geschützt werden. Und alle wollen sie ein Spielchen mit den Verfolgern spielen. Gehst du denn nie ins Kino?"

„Aha."

„Also, weil der Täter ein Spielchen spielt, weil der Täter letztendlich gefasst werden will, gibt er uns Hinweise! Der eine ganz klare Hinweis hier ist: ‚Ich, der Täter, bin Taxifahrer und das kann man daran sehen, dass ich nur in Straßen gemordet habe, die auch am Taxifunk gerufen werden!' Und zwar nur bei uns, bei Taxi-Freiburg, denn, und jetzt wird's raffiniert, das ist der zweite Hinweis, ein wenig versteckter. Diese acht Standplätze sind die einzigen bei uns, die durchgehend, sieben Tage die Woche, von Montag bis Sonntag und von null bis vierundzwanzig Uhr gerufen werden! Warum würde er sonst genau diese acht Straßen ‚benutzen'!"

„Du meinst..."

„‚Ja, aber... aha... du meinst...!' Mensch Flosse! Wo bleibt dein Witz, dein Esprit? Es liegt doch auf der Hand! Nur wir haben genau dieses Schema, die anderen Firmen haben wieder ein anderes. Es ist nicht ein Standplatz dabei, der dieses klare Prinzip: ‚dieser Standplatz wird immer gerufen' verwässert. Keine ‚Eschholz', die am Wochenende nur frühmorgens und nachts gerufen wird, keine ‚Padua', die nachts von ein Uhr dreißig bis sechs Uhr dreißig nicht gerufen wird." „Hm, der Täter ist intelligent, vielleicht war es doch kein Taxifahrer?"

„Es soll auch intelligente Taxifahrer geben."

„Ach so."

„Und nun ist es ja so: Der Täter will spielen, das heißt, er will uns Hinweise geben, aber nicht gleich so konkret, dass er sofort geschnappt wird. Also, wir wissen jetzt, dass er bei uns Taxi fährt. Aber wir wissen nicht, wie oft und vor allem nicht wann, denn darauf fehlt der Hinweis, verstehst du? Diese acht Standplätze werden immer gerufen, immer!"

„Was können wir dann also machen?"

„Nun, er wird wieder zuschlagen. Ich bin fast sicher, dass es dann in einer anderen Straße passiert. Und dann sehen wir, ist es ein Standplatz, der nur tags gerufen wird? Oder ist es einer, der nur nachts gerufen wird!"

Behämmertle schaut noch einmal auf den Stadtplan. Warum ist ihm das alles nicht schon früher eingefallen? Er sieht Flossinski an, schaut auf dessen Westerwelle-Krawatte.

Und zu der sagt er: „Jetzt können wir nur noch warten."

Kapitel 6

27. Die fundamentalen Taxigesetze.

„Glauben Sie, ich mach das alles nur für Sie? Nein, ich will schließlich ins Guinessbuch. Das erste Mal musste ich aufgeben, wegen einer Ermüdungsfraktur im Daumen – kurz bevor ich sie rumgekriegt hatte." Ekke kichert manisch und reicht Heinrich sein Handy, dass der es auch lesen kann. Alle seine Lichtanlasserin-SMSen hat er natürlich vor dem Senden abgespeichert.

„Du bist echt nicht ganz dicht, Ekke!"

„Wieso, macht doch Spaß, ob sie sich jetzt meldet oder nicht." Beide sitzen im Café, die Autos stehen am Stand, zum Fahren haben sie beide keinen Bock. Als Fahrer gibt es zwei Möglichkeiten auf die Taxikrise zu reagieren, je nach Typ und Finanzlage. Die einen fahren (stehen) jetzt rund um die Uhr, um den Verdienst zu halten, die anderen fahren noch weniger, weil es sie annervt.

Der rote Heinrich holt zu großer Geste aus.

„Ekke, ich erzähl dir mal von ‚Sir' Edward Miller. Das könnte auch ein Beitrag für die Zeitung werden." Er nippt am Kaffee.

„Sir Edward Miller wurde zuerst von der Queen geadelt, nachdem er aber in Ungnade gefallen war, wurde ihm der Adelstitel wieder aberkannt. Er, der Schöpfer der ‚Fundamental Laws of Taxidriving', fuhr während seines Physikstudiums Taxi und fand heraus, dass die Gesetze der Wahrscheinlichkeit für die gewerbliche Personenförderung durch speziell dafür lizenzierte Personenkraftwagen, also Taxis, nicht gelten, sondern außer Kraft gesetzt sind! Wahrscheinlich aufgrund gewissen Störungen des Raumzeitkontinuums. Er fand heraus, zuerst durch Zufall, dann durch systematische empirische Beobachtung, dass die Wahrscheinlichkeit an einen Fahrgast zu kommen, unter ganz bestimmten Umständen signifikant zunahm und zwar genau in dieser Reihenfolge:

1. Ein Buch aufzuschlagen.
2. Ein Gespräch mit einem Kollegen anzufangen.
3. sich einen Kaffee zu holen.
4. etwas Warmes zu essen.

Messungen ergaben, dass die Wahrscheinlichkeit, dass am Stand jemand einsteigt, sich praktisch der Hundertprozentmarke nähert, wenn die folgenden Faktoren zusammenkommen: ‚warmes Essen', ‚mit geöffneter Packung' und ‚Fahrer hat Hunger'.

Die standardisierte Versuchsanordnung dazu war exakt normiert und lief über ein ganzes Jahr, ohne dass sich große Abweichungen dabei ergaben. An exakt demselben Taxistand, zu exakt derselben Uhrzeit an aufeinander folgenden Tagen wurde die Zeit gemessen, die ein Fahrer benötigte, einen Auftrag zu bekommen, wenn er ‚Erster am Stand' war und vorher, bei exakt dem gleichen chinesischen Straßenverkauf, das exakt gleiche warme Tellergericht, in Alufolie verpackt, abgeholt hatte. Hatte der Fahrer ein deutliches Hungergefühl (da Hunger sehr subjektiv ist, wurde gleichzeitig eine Blutprobe entnommen und die gemessenen Blutzuckerwerte in Relation gesetzt), saß er korrekt auf dem Fahrersitz, hatte er die Alufolie entfernt und soeben gerade die exakt standardisierte Plastikgabel in das gewichtsmäßig standardisierte Nasi-Goreng mit Banane in Honig getaucht (die Portionen wurden anschließend gewogen und die Ergebnisse in Relation gesetzt), gab es genau in diesem Moment einen Einsteiger und einen Funkauftrag gleichzeitig! *Es gab einen*

Einsteiger und einen Funkauftrag gleichzeitig! Gut, da waren natürlich Abweichungen im Bereich von Millisekunden, sicher auch Abweichungen der Eintauchtiefe und Eintauchgeschwindigkeit der Gabel ins Nasi-Goreng (das zusammen mit der Honigbanane ein sehr heterogenes Gemisch bildet), die man jedoch unberücksichtigt ließ, oder Differenzen bezüglich der Natur des Auftrags, mal war der Einsteiger Millisekunden schneller, mal der Funkauftrag. Aber dennoch: Die Wahrscheinlichkeit, dass ein Fahrer in dieser Situation unter den gegebenen Versuchsbedingungen seinen Auftrag bekam, waren exakt Einhundert Prozent! Seltsamerweise fand sich auch keinerlei Beziehung zur aktuellen Auftragslage. Der Versuch wurde jeden Tag um Punkt zwölf Uhr durchgeführt, Montag bis Sonntag, ein ganzes Jahr lang. Egal also, ob gerade im Gebiet viel los war oder Flaute, der Testfahrer des Nasi-Goreng/Honig-Banane-Versuches hatte um zwölf Uhr seinen Auftrag!

Da Edward Miller nicht über unbegrenzte Finanzmittel verfügte, musste natürlich der Testfahrer, selber auch Taxifahrer, den Einsteiger auch tatsächlich fahren und damit den Funkauftrag zurückgeben (während Miller das Nasi-Goreng nach dem Wiegen aß) und so lag also jeden Tag, um exakt zwölf Uhr, an diesem Londoner Taxistand ein Funkauftrag an. Was sich schnell herumgesprochen hatte, so dass der Stand also um diese Zeit garantiert auch immer besetzt war. Es gab Miller somit immer reichlich zu tun, sich für pünktlich zwölf Uhr den ersten Platz zu sichern.

Parallel fanden Versuche statt, die, wie erwähnt, die Auftragswahrscheinlichkeit bei Lesen oder Gesprächsaufnahme mit Kollegen erfasste, die, bei bloßem Holen eines warmen Kaffeegetränkes, die, bei gesättigtem Fahrer und gleichzeitig oder isoliert voneinander untersucht, die bei Belassen, also Nichtentfernen, der Alufolie. Die steigende Auftragswahrscheinlichkeit gegen die unterschiedlichen Testparameter aufgetragen ergab eine signifikante Kurve, die Miller in einer Formel zusammenfasste und sie (übersetzt) das ‚Erste Millersche Gesetz' nannte.

Auch für die folgenden, den traditionellen Wahrscheinlichkeitsgesetzen hohnsprechenden Sachverhalte fand Miller Formeln: Die Tatsache, dass Taxistände immer leer sind, solange man sie nicht ansteuert, dass Aufträge immer in Räumen hereinkommen, wo sich gerade keine Taxis befinden, dass die

Länge des ‚Abstehens', als Erster am Standplatz, reziprok korreliert mit der Dauer des Nach-vorne-aufrückens. Für letzteres gilt also: Fahrer A fährt zum Standplatz B, an dem C Wagen stehen und ist nach D Minuten Erster. Die Zeit, die er nun als Erster steht, bis er einen Auftrag bekommt ist: 1 durch D, multipliziert mit den insgesamt eingehenden Aufträgen pro Zeit.

Sagen wir mal, Ekke, du fährst zum ‚Hornus', bist Dritter, schon nach einer Minute aber Erster. Das ist schlecht, denn nun stehst du: 1, geteilt durch 1 Minute = 1 durch Minute, mal, sagen wir vielleicht, 1 Auftrag pro Minute, mal der ‚Millerschen Konstante' 99, 987 (näherungsweise also 100), mal Minute hoch 3, ist gleich: 100 Minuten! Hast du vorher aber 100 Minuten gebraucht, bis du Erster wurdest, brauchst du nun jedoch nur: 1, geteilt durch 100 Minuten = 0,01 durch Minute, mal 100, mal Minute hoch 3 = 1 Minute! Du kriegst also schon nach einer Minute als Erster einen Auftrag, obwohl du vorher 100 Minuten als Zweiter, Dritter, Vierter usw. hast anstehen müssen!" Heinrich trinkt seinen kalt gewordenen Kaffee.

„Aber, wenn ich denn nun mein Nasi-Goreng habe?", fragt Ekke trocken und bleibt todernst dabei, die beiden sind halt ein eingespieltes Team.

„Führ' mich nicht aufs Glatteis, Ekke!"

„Und warum ist Sir Edward Miller denn eigentlich noch nicht überall auf der Welt bekannt?"

„Seine Arbeit wurde nie anerkannt, deshalb fiel der ‚Sir' auch irgendwann mal wieder weg. Der Grund dafür ist ganz einfach. Zwar waren seine Ergebnisse revolutionär und sensationell – aber niemand nahm sie ernst, weil sie im Gegensatz zu allen vernünftigen Prinzipien der Physik standen. Aber was nützen dir die vernünftigen Gesetze der Physik, wenn du Taxi fährst? Gar nichts. Doch niemand machte sich die Mühe Millers Versuche nachzuprüfen, obwohl es ganz einfach gewesen wäre. Leider ist ein Taxi eben kein Gegenstand der Forschung, mit dem sich renommierte Wissenschaftler auseinandersetzen, sondern höchstens eines, mit dem sie sich, gegen Quittung, von einem Institut ins andere oder zum Bahnhof fahren lassen, aber nicht mehr.

Nach einer kurzen Episode in der Klapse fuhr Miller also wieder in London Taxi, notgedrungen, so wie jeder, der Taxi fährt, verdiente aber sehr gut, weil er seine Regeln befolgte, die Millerschen Theorien, die so gut in der Praxis funktionierten, wie kaum eine andere wissenschaftliche Theorie. Er starb dann aber leider eines Tages an Krebs. Weil er aus Geiz, aus falscher Sparsamkeit, die er in seinen frühen, entbehrungsreichen Zeiten als taxifahrender Student sich angewöhnt hatte, es einfach nicht übers Herz bringen konnte, die Mikrowellengerichte, die er in seiner im Armaturenbrett eingebauten Mikrowelle am Tag bis zu fünfzigmal aufwärmte, abends wegzuwerfen."

„Hainrich?" Und Ekke spricht das friesisch aus, „R" wie das „R" in „Röhrig!"

„Joa?" Auch friesisch.

„Nu ssach ma' Mann, Hainrich, wenn du nun sso ssupa'schlau bes, näch, warum, ssach ma, fäh'st dann *Taxi?*"

„Na was meinssä, wie ich sons Sseit hab, ssum ssynisch un' abgefuckt ssein, ssons wä' ich ja goa' nich mä' dä' roate Hainrich!"

„Ach sso!"

„Joa, nech! Abe' vielleich' komm ich joa noch groaß raus inne Zukunft."

Das Gespräch dreht sich dann um die Zukunft des Taxigewerbes. Manche träumen schon vom universellen Dienstleister! Flexibel einsetz- und abrufbar. Wann immer jemand einen Neger für einen Job braucht, der groß keine Spezialkenntnisse erfordert, kann man doch einen Taxifahrer bestellen, der kommt ja sofort. Anfänge gab's ja schon mit dem Kofferservice der Hotels.

„Taxifahrer als Mann für gewisse Stunden", sagt Ekke, „oder als Auftragskiller – immer noch besser als rumstehn?"

Heinrich hat sich inzwischen ein Bier bestellt. Nun kommt einer seiner Beiträge aus dem Bauch heraus: „Ekke, ich sag dir mal was, unter Männern, ein Gleichnis über, was Menschen sagen und das, was sie lieber für sich behalten. Am Beispiel von dem, was Pete Townsend mal in einem Interview abgelassen hat. Also, was sie sagen, ist: ‚Die Leute hatten schon so eine Erwartungshaltung, so weit ging das, dass sie uns hinterher fragten: *Warum habt ihr heute nicht eure Instrumente kaputt gehauen, wie sonst immer?* dass wir es dann ließen, denn so etwas muss spontan entstehen, so aus dem Bauch heraus, das kann man nicht planen!' Was sie nicht sagen, Ekke, ist: ‚So ein Koog-Verstärker, so eine Gibson-Gitarre, so ein Yamaha-Keyboard, das kostet ein schönes Geld, das geben wir lieber mit unseren Groupies aus!'"

„Das iss ja wi'klich sser witzich, Hainrich, abe' sach ma', wie kommsn darauf eigentlich?"

„Das ist die Stimme der Vernunft, Ekke, davon verstehst du noch nichts!"

„Vernunft? Sach ma'! Wie kann man denn bei *dir* von Vernunft reden, von einem Homo Sapiens, übe'haupt, sach ma'? Bei einem Mann, der noch nicht mal das Stadium eines Homo Erectus erreicht hat, du Kriecher! Das einzige Homo an dir ist, dass du schwul bist!"

„Ekke, ich hau dir gleich! Ich gäb dir einen anne Backe, näch, da fliegst du bes nach Italien, du halbe Po'tion, du!"

„Nach Italien? Da regiert doch die Mafia!"

„Du meinst... Berlusconi gehört – der Mafia an?"

„Na klar, Mann! Da gibst doch keinen Zweifel, siehst du das denn nicht?" Heinrich tut ernst, tut als überlege er recht sehr gründlich.

„Doch, doch... soso, der Mafia... na, das kann natürlich auch sein... und ich dachte, er gehört der *Camorra* an."

„Er soll sich doch einfach mal *erklären*, ganz offiziell in einem seiner Sender, in einem Spot, so zwischen zwei Pornos..."

„Du meinst, zwischen zwei aufeinander folgenden Programmpunkten, in einem seiner Sender."

„Zwischen zwei Pornos, sag ich doch. Ist doch nichts dabei, die Mafia, das sind doch alles Männer von Ehre, da denkt sich doch der Italiener nichts dabei. Hauptsache ‚belle figura', das ist doch das Wichtigste dort in diesem Land. Mode, Fußball, Titten-TV. Wer genau gerade in Rom die Hand aufhält, ist denen doch egal, das machen die doch im Kleinen genauso."

„Mode, Fußball, Titten-TV? Das ist doch bei uns auch so."

„Du meinst die deutsche Leitkultur – fressen, ficken, fernsehen?"

„Richtig! Apropos f...fernsehen, neulich da fahr ich doch mal 'ne hübsche Fünfundzwanzigjährige... will ich die anmachen und da fällt mir nichts ein!"

„Kann nicht sein. Hübsche Fünfundzwanzigjährige müssen angemacht werden, steht in den Beförderungspflichten! Du kannst *gesperrt* werden, wenn du das nicht machst!"

„Ich glaube, ich werde alt, Ekke." Er seufzt. „Pass mal auf, Ekke, ich hab' eine Idee." Er macht wieder einen auf pompös. „*1 Frauen*, die Einheit für Sozialprestige! Wir gehen nachher im soziologischen Institut vorbei und lassen's da ma' kacheln!"

„Ist das jetzt wieder ‚Sir' Edward Miller?"

„Nee, das ist Sir ‚red' Henry! Also, wir teilen die Skala ein zwischen 0 und 5. Die Spitze, 5, hätten dann Männer wie Mick Jagger oder Bill Clinton, als er noch im Amt war, hier könnte man auch ‚Lewinsky' anstatt ‚Frauen' nehmen. Die 1 wären dann beispielsweise Handwerksgesellen oder... Medizinstudenten, unter fünfundzwanzig Jahren natürlich, die noch eine Laufbahn versprechen, darüber sind sie ja nur noch Gespött..."

„Und *wo* sind da die Taxifahrer?"

Er schaut ihn nur kurz mitleidig an: „Hallo-o! Warum gibt es denn da immer so einen Summton, wenn die Tankkarte wieder aus dem Schlitz kommt?"

„Das ist wieder mal so ein... Bild bei dir, wie das mit den Groupies vorhin, diesmal für etwas... total Offensichtliches?" Heinrich nickt, von oben bis unten.

„Richtig, Ekke", er hat Bierschaum an der Lippe, „Null-Frauen-Ekke!"

28. Freiburgs „römische Kreuzung".

Aufgrund der gefährlichen Situation fährt kaum noch jemand von den Kollegen Taxi. Für die wenigen, die noch unterwegs sind, läuft es also wie die Feuerwehr. Da keiner mehr einen Fahrgast hinten einsteigen lässt hat der Täter, flexibel, wie er anscheinend ist, seine Mordmethoden umdisponiert. In der Zwischenzeit wurde gefordert, die Polizei solle doch in Zivil Taxi fahren, um den Mörder auf diese Weise zu fassen, aber sie lehnte ab, weil ihr der Job zu mies sei. Nach Verhandlungen mit der Polizeigewerkschaft sicherte man den Polizisten zu, dass sie ihr Gehalt normal weiterbezahlt bekämen und nun stehen sie überall an den Ständen und rauchen und schwatzen, während die Leute aufs Taxi warten.

Ute, Martin, Bukenkötter, Heinrich und Ekke sind zu einem weiteren Meeting versammelt. Die Diskussion ging darum, ob man es genießen soll, dass es endlich genug Aufträge pro Fahrer gibt oder ob man panische Angst haben soll, weil das Ganze so gefährlich sei. Aber bisher hat der Täter nur nachts zugeschlagen, bei Dunkelheit.

Martin sagt: „Die Polizei vermutet so langsam, dass es sich um die Tat eines psychisch gestörten Kollegen handeln könnte, der sich dem Konkurrenzdruck auf seine Weise entgegenstemmen möchte."

„Ein Taxifahrer?"

„Ein psychisch gestörter Taxifahrer!"

„Psychisch gestörter Taxifahrer, als ob hier auch nur einer nicht psychisch gestört wäre. Sonst hält man es doch gar nicht aus in diesem Job." Murmelt Carl.

„Bukenkötter! Jetzt habe ich aber so langsam genug von deiner taxifahrerfeindlichen Scheiße!" Martin kann diese Kollegen nicht leiden, die nur über den Job herziehen, alles schlecht machen. Er fährt gerne Taxi, weil er immer das Positive sieht. Er verdient jetzt weniger, als zu jener Zeit, als er noch Handwerker war, schläft vielleicht auch schlechter, aber damit kann er gut leben. Er genießt es an einem sonnigen Tag am Stand zu stehen, das Leben rings um ihn herum aufzunehmen. Wenn's dann mal ein bisschen länger geht bis er einen Auftrag bekommt, mein Gott! Was soll's? Er ist gerne auch mal behilflich, hat das Gefühl etwas Sinnvolles zu tun, freut sich über die Dankbarkeit der alten Leute. Neulich hat er für eine alte gehbehinderte Frau eine kleine Besorgung gemacht, ihr von der Tankstelle etwas für Kaffee und Kuchen mitgebracht, so dass sie ihrem plötzlich aufgetauchten Besuch etwas anbieten konnte. Die alte Frau hatte sich so gefreut, sich herzlich bei ihm bedankt und ihm einen wunderschönen Tag gewünscht. Was soll also immer diese Moserei!

Ein Kollege hatte mal ein Buch geschrieben und auch wirklich kein gutes Haar an dem Job gelassen und dazu noch in einer Umgangssprache, die er nun wirklich daneben fand. Was soll denn die Kundschaft denken, wenn einer so etwas schreibt? Nein, er bemüht sich darum, mit den Vorurteilen aufzuräumen, die es gegen Taxifahrer gibt, bemüht sich nett und zuvorkommend zu sein und ein positives Image aufzubauen und da kommt einer her und schreibt, wie mies doch der Job sei. Dem hat er aber ordentlich seine Meinung gesagt. „Also, die Polizei wird den Täter schon schnappen. Wir sollten jetzt sehen, dass wir mit der Zeitung weiterkommen, vielleicht trotz der aktuellen Lage. Was für Beiträge haben wir denn für den Namen der Zeitung?"

Heinrich hat gleich zwei: „Fusion!" und „SechsmaldieSieben!" Ekke bringt: „Stunk- und Hiebeordnung!", in Anlehnung an die „Funk- und Betriebsordnung". Bukenkötter hat: „Raststätte Süd!" Das lehnen sie gleich ab, das sei zwar sehr witzig und hintergründig, würden aber nur Insider kapieren. Die Zeitung soll ja auch an wohlmeinende Fahrgäste verkauft werden. Martins „Hallo Taxi!" wird auch gleich niedergestimmt, das sei ja wohl *nur*unoriginell, meint Ekke. Utes: „Sind Sie frei?" – „I hau di glei!", verbunden mit einem Cartoon auf der Titelseite, der diskret die langen Wartezeiten verdeutlicht, wird auch abgelehnt, sei kein gutes Aushängeschild. Die Entscheidung wird also vertagt.

Sie gehen zu den Entwürfen für das Fotopreisausschreiben über, die, die bereits vorliegen. Das sind allerdings nur welche von Carl und von Martin. Letzterer hat sich wahnsinnig Mühe gemacht, zeigt pikobello, gestochen scharfe Aufnahmen, die er mit seiner Semiprofispiegelreflexkamera, mit allen erdenklichen Objektiven vom Fisheye, bis hin zum extremen Teleobjektiv und allen erdenklichen Filtern, Weichzeichnern usw. ausgerüstet, gemacht hat. Die Fotos sind spitzenmäßig, außer jeder Konkurrenz, und werden sofort genommen. Bukenkötter hat nur Nahaufnahmen von Mülleimern und Zigarettenstummeln, Bänken und so einem Mist gemacht.

Er rechtfertigt sich, indem er meint, er könne sogar noch an den unterschiedlichen Zigarettenstummeln, die im Rinnstein liegen, erkennen welcher Stand das sei. Weil er die Leute kennt, die da immer stehen – und oft genug wären das ja auch seine eigenen.

Martin sagt: „Nein, dass gefällt uns gar nicht, dass du uns hier so lächerlich machst. Das ist…"

„Nestbeschmutzung?" Bukenkötter lehnt sich gelassen zurück.

„Genau, Nestbeschmutzung!"

„Hör mal, ich pfeif auf dein Nest. So wie sich Taxifahrer untereinander aufführen, kann man nicht von einem Nest sprechen. Höchstens von einem Vogelnest, wo das stärkere Junge das schwächere aus dem Nest stößt. Hört mal, neulich, da hatte ein Kollege ein Miettaxi, mit Augsburger Nummer daran, weil seines einen Unfall hatte und ihm die Versicherung das bezahlt hat. Da rufen die doch am Stand bei der Polizei an, da würde ein Taxi aus Augsburg an einem Freiburger Taxistand stehen und auf Fahrgäste warten. Statt dass der mal aussteigt und fragt! Und es steht ja noch groß ‚Miettaxi' daran."

Heftige Diskussionen, der Funker muss um Ruhe bitten.

Sie beruhigen sich wieder.

Die redaktionellen Beiträge für die Zeitung sind dran.

„Martin, hast du etwas?", fragt Ute.

„N-Nein, besser, äh, *bisher* noch nicht."

Ekke ruft: „Der Heinrich hat was, die ‚fundamentalen Taxigesetze' oder was war's, roatä' Hainrich?" Der winkt jedoch ab, er hat das noch nicht aufgeschrieben. Er hat aber etwas anderes. Heinrich holt einen Zettel raus, liest: „Gedanken eines Taxifahrers an einem stinknormalen Samstagmittag am ‚Prinz-Eugen', mit Blick auf Freiburgs römische Kreuzung (außer natürlich: ‚Sind die denn eigentlich alle noch ganz dicht?')." Alle lachen, „römische Kreuzung", ein guter Vergleich für die Kreuzung Güntertaler-/Lorettostraße! „Autos tanzen Ballett, umkreisen sich wie Fliegen, verkeilen sich zu komplexen, bizarren, hupenden Knäuel. Ab und zu pflügt sich die Straßenbahn klingelnd dazwischen durch, wie eine Räummaschine durch den Schnee. Zwischendurch ist die Kreuzung, wie durch ein Wunder wieder leergefegt, dann – branden die stinkenden Horden aufs Neue heran.

Autos.

Sie fahren an, sie bremsen ab. Sie blinken, biegen ab, bilden Schlangen an den Ampeln. Sie müssen bald mal tanken, bald zur Inspektion. Sie lecken an der Ölwanne, verlieren unterwegs Radkappen. Sie haben Katalysator, stinken Diesel. Ihre Wischerblätter flappen, sie geben Lichthupe. Autos stehen rostend am Straßenrand, in der Schwackeliste Wert verlierend. Sie sind Symbole für Status, für eine freie Gesellschaft von Individualisten, ‚freie Fahrt für freie Bürger', für industrielle Massenproduktion. Für die Grenzen des Wachstums. ‚Fahre langsam, es könnte auch dein Kind sein.'

Sie sind zuviel, ihre Fahrer sind genervt, brüllen sich hinter den Scheiben an, zeigen sich Fratzen, den Vogel, den Finger. Sie rumsen, sie bumsen, splittern Scheiben, pfeifen Luft aus ihren Reifen. Sie sind Ziel blinkenden Blaulichts, hastender Menschen.

Sie wollen von A nach B, müssen deshalb durch C.

Sie wechseln urplötzlich die Spur, scheren aus, haben fremdländische Kennzeichen, stehen am Straßenrand, das Fenster heruntergelassen, Auskunft begehrend. Sie nehmen Starthilfe, werden abgeschleppt.

Sie werden poliert, beschäftigen ihre Besitzer, haben Micken, Macken, Mucken, sammeln Kilometer.

Sie machen die Städte unbewohnbar, ermöglichen es uns aber auch unsere Verrichtungen in den Städten rasch zu erledigen und aufs Land zu fliehen."

Alle applaudieren, das kommt auf jeden Fall mit hinein.

Ute hat auch etwas aufgeschrieben, ein Traumbild, das sie dann und wann mal hat, eine Vision, ein Bild, das sie mit Sehnsucht erfüllt, besonders dann, wenn sie die Autos wieder mal zu sehr nerven. Sie liest: „Ich stehe an einem Fenster. In einem Haus, vielleicht in einem Bauernhaus, vielleicht irgendwo im Schwarzwald. Es ist tiefer Winter. Das Fenster ist offen, ich lehne mich auf den Rahmen, schaue hinaus. Dichtes Schneetreiben, wohin das Auge blickt. Die Sonne hinter den Wolken ist fast schon ganz untergegangen, der Schnee an den Hängen, rings um mich herum, die weiße Weite, sorgt dennoch für ausreichend Helligkeit. Die Luft riecht nach Schnee, kein Laut ist zu hören, außer dem feinen Rieseln.

Hinter mir sind Geborgenheit, Gemeinschaft, Nähe – Familie oder Freunde. Sie umfassen mich sanft, stützen mich, mein Rücken ist in der Wärme. Mein Blick jedoch geht hinaus, in die Stille, in die Kälte, in die Einsamkeit. Vor mir ist Sehnsucht, Herausforderung, Unendlichkeit.

Es ist Intensität in diesem Moment. Die Intensität, die man fühlt, wenn man irgendwo alleine im Wald im strömenden Regen unterwegs ist. Wenn man einen Berg erstiegen hat. Wenn man in die knisternde, wärmende Glut eines Lagerfeuers schaut, wenn man dabei einen geliebten Menschen im Arm hält.

Ich fühle mich aufgehoben in der Welt, eins mit ihr. Ich kann mich umwenden, wann ich will, kann jederzeit das Fenster schließen. Ich schiebe es aber hinaus, verzögere es, ganz versunken, im Hier und Jetzt."

„Hey!", sagt Martin, „das ist ja richtig poetisch! Das gefällt mir. Wir nennen es: ,Gedanken einer Taxifahrer-*in*'. Das können wir ja als Kontrast zum anderen nehmen."

Ekke hat auch etwas aufgeschrieben, er liest es aber nicht vor, vielleicht dem Heinrich später. Es steht nämlich nur auf dem Display seines Handys: „Wie unbarmherzig, kalt und grausam Sie sind! *Herrgott*, was macht solche Frauen bloß so anziehend!"

29. „Aber Lamey! Mein Gott... Lamey!"

„Taxibetrieb Wolf-Dieter Flossinski, schönen guten Abend, was kann ich für Sie tun?" Wolf-Dieter bringt nie die Tages- und Nachtzeiten durcheinander, wenn er sich am Telefon meldet. Und wenn ihn jemand aus dem Schlaf reißt – so meldet er sich stets mit: „Guten Morgen!"

„W-Wolf-Dieter, quatsch keine Arien und komm sofort in B-Belle Eponge, es geht um den Fall!"

„Du hörst dich aber nicht gerade... besonders konstruktiv an, Jean-Claude!"

„D-Das gibt sich, hups, w-weiß auch n-nicht wie, aber wenn es um den F-Fall geht, b-bin ich sofort wieder nüchtern, also m-mach dich auf die Flossen, Sockinski, äh, auf die Socken, Flossinski und keine F-Fisimatenten." Im Belle Eponge erwartet ihn ein stocknüchterner Behämmertle und spendiert ihm einen Kaffee auf seinen Deckel.

„Der Meerschweinmörder hat wieder zugeschlagen! Zweimal!"

„Und wo?"

„Zuerst in der Sundgauallee und dann..." Jean-Claude macht eine kleine Pause, beugt sich verschwörerisch zu ihm. „Und dann... *Lamey!!*"

„Lamey? Lameystraße?" Wolf-Dieter reagiert nicht, wie Behämmertle das erwartet hat.

„*Mein Gott, Lamey!* Verstehst du denn das nicht, was für ein präziser Hinweis das ist? Wäre es Eschholzstraße gewesen, so wären wir nicht schlauer, denn der Standplatz wird unter der Woche Tag und Nacht gerufen. Oder wäre es die Hornusstraße gewesen, so hätten wir immer noch nicht gewusst, ob Tag-, Schneid- oder Nachtschicht, denn der Standplatz wird tags, aber auch abends bis ein Uhr dreißig gerufen. Aber Lamey! Mein Gott... Lamey! Die Sundgauallee ist zu groß, es wäre vielleicht sogar ein Hinweis dafür, dass unsere Theorie nicht stimmt, dass es sich gar nicht um einen Taxifahrer handelt, aber *Lamey!* Lamey ist der entscheidende Hinweis, nun gibt es keinen Zweifel mehr. Diese Straße ist so klein und unbedeutend, dass die wenigsten Freiburger sie überhaupt kennen. Aber der Standplatz wird nun mal eben gerufen, seit diesen Tankstellengeschichten. Er wird jeden Tag gerufen, von Montag bis Sonntag, in der Zeit von ein Uhr dreißig nachts bis sechs Uhr dreißig morgens. Genauso wie die Essotankstelle in der Sundgauallee – *der Täter ist Nachtfahrer!*" Behämmertle schaut triumphierend, trinkt Kaffee. „Aber das ist noch nicht alles, Wolf-Dieter! Der Täter hat eine weitere Spur hinterlassen! Er wird immer ungeduldiger, das heißt, seine nicht gestörte, vernünftige Seite sehnt sich immer mehr wieder in der Gesellschaft angenommen und geliebt zu werden und fordert uns auf, ihr endlich gegen seine dunklen Begierden zu helfen. Hier, das fand ich im Bauch der einen Leiche!" Er reicht ihm ein, in Plastikfolie eingeschweißtes, Stückchen Papier. Man kann Ziffern und Buchstaben darauf erkennen. „Das war ein Funkausweis, von dem noch ein kleines Stück erhalten ist. Die letzte Ziffer der Funkausweisnummer ist noch zu erkennen, eine Sieben! Und das fand ich in der anderen Leiche!" Es ist ein Stück „gelber Schein", für die Rückfahrten auf Krankentransportschein, auf dem wieder einer dieser seltsamen Sprüche steht. Flossinski betrachtet es leicht angeekelt. Nicht, weil es in der Leiche war, sondern weil es ungute Erinnerungen weckt. Der Schein ist so gerissen, dass auf dem Eintragungsfeld für die Wagennummer die letzte Nummer noch erhalten ist, eine Neun!

„Ich fasse zusammen!", bellt Behämmertle, nun wieder ganz Altdynamiker, als wäre er vorhin nicht gerade völlig strack gewesen. „Wir haben einen Taxifahrer, mit bald einem Popo voll Problemen, der

1. Nachtfahrer ist.

2. In unserem Computer mit der Funkausweisendnummer sieben geführt ist.

3. In der letzten Zeit vermutlich, einen Wagen gefahren hat mit der Konzessionsendnummer neun! Fazit: Wir kriegen diese Sau und zwar noch heute Nacht!"

„Mal langsam, woher weißt du denn, dass Erstens der gelbe Zettel nicht eine Fälschung und Zweitens nicht vielleicht einfach von jemand anderem ist. Man wirft doch einen ausgefüllten gelben Zettel nicht einfach weg, ganz zu schweigen, stopft ihn in Meerschweinchenkadaver. Sondern man gibt ihn in die Abrechnung, weil es zwar beleidigend wenig Geld ist, aber immerhin! Außerdem haben Nachtfahrer so gut wie keine gelben Zettel."

„Papperlapp!", dröhnt Behämmertle mit geröteten Schläfen, Schibulski schreibt ihm noch einen Koffeinfreien auf den Deckel. „Das ist die reine Intuition, Flosse, der Täter ist reif! Und natürlich haben auch Nachtfahrer gelbe Zettel am Hals, wenn auch deutlich weniger. Und wir werden jetzt gleich zur Zentrale fahren und im Computer nachschauen lassen. Wir wollen wissen, wer nachts in der letzten Zeit auf einem Wagen mit der Endnummer neun gefahren ist und dessen Funkausweis die Endnummer sieben hat. *Andiamo!*"

„Äh, pagare?", fragt rhetorisch Schibulski, Behämmertle wirft ihm nur einen Blick zu, der signalisieren soll, dass er nicht weiß, was Deckel auf Italienisch heißt. Flossinski schaukelt sie mit seiner Edelschaukel in die Kaiserstuhl. Wie immer ist man dort Wünschen von Fahrern gegenüber sehr freundlich und aufgeschlossen und überschlägt sich förmlich, ihnen entgegenzukommen, obwohl die Telefone ständig bimmeln. Nach einer Weile reicht ihnen der diensthabende Funker einen Zettel mit sechs Namen darauf. Es seien so viele Namen, weil die Fahrer so häufig die Autos wechseln würden, sonst hätte er ihnen bei diesen beiden Angaben sofort den Täter nennen können. Alle diese fünf Kollegen und eine Kollegin würden theoretisch in Frage kommen. Alle sechs, haben die entsprechenden Funkausweisnummern und sind in der letzten Zeit nachts auf einem entsprechenden Taxi gefahren.

„Also müssen wir nur noch die sechs Kameraden einbestellen, sie einer Schriftprobe unterziehen, dann kannst du, Wolf-Dieter, bei allen einen Allergietest durchführen." Behämmertle schaut triumphierend. „Und dann *haben* wir den Täter!"

Kapitel 7

30. Der „Adi", wie sie ihn nannten.

» Trotz seines spektakulären Auftritts beim Hochzeitsbankett, dessen Harmonie er empfindlich gestört hatte, glaubt ihm keiner der Anwesenden in der Folgezeit. Jeder hält ihn für verrückt oder betrunken. Er bleibt isoliert, ja, isolierter denn je, auch Elise ist verärgert. Ungeachtet der geheimnisvollen Anziehung zwischen den beiden kommt es nicht mehr zu einer Annäherung. Elise hat die vorteilhafte Verbindung geheiratet und entschwindet aus seinem Blickfeld, bis auf gelegentliche Wiedersehen, die aber auf tragische Weise immer distanziert bleiben. Erst im Lauf des zweiten Weltkrieges, einige Jahre nach dem Tod ihres Mannes, kommt es durch verschiedene sehr merkwürdige, wie durch das Schicksal herbeigeführte, Begegnungen zu einer Annäherung. «

Der nervöse, viel beschäftigte Lektor des Ufos-aus-dem-Alltag-Science-Fiction-Verlags Berlin lässt das Exposé des Romans „Seelenverwandtschaft" für einen Augenblick sinken.

„Hm, Seelenwanderung, Schicksal, tragische Liebe, sehr geschichtsträchtig, das Ganze... hm, aber ganz nett, vielleicht mehr etwas in Richtung phantastischer Roman, weniger ‚Science', aber vielleicht haben wir da etwas, wo es hinein passen könnte", murmelt er, eine Zigarette zwischen den Lippen.

Zur selben Zeit, fast neunhundert Kilometer entfernt, in Freiburg, holt sich Rainer derweil eine Packung Gummibären am Kiosk in der Nähe vom Taxistand. Er liebt etwas Weiches, Süßes, Gnatschiges zwischen den Zähnen.

Der nervöse, abgearbeitete Lektor in Berlin, der zurzeit mal wieder viel zu viel raucht, nimmt sich das nächste Blatt vor.

» Leseprobe: Schlussszene. 1945 in Köln. Kurz vor dem Einzug der Amerikaner.

Der Sonnenuntergang färbt den Himmel rot. Stefan steht am Fenster, schaut hinaus. Im Westen, hinter den Skeletten der zerstörten Häuser kann er den Rhein sehen, den die Sonne blutig färbt, den Rhein, den deutschen Strom, über den die Amerikaner demnächst übersetzen werden. Neben ihm steht Elise. Sie lächelt, hält seine Hand. „Eins musst du wissen, Stefan, ich habe es dir noch nie so richtig gesagt. Damals, als wir uns kennen gelernt haben und du mir von so vielen Dingen erzählt hast... Ich habe dir immer geglaubt, irgendwie, von Anfang an. Ich hatte Angst, es hat mich sehr verstört, was du gesagt hast und sicher deshalb habe ich mich all die Zeit von dir ferngehalten. Aber ich wusste schon damals, dass es falsch war."

„Es war uns bestimmt, Elise, dass du und ich eines Tages zu einander finden werden. Denn es war unsere Seelenverwandtschaft, die uns überhaupt erst zusammenführte, die so stark war, dass sie die Kluft zwischen Zeit und Raum überwunden hat."

Sie steht neben ihm, ihre Schulter an der seinen, schaut mit ihm aus dem Fenster auf die Ruinen. Sie lehnt sich an ihn, schaudernd.

„Du hast es gewusst, all die Jahre, nicht wahr? Du wusstest schon so lange, was passieren würde."

„Über fünfzig Millionen Menschen, Elise, hat dieser Krieg das Leben gekostet, wird es noch, in diesen letzten Tagen. Eine Zahl, die noch niemand kennt, außer mir." Elise erschrickt. Nach all dem Leiden dieses Krieges ist das nur eine bloße Zahl. Aber sie ist doch so viel größer, als sie vermutet hat. Stefan fährt fort. „Aber ich wusste es, all die Jahre. Aber das ist noch nicht alles. Oh, nein, noch lange nicht alles!"

Die Zeit ist für ihn gekommen, Elise jetzt die Wahrheit zu sagen, die ganze Wahrheit. Er setzt sich, verbirgt den Kopf in den Händen. Dann stößt er Worte darunter hervor, Sätze, wie die eines Fieberkranken, eines vom Grauen gezeichneten: „Elise, das ist noch nicht alles…" Sie packt das blanke Entsetzen, angesichts der Qualen, die hinter diesen Worten liegen. „Das ist noch *lange* nicht alles. Denn ich… bin schuld an ihrem Tod. Ich habe sie nicht getötet, nein, oh nein, nicht mit den eigenen Händen. Aber ich habe sie auf dem Gewissen. Ich – habe – all – diese – vielen – Menschen auf dem Gewissen!" Sie tritt einen Schritt von ihm zurück. Es schwindelt sie angesichts der Last dessen, was Stefan gerade gesagt hat, angesichts der Ungeheuerlichkeit seiner bloßen Aussage, mag es nun stimmen oder nicht. „Und nicht weil ich etwas unterlassen habe, zu tun, oh nein, denn ich hätte ja vieles tun können, um den Lauf der Geschichte zu verändern, vieles, um Menschen zu retten. Was ich aber, aus gutem Grunde, nicht getan habe. Nein, es war ganz anders…" Er schaut sie an. „Laß es mich dir erzählen. Du weißt, ich wurde Kriegsberichterstatter im ersten Weltkrieg. Ich, mein Körper, der Körper des Fotographen, war erst vierunddreißig Jahre, ich unterlag, wie alle, der Wehrpflicht. Durch meinen Beruf als Journalist konnte ich über den Krieg berichten, es war ja das, was ich mir gewünscht habe. Ich hätte mit dieser Bevorzugung zufrieden sein können, wenngleich wir auch alle einer strengen Zensur unterlagen und praktisch zu einem Teil der verlogenen Kriegspropaganda wurden. Eine unselige Faszination trieb mich jedoch, den jungen Adolf Hitler an der Front zu erleben. Ich wollte ihn nicht töten, oh nein, weil es mir, wie gesagt, nicht in den Sinn kam, die Geschichte zu verändern. Weil ich da noch nicht wusste, was das Schicksal mir für Streiche spielen würde! Ich wollte ihn nur sehen, an der Front, im Einsatz als Meldegänger. Ihn, den Mann, der all diese vielen Menschen in die Gaskammern geschickt hat. Ihn, der die Neutronenbombe verwendet hätte, wenn er sie denn gehabt hätte, um Lebensraum im Osten zu schaffen, ohne deutsches Blut zu vergießen. Gut, ich wusste, dass er oft genug, wenn es an der Front ruhig war, im Stabshauptquartier herumlungerte und Bilder malte. Dennoch, ich wollte die Gelegenheit haben, ihn im Feuer liegen zu sehen, ich wollte den Blick seiner Augen lesen, seine Angst spüren. Ich hatte von ihm gehört, dass er den Krieg sogar auf eine perverse Weise genossen hatte, so wie ein Ernst Jünger beispielsweise davon sprach, den Krieg ,genossen zu haben, wie einen Wein'.

Genießen? Wie können sie denn genießen, Elise? Alles, was sie doch haben ist Todesverachtung! Jedenfalls ist es das, was sie meinen. Doch – ist das nicht in Wirklichkeit viel eher nur pure *Lebensverachtung*? Denn dieses eklige unkontrollierbare Leben ist ihnen letztendlich sowenig wert, dass sie es beständig riskieren, aufs Spiel setzen müssen. Ohne diese heldische Erhöhung hat das Leben für sie keinen Reiz. Von wirklichem Heldenmut kann man jedoch hier nicht sprechen, denn Helden kämpfen für Heim und Haus, kehren wieder dahin zurück. Helden kämpfen nicht aus reiner Selbstbestätigung, weil sie heimatlose Entwurzelte sind, die im Leben nicht Fuß gefasst haben.

Dieses Vabanquespiel, das Hasardieren mit dem Leben, dem höchsten Einsatz, hatte Hitler immer weiter betrieben, immer weiter. Immer wieder gewann er auch letztendlich, immer wieder verdoppelte er den Einsatz, setzte zum Schluss sein Leben, Heim und Hof, seine Herrschaft über ein mächtiges Großdeutschland, auf Rot – und verlor. Der Krieg war ihm ein Zuhause, hier konnte er seine beträchtlichen Energien auf ein Ziel lenken, ohne in Ziellosigkeit und Grübeleien zu versinken, wie es in seiner frühen Jugend ja oft der Fall war. Diese tragische frühe Fixierung auf den Krieg als Selbstzweck, als Ersatzheimat für…

Aber ich schweife ab. Kurz, ich war ihm auf der Spur, ich wusste, dass er mit seiner Einheit, dem Regiment List, zirka eineinhalb Jahre, zwischen Frühjahr 1915 und Herbst '16, bei Fromelles in Flandern, im Bezirk Ypern, in einem Stellungskrieg fest hing. Bei dem sich, trotz heftiger Gefechte zwischendurch, die Front kaum einen Meter verschob. Im Herbst '16 dann, September oder Oktober, den genauen Zeitpunkt wusste ich nicht mehr, griff das Regiment in die Kämpfe an der Somme, weiter südlich, ein. Ich hatte die Gelegenheit, auf die ich seit langem wartete und traf Anfang Oktober an den Schlachtfeldern an der Somme ein, etwa da, wo ich sein Regiment vermutete. Ich wusste auch, dass ich mich beeilen musste, denn das war ja ungefähr die Zeit, als er dann wegen Verwundung ins Lazarett kam und Heimaturlaub bekam. Ich war schon fast an ihm dran, hatte sein Regiment aufgespürt, mit den Meldegängern aus seinem

Unterstand gesprochen – ihn selber aber hatte ich noch nicht. Es war auch gar nicht so einfach, wie man sich das vielleicht vorstellt, ich konnte ja keinen offiziellen Grund angeben, warum ich denn nach ihm suchte.

Am zweiten Tag meiner Suche explodierte im Unterstand der Meldegänger eine Granate und forderte mehrere Todesopfer und Verwundete. Im Durcheinander stieß ich auf einen, am Bein verwundeten Kameraden, der in einem Granattrichter in der Nähe lag, um den zu kümmern ich mich gezwungen sah. Sein Gesicht war mit Dreck verschmiert und ich erkannte ihn nicht. Ich bot ihm meine Hand und half ihm heraus. Auf mich gestützt humpelte er mit mir nach hinten, wo ich ihn seinen Kameraden übergeben wollte. Als wir gerade ein paar Meter von dem Trichter weg waren", Stefans Stimme versagte, erst nach einer Pause konnte er fortfahren, „als wir gerade ein paar Schritte weg waren, da fuhr es in den Trichter ein, dass es uns noch von den Beinen riss. Eine Minute früher, Elise, *eine Minute früher* und es wäre um uns geschehen gewesen, um mich und um – *ihn!* Die von seiner Einheit dankten mir und kümmerten sich um ihn, um den ‚Adi', wie sie ihn nannten.

Es wurde immer ungemütlicher an diesem Tag, eine Offensive des Gegners lag in der Luft und ich beschloss, es für heute sein zu lassen. Für die nächsten Tage bekam ich einen Sonderbefehl, konnte nicht mehr weitersuchen. Später dann stellte ich weiter Nachforschungen an. Und ich fand heraus…", seine Stimme versagte wieder, für einen Moment. „Der verwundete Kamerad… er hieß Adi… *Adi*, Elise!

Das ist kurz für Adolf.

Er war es, Elise, ein Irrtum ist ausgeschlossen, ich habe es nachträglich gründlichst recherchiert. Dieser Mann war – *Adolf Hitler!* Und er wurde gerettet durch mein Eingreifen! Weißt du, was das heißt? Wenn ich nicht gewesen wäre, wäre Adolf Hitler damals durch den Einschlag der Granate getötet worden, nicht erst durch Selbstmord im Führerbunker in den nächsten Tagen deiner Zukunft." Elise zuckt leicht zusammen. „Er wäre nicht nach Hause gekommen, als einer der vielen Unzufriedenen, die sich vom Versailler Vertrag verraten und verkauft gefühlt haben. Er wäre nicht in die Politik gegangen, er hätte es nicht geschafft '33 zum Reichskanzler zu usurpieren. Es hätte kein drittes Reich gegeben, es hätte keinen zweiten Weltkrieg gegeben, es ist jedenfalls sehr unwahrscheinlich, dass es ohne ihn dazu gekommen wäre. Und all das", er macht eine Handbewegung, als zeige er ihr die Trümmer Kölns und damit ganz Deutschlands, „wäre nicht passiert."

Er sitzt da, wie ein Haufen Elend – und weint auf einmal hemmungslos. „Was für eine grausame Posse hat das Schicksal denn mit mir gespielt? Kann es denn etwas Schlimmeres geben? Da reißt es mich aus meinem Leben, wirbelt mich durch Zeit und Raum in einen anderen Körper, in eine andere Epoche. Doch, als ob das nicht schon genügen würde, es macht mich auch noch zu seinem Handlanger in einem makabren Spiel, einem Spiel mit dem Schicksal von Millionen von Menschen." Er schluchzt, seine Schultern zucken. „Seit diesem Zeitpunkt hatte das Leben für mich jeden Sinn verloren. Ich war am Boden zerstört. Ich konnte es nicht glauben! Wie viele Menschen haben nicht ihr Leben gewagt, um dem Diktator Einhalt zu gebieten, wie viele hätten es nicht mit Freuden hergegeben, für eine Chance ihn zu töten – und was passiert mir? Ich rette ihm das Leben! Ich, Stefan aus der Zukunft, der von allen Menschen damals den besten Grund hatte, Hitler zu fürchten und zu hassen, rette ihm das Leben!"

Stefan beruhigt sich langsam wieder, richtet sich auf. „Ich dachte natürlich nur daran, als mir die ganze Tragweite meines Fehlers klar wurde, diesen Irrtum der Geschichte wieder auszumerzen, ich hatte ja noch so viel Zeit! Hitler war noch klein und unbedeutend, noch nicht von Leuten umgeben, deren Aufgabe es war ihn zu schützen, ein Mord an ihm wäre ein Leichtes gewesen. Ja, vielleicht hätte ich ihn noch einmal an der Front suchen können und diesmal – eine fehlgezündete Handgranate? Eine Kugel vielleicht? Eine Kugel des Feindes eben, die ihm nun mal eben irgendwann bestimmt war, ihm, dem tapferen Meldegänger, dem Eisernen Kreuzträger erster Klasse? Eine seltene Auszeichnung für einen Gefreiten übrigens – und ein Zynismus der Geschichte, dass er diese der Nominierung eines jüdischen Offiziers zu verdanken hatte, überdies.

Wer weiß. Doch irgendwann bin ich doch davon abgekommen. So oft habe ich darüber nachgedacht, als meine Haare grau wurden, so oft, als aus dem Grau dann weiß wurde. War es denn vielleicht nicht eben genau mein Schicksal, das mich dazu ausersehen hatte? Das mich dazu ausersehen hatte, eben genau dies zu tun? Hitler war aus dem ersten Weltkrieg zurückgekehrt, und es *ist* zum zweiten Weltkrieg gekommen, in meiner Vergangenheit. Habe ich denn das Recht, den Lauf der Geschichte zu beeinflussen? Immer habe ich mich äußerst vorsichtig verhalten, immer bemühte ich mich, so wenig wie möglich irgendwo einzugreifen, nicht bloß weil ich meine eigene Existenz sichern wollte, sondern weil ich als der Anachronismus, der Fremdkörper der Zeit, so wenig wie möglich an ihr verändern wollte." Stefan läuft auf und ab, nun gefasst. „Wer weiß, vielleicht war dieser Krieg, der ‚Zweite Weltkrieg', bloß das kleinere Übel? Hatte seine Funktion in der Geschichte, hatte damit vielleicht einen viel schlimmeren Krieg verhindert, einen Atomkrieg gar? '61 vielleicht, die Kubakrise? War der Konflikt zwischen Stalinismus und dem Westen vielleicht durch die Auseinandersetzung mit Hitlerdeutschland abgemildert worden, die Menschen klüger geworden, um eine schreckliche, aber bitter notwendige, Erfahrung reicher?" Elise hört ihm zu, hört ihn Begriffe verwenden, die ihr nichts sagen. Sie will auch gar nichts davon wissen, will ihm nur beistehen. „War der Tritt, den mein Bein suchte, um festen Halt, um ihn da herauszuziehen – der ‚Huftritt' eines Teufels? Oder war die Hand, die ich ‚Adi' reichte, …die Hand, der ‚Flügelschlag', eines Engels?" Das, merkt Elise, ist der Kern des Ganzen. „Ich habe meinen Frieden damit geschlossen heute, Elise, es war das Schicksal, was mich auserkoren hat, diese Rolle zu spielen."

Er schaut sie an, auf einmal, voller Liebe. „Und es war das Schicksal, welches uns bestimmt hat, zusammenzufinden, nach so langer Zeit." Er küsst sie.

Ein Liebespaar mit weißen Haaren.

In den nächsten Tagen nun wird die Geschichte ihren Lauf nehmen. Die amerikanischen Truppen werden den Rhein überqueren, nur noch auf wenig Widerstand stoßen. Einige Zeit später werden sie sich mit den Russischen an der Elbe treffen. Adolf Hitler, der Gefreite des ersten Weltkrieges, wird sich bis dahin seiner Verantwortung für den zweiten durch Selbstmord entzogen haben.

Ein langes, trauriges Kapitel wird beendet sein. Und ein völlig neues wird anfangen.

Auch für Stefan und Elise. «

In Freiburg: Rainer kommt, mit der Gummibärchentüte in der Hand aus dem Kiosk. In einer gewissen Entfernung hört man Reifen um die Ecke quietschen.

In Berlin: „Hm, starker Tobak! Schicksal, Millionen von Toten, moralische Exkurse. Ziemlich geschichsträchtig dazu, fast ein zeitgeschichtlicher Roman, nur eben erst heute geschrieben. Aber ganz nett."

In Freiburg: Rainer schickt sich an, die Straße zu überqueren, um zu seinem Taxi zu kommen. Das Reifenquietschen hat einem zornigem Motorheulen Platz gemacht.

In Berlin reibt sich jemand das schlecht rasierte Kinn.

In Freiburg fällt jemanden die Tüte Gummibärchen aus der Hand.

Berlin ringt um eine Entscheidung.

Freiburg steht starr vor Schrecken.

„Er soll uns das Manuskript schicken, wenn es gegenüber den Leseproben nicht zu stark abfällt, nehmen wir es", sagt Berlin.

„Das ist doch ein Taxi vor mir und hinter dem Steuer –das ist doch der…", sagt Freiburg.

Dann…

Eine Sekunde dehnt sich zur Ewigkeit.

Der Sekundenzeiger friert ein.

Die Zeit selber gefriert zu Eis.

Vögel hängen bewegungslos in der Luft, fallender Regen bleibt stehen. Das Auto bewegt sich nicht mehr, es verharrt, Zentimeter entfernt, drohend.

Die Welt hält den Atem an, das Leben kommt zum Stillstand. Das Universum, vorher summend wie ein Bienenschwarm, liegt auf einmal still. Still, wie ein kühler, schattiger Waldsee. Still wie eine einsame Lichtung, nachdem es nach vielen Tagen aufgehört hat zu schneien.

Das einzige, was sich bewegt, ist – der Tod! Er kommt auf Rainer zu, er blickt ernst. (Wie kann er eigentlich blicken, mit seinen Augenlöchern im Schädel, unter der Kapuze?) Er sagt: „Deine Stunde ist gekommen!" (Wie produziert er eigentlich den Schall, ganz ohne Kehlkopf?)

Klar und deutlich.

Und es ist der Tonfall in dem er es sagt, der so etwas Bestimmtes, so etwas Endgültiges an sich hat.

Es ist nicht der Tonfall, mit dem man eine Tasse Tee bestellt, mit dem man in einer Straßenbahn eine Unterhaltung anfängt oder fragt, ob dieser Sitz noch frei wäre. Noch nicht mal das etwas aufgeregtere: „Hören Sie mal, junger Mann, Sie sitzen auf einem Behindertensitzplatz, würden Sie vielleicht bitte so freundlich sein und aufstehen?" Nein, eher der Tonfall, das einem Ereignis vorausgeht, das sich sicher nicht so bald wiederholen wird.

Rainer will antworten, aber er erkennt, dies ist der Moment, wo alles schweigt und nur der Tod das sagen hat: „Deine Stunde ist gekommen!" Es ist das Bedeutungsvolle in dem, was dieser Mensch, vielmehr dieser Tod sagt, das einen dazu bringt, einen Moment innezuhalten und sich ganz genau auf dieses eine Geschehen zu konzentrieren, nicht auf einen Song wie üblich, der einem gerade durch den Kopf geistert, nicht aufs juckende Hinterteil, nicht auf „die Frau da drüben, ist die nicht süß?", sondern: „Hm, gut, meine Stunde ist gekommen. Nun, wenn Sie das sagen, äh, wenn du das sagst, dann wird da wohl schon was dran sein."

Der Tod stellt seine Sichel ab, zieht etwas aus seinem langen, schwarzen Umhang. Eine Handsichel, zum Bearbeiten der Ränder? Ein Stundenglas?

Es ist eine Packung Zigaretten, „Tothändle", natürlich. Der Tod zieht sich eine raus, bietet Rainer die Packung an.

„Auch eine?"

„Nein, danke, ich rauche nicht."

„Na, komm schon!"

Der Tod drängt Rainer auch eine auf und gibt ihm Feuer. „Ich weiß ja, Rauchen ist total ungesund. Ich meine, ich rauche 'ne Menge und *hey, sieh mich an!*" Rainer tut das. Totenschädel, leere Augenhöhlen und so, der Bursche sieht aus wie der wandelnde Tod. Muss ja 'n übles Kraut sein, Tothändle. „Aber, mal ganz ehrlich, eine Zigarette bringt dich nicht gleich um, hahaha!" *Ist ja 'n lustiger Bursche, der Tod,* denkt Rainer, aber dieser Witz geht leider auf seine Kosten.

„Nein, sicher nicht, denn das macht ja gleich dieses Auto da vor uns!", sagt er deshalb. Der Tod lacht sich *tot.*

„Äh, Gevatter Tod …"

„Nur Tod für dich, lass das Gevatter weg, Rainer, ist sowieso bloß albern, etwas antiquiert halt. Ich geh schließlich auch mit der Zeit, aber *arschkrass!* Es gibt gar nichts Arschkrasseres als mich, den Tod, hahaha!"

„Ja, also, äh, Tod! Wie kommt es, dass wir hier, äh, stehen und rauchen und du dich, äh, arschkrass kaputtlachst, während dieses Auto da, was mich gleich wohl anschließend arschkrass über den Haufen fährt, so still, verloren und ohne jede Hoffnung dasteht, als wäre es ein Taxi am Bahnhof?"

„Nun, ich halte die Zeit an, siehst du doch, Rainer, sonst hätte ich doch nie mal Zeit für ein Schwätzchen mit 'nem netten Burschen, wie dich. Ich hab übrigens dein Manuskript mal angeschaut, na ja, diagonal quer gelesen halt, bei zwei, drei Zigaretten, nicht schlecht!"

„Danke. Na ja, Ruhm posthum… nicht wahr."

„Ach sei nicht so zynisch, Rainer, denk auch mal an mich, zum Beispiel! Immer diese Hetze. Jede Sekunde stirbt irgendwo auf der Welt ein Mensch und dummerweise immer wo anders. Man kommt ja gar nicht mehr nach. Was für ein Job!" Der Tod inhaliert nachdenklich. „Was war deiner eigentlich noch mal, ach richtig, du bist Taxi gefahren." Er schnippt sich Asche vom schwarzen Umhang. „Na ja, gut, ok, es gibt *noch* schlechtere Jobs, als den, den ich habe, klar. Aber sieh mal!", er langt noch mal in die Tasche und holt etwas heraus, was wie ein Terminkalender aussieht. „Hier, meine Termine in den nächsten Sekunden: Peking. Ein Kaff in Kanada. Eins in Zaire. Bombay. Oslo. Und so weiter. So ist es immer. Da lob ich mir doch Eisenbahnkatastrophen, Flugzeugabstürze… Mann! Vor zwei Jahren die Sache mit dem World Trade Center! Da kam ich mir vor wie ein Prospektverteiler, der ein Hochhaus in seinem Revier hat, mit dreitausend Briefschlitzen, *Zack, Zack und Zack!*" Rainer schaut pikiert. „Ooch, sind wir sensibel? Erst zynisch und dann sensibel, das sind mir die Richtigen", höhnt Tod. „Wer fragt denn nach meinen Gefühlen, he? Immer heißt es: Der Tod, der finstre Gesell, die stummen Ernten des grimm'gen Schnitters, Angst vor dem Tode haben, Todeskampf, dem Tode abgerungen… das ist doch üble Nachrede! Wer fragt denn, ob mir so etwas passt? Und – vor allem, ihr Menschen, oder besser gesagt, ihr Deutschen, was schert ihr euch denn um Erdbeben im Iran zum Beispiel, mit dreißigtausend Toten, um Hungersnöte in Nordkorea, mit hunderttausenden von Toten? Das eine ist schon nach ein paar Monaten vergessen, das andere wissen überhaupt die wenigsten. Aber wenn in Amerika was passiert… ja, *das* ist chic! *Das* ziehen wir uns doch im Fernsehen rein!"

Die Zigaretten sind fertig geraucht, der Tod wirft den Stummel achtlos auf den Gehsteig, nach ihm die Würmer. Rainer tut es ihm nach, mit seiner halbgerauchten, an der er nur ein bisschen gepafft hat, anstandshalber (und trotzdem hat er noch öfter auf den Gehsteig spucken müssen, als er daran gezogen hat). Dann schnappt Tod sich wieder die Sichel und legt ihm seine

Krallenhand auf die Schulter, die Knochen graben sich ihm ins Fleisch ein (Wie machen sie das, ohne Muskeln und Sehnen?).

„Komm, wir müssen jetzt gehen", sagt er bedeutungsvoll. „Oder willst du bleiben, wenn's hier gleich ungemütlich wird?" Rainer überlegt. Eigentlich will er gar nicht, jetzt, wo das Manuskript fertig ist. Aber andererseits – nie mehr Taxifahren? Außerdem hat der Tod echt gute Argumente auf seiner Seite: „Du weißt schon, Beckenbruch, Nierenquetschung, Milzruptur, Aortenanriss, schweres Schädelhirntrauma und so? Ich kann ja später noch mal kommen, wenn's recht ist, auf die Intensivstation vielleicht. So in zwölf Stunden etwa, ‚Tut uns leid, aber wir haben alles versucht'-mäßig?" Rainer folgt ihm freiwillig. Die Zeit hört auf stillzustehen.

Das Auto hört auf stillzustehen.

31. Tödliche Pointen.

Ekke hat heute Morgen wieder nur 4.70-Dreck, was seine Laune nicht gerade hebt. Er steht an der HNO mit offenen Fenstern und beim vierten gelben Schein am Stück rutscht ihm ein lautes: „Eine Scheißfahrt nach der anderen!" heraus. Neben ihm steht ein Privatpkwler ebenfalls mit offener Scheibe, der auf jemanden wartet, und grinst mitfühlend-belustigt, Ekke grinst zurück.

Später holt er eine resolute Puffmutter aus einem Etablissement ab, zur Bahn, wo sie ihn warten lässt, um dann mit einem sichtlich schüchtern blickenden jungen Fohlen, das wohl erst noch „zugeritten" werden muss, wieder zurückzufahren.

Zwischendurch am Stand macht er sich's bequem, beobachtet zwei Leute beim „Gespräch", das indes vielleicht mehr dem Kampf zweier Platzhirsche auf einer Waldeslichtung ähnelt. Je unsicherer beide werden und je weniger sie überhaupt noch durchblicken, desto lauter werden sie, bis sie zum Schluss beinahe schreien. Ständig ziehen sie an ihren Hosen, ziehen sie hoch, jeder fürchtet wohl, bereits die „Hose zu weit heruntergelassen zu haben".

Geht das Leben nicht manchmal seltsame Wege? Er sitzt da, hört zu, beeumelt sich und versucht gleichzeitig seinen Kugelschreiber ordentlich zu verstauen, in seinem Futteral am

Armaturenbrett. Beim Reinschieben denkt er, dass es doch viel zu umständlich und zeitraubend wäre, ihn auf diese Weise zu verstauen und zieht ihn, gerade, als er ihn wie durch ein Wunder drin hatte, wieder heraus, um ihn dann irgendwo hinzuschmeißen.

Später holt er eine ziemlich verwirrte Frau von der Wache ab. „Sie ist hier Stammgast", heißt es. Er fährt sie zu ihrem Altenheim.

„Ah, die Frau Hauser hat wieder einen Ausflug gemacht." Anscheinend büchst sie immer wieder aus, und tapert dann orientierungslos in der Gegend herum, bis sie jemand bei der Polizei abliefert. Als er zum Auto zurückläuft, spricht ihn ein älterer Herr an, der da ebenfalls irgendwie desorientiert herumtapert. Ein ganzes Bündel Fünfzig-Euroscheine lugen ihm dabei aus seinem Hemd, als wär's ein Spitzentaschentuch. Ekke spricht ihn darauf an, er solle nicht so herumlaufen, der nächste könnte auf dumme Gedanken kommen, könnte vielleicht auf einmal einen „Schnupfen" kriegen.

Es hüngert ihn, im „Drei-Sterne-Restaurant" (Drei Leute, die Mercedes fahren sitzen da sicher drin) holt er sich standardmäßig wie immer einen Cheeseburger, kleine Pommes, großen Kaffee und einen kleinen Vanille-Milkshake. Dann gibt es eine Fressorgie am Stand und meistens, Sir Miller hin und her, ist ja genug Zeit dafür, bevor sich irgendetwas tut. Heute „funkt" es ihm jedoch dazwischen, kaum dass er angefangen hat, zu essen. Das Zeug wird also verstaut, Pommes und angebissenen Cheeseburger ins Handschuhfach, und Kaffee und shakyshake nach hinten, die Leute steigen eh meistens vorne ein. In der E-Klasse gibt es extra hinten auf dem Rücksitz eine Halterung dafür, in der ausklappbaren Armlehne. Links reingeklemmt steht also der Kaffee, rechts der Milkshake. Wobei sich leider dabei eine Wärmebrücke bildet, so dass der Kaffee so langsam kühler, und der Shake wärmer wird. Aber sicher geht's ja eh nur ums Eck, wie immer. Ekke flucht, als er auf einmal drei Personen stehn sieht, einen Mann und zwei Frauen. Die beiden Damen aha-en nicht schlecht, als sie hinten Platz nehmen, und die Bordverpflegung sehn.

„Das ist ja wie im Flugzeug, das habe ich aber auch noch nie gesehen!", staunt die eine, und greift sich gleich den Kaffee. Ekke beschließt, gute Miene zum bösen Spiel zu machen, zumal die Herrschaften doch tatsächlich nach Denzlingen wollen, und der Kaffee bis dahin sowieso schon kalt wäre.

„Ja, das ist bei uns Standard auf Auswärtsfahrten! Sie haben schon die richtige Nummer gewählt", verkündet er volltönend, im Stil eines Marketing-Fuzzis. Die Lady links trinkt den Kaffee, die rechts den Vanille-shake. Er kriegt aber ein gutes Trinkgeld.

Wäre das nun nicht eine gute Gelegenheit – für eine kleine SMS, so mal wieder zwischenrein, zur Abwechslung?

Er grinst sich was, tippt: „Es ist Ihnen doch egal, wenn einer wie ich, einem Falter gleich, trunken ins Feuer taumelt! Warum antworten Sie nicht endlich: *Hören Sie auf, mich zu belästigen!* Denn dann bin ich endlich frei – und kann wieder Frauen in Parks belästigen. Das ist billiger."

Ekke legt das Handy in seine Halterung am Armaturenbrett. Er ist gut gelaunt und fröhlich, das ist gut – denn so stirbt es sich doch am angenehmsten. Der Taxi-Mörder hat sich nämlich bei ihm hereingesetzt und hat so gar nicht ausgesehen, als ob er Spaß versteht. Ein absolut humorloser Knochen, dieser Taxi-Mörder, es sei denn, es geht um seine eigenen Scherze, die mit den treffsicheren, absolut tödlichen Pointen.

Ekke liegt nun auf dem Fahrersitz, ein wenig heruntergerutscht, als wär er kurz mal eingenickt, seine Augen sind jedoch offen. Sein Mund lächelt noch immer, ein wenig gequält, ob dem Geldbeutel darin, sein Blick verrät ein gewisses Erstaunen, ja, etwas wie leichtes Missfallen, als wäre er wieder mal an jemanden geraten, bei dem seine Scherze nicht ankommen.

Sein Handy befindet sich, in seiner Halterung, unentfernt, ungestohlen, direkt vor den blicklosen Augen. Es rattert auf einmal eine kurze Melodie. So wie es immer rattert, wenn es eine Nachricht empfängt. Die Nachricht erscheint auf dem Display, ihm direkt vor Augen. Wirklich schade, dass die optischen Signale, die nach wie vor auf der Netzhaut erscheinen, nicht mehr in Informationen umgewandelt werden. Denn diese hätten ihren Empfänger sicherlich höchst erfreut.

„He, hör mal, du schräger Vogel, du bist ja schon so ein Original. Du, das tut mir Leid, mein Handy ist neu und ich check doch diese bescheuerte Technik nicht, außerdem hatte ich gerade soo viel zu tun! Also habe ich mich nicht um die ganzen Nachrichten gekümmert, sondern nur um die Anrufer. Du, hör mal, du bist ja echt ein bisschen durchgeknallt… aber neugierig hast du mich schon gemacht! Schick mir doch noch mal was, vielleicht kriegst du mich noch soweit rum, dass ich mal Lust auf ein Bierchen krieg."

Und einen Tag später rattert es noch mal: „?" Diesmal liest es jemand: die Polizei, die sich vornimmt dem Sender dieser Nachricht demnächst ein paar Fragen zu stellen.

Und noch einen Tag später: „Sag mal *lebst* du überhaupt noch?" Es gibt ja schon ein paar makabre Typen unter den Kriminalern, aber den Nerv zu der Antwort: „Nein!", hat dann doch keiner.

32. „Tod ist 'n cooler Typ, he?"

Die Neuen, Rainer und Ekke, werden von den Geistern, von denen inzwischen eine ganze Menge herum schwirren, kameradschaftlich begrüßt.

Die beiden sind sichtlich etwas mitgenommen und noch nicht ganz orientiert.

„Du bist tot, Willi!", sagt Willi der Journalist, dieser Satz aus „Ghost" hat ihm so gut gefallen, dass er total happy ist, ihn auch mal sagen zu dürfen.

„Ja, das nimmt einen immer ganz schön mit, das Sterben", sagt ein anderer.

„Aber ist ja auch ein einmaliges Erlebnis, auf der anderen Seite", sagt noch ein anderer.

„Was war es denn diesmal, was hat er denn jetzt benutzt, der Schweinehund?", sagt ein Vierter.

„Du meinst, um uns um die Ecke zu bringen?", sagt Ekke.

„Sagt mal, habt ihr auch mit dem Tod eine Zigarette geraucht?", sagt Rainer.

"Tod ist 'n cooler Typ, he?", sagt…

„Hört auf durcheinander zureden, ihr geht mir alle auf den Keks!" Das ist Spranzer, auch als Geist noch eine unerfreuliche Erscheinung. Auch seine Einstellung den Kollegen gegenüber hat sich nicht besonders gewandelt. Spranzer, das Kollegenschwein, ist… *war,* Darwinist. Ach was, er war: gegen alles, frustriert, hochmütig und voller Bosheit. Am Stand winkte er immer die Leute zu sich ins Taxi, auch, wenn er ganz hinten stand.

„Ach, das ist ja Spranzer! Tach, Spranzer, altes Haus, bist so blass um die Nase." Spranzer ist schon so an seinen Spitznamen gewöhnt, dass er sich selber gelegentlich auch schon mal damit angeredet hat.

„Schließlich hat man mir auch die Rübe weggeblasen, mit einer Pumpgun!"

„Geschieht dir ganz recht."

„Genau."

„Also, hör mal!"

„Nichts, *Also, hör mal*, geschieht dir ganz recht."

„Also, mein Auto sieht jetzt aus, wie das in ‚Pulp Fiction'! Und was mich jetzt noch erschüttert, ist diese unsensible Art, die mein Chef an den Tag gelegt hat, als man fertig mit der Spurensuche war und ihm das Auto wieder übergeben hat, ich war ja dabei, spuken und so. Da sagt ihm der von der Polizei: *Ich glaube, das Auto ist wohl nicht mehr als Taxi zu verwenden!* und er dann, stellt euch vor! *Ach was, ich hab schon Fahrer erlebt, da sah das Auto innen viel schlimmer aus, da soll doch der Frank mal am Stand mit dem Lappen drüber gehen, wenn er gerade nichts zu tun hat!"*

„Scheußlich!"

„Empörend! Aber so sind die Menschen, ich war auch mal so."

„Spranzer ...!"

„Hm?"

„Du verarscht uns doch hier nur bloß, wir können doch nur um Mitternacht spuken, du *kannst* doch gar nicht dabei gewesen sein!"

„Ja gut... ihr habt Recht, ich wollte euch bloß verarschen, mit der ganzen Sache, es war keine Pumpgun. Und wisst ihr auch, warum? Ihr seid einfach ein Haufen fadenscheiniger, durchscheinender, geistiger Tiefschweber!" Spranzer dreht sich um, auch als Geist kann er sich nicht in eine Gemeinschaft einfügen.

„Warum spuken wir denn eigentlich immer nur um Mitternacht? In ‚Ghost' sind die Geister doch auch ständig aktiv, vierundzwanzig Stunden, rund um die Uhr!"

„Wie willst du denn einen Film drehen, der nur um Mitternacht spielt?"

„Ich frage mich, was wir eigentlich noch hier machen? Ich meine, Geister spuken doch nur, wenn sie etwas an ihrer ewigen Ruhe hindert..."

„Von wegen ewiger Ruhe, bei dem ganzen Straßenverkehr, rings um den Hauptfriedhof!"

„Und der viele Besuch."

„Die vielen quengelnden Kinder."

„Sagt mal, sollen wir eigentlich noch lange spuken?" Das fragt Thomas, auf einmal.

„Wieso, ist doch ganz angenehm, kein Hunger, kein Durst!"

„Kein Hunger, kein Durst!?"

„Ja, hier, dieses McDagobert's Restaurant, empfindest du Hunger und Durst, wenn du es siehst?"

„Das ist ein schlechtes Beispiel, ich habe nie Hunger und Durst empfunden, wenn ich ein McDagobert's Restaurant gesehen habe, auch nicht, als ich noch lebte, sondern nur Ekel und Abscheu und Mitleid mit der Bedienung."

„Wieso, ich hab da immer ganz gerne gegessen, endlich Leute, die einen noch schlechteren Job haben, als wir."

„ Lust auf Sex! Das haben wir ja auch nicht mehr! Oder, hast du etwa Lust auf Sex… wenn du mich so betrachtest?", sagt Babette kokett, der einzige weibliche Geist. Sie sieht Thomas dabei an.

„Hm, wie soll ich's sagen, auch das ist so ein ähnlich schlechtes Beispiel, wie mit dem McDagobert's. Ich habe auch noch nie Lust auf Sex verspürt, als ich dich noch lebend gesehen habe."

Die Unterhaltung der Geister stockt daraufhin.

„Und?", fragt der Geist von Thomas darauf den Geist von Babette (ganz im Tonfall wie wenn einer sagt: „Und, wie geht's sonst?", und schaut dabei unauffällig auf seine Uhr). „Warst du neulich auf deiner Beerdigung?"

„Hör mal, du musst hier nicht Konversation betreiben!", antwortet Babette giftig. „Gut, ja, ich war auf meiner Beerdigung. Muss man ja nutzen, diese Ausnahmegenehmigung, was das Spuken nach Mitternacht anbelangt. War ganz lustig sogar, all die Leute, die sich sonst einen Dreck um einen geschert haben, um sein Grab herumstehen zu sehen."

Alle nicken.

„Ja, doch, war ganz nett. So wie man sich das als Kind immer vorgestellt hat, wenn man sich gewünscht hat, man wäre tot und dann würden sie einen endlich mal bedauern."

„Und was hast du bekommen, Sarg oder Einäscherung?"

„Einäscherung. Und zwar im Elsass, wo es billiger ist… und schneller geht. Im Sommer, bei der Hitze draußen, kann man einen doch nicht so lange liegen lassen."

„Genau – auf der *faulen* Haut!"

„Jetzt reicht's aber, Themawechsel. Das Nachtfahrer aber auch immer so zynisch sein müssen."

„Wir sind nicht zynisch, die Nacht ist zynisch. Bevor ich nachts Taxi gefahren habe, war ich ein fröhlicher, absolut positiv denkender Mensch."

Rainer schaut Ekke an, Ekke schaut Rainer an. Was ist das denn für ein Zirkus? Beide überlegen, wie sie am Schnellsten wieder hier verschwinden können, beide kommen gleichzeitig auf die Lösung.

Wir können ja spuken!

Ekke spukt sich in die Asservatenkammer der Kripo und sucht sein Handy. Rainer spukt sich in die Köpfe der schlafenden Lektoren, alles in Nullzeit, denn ein spukender Geist zur Geisterstunde kennt keine Grenzen in Raum und Zeit...

Außer: „Wie kriege ich jetzt das verflixte Handy bedient, wenn ich nichts greifen kann?" Ekke erinnert sich an die entsprechende Szene in „Ghost" und konzentriert sich, während Rainer endlich den viel beschäftigten, nervösen...

„Das muss kacheln!" Ekke hat's raus, blättert sich durch die Nachrichten, findet die richtige und...

...Berliner Lektor noch wach am Schreibtisch findet, beim Drehen einer Zigarette! Er liest seine Gedanken (Endlich kann er das mal!) und...

...beide sind auf einmal nicht mehr da.

„Die beiden haben ihren Frieden gefunden, was können *wir* jetzt tun, um erlöst zu werden?"

„Ich hab's, wir bilden einen Kreis und jeder erzählt von sich, ganz ehrlich, was ihn in seinem Leben mal so richtig betroffen gemacht hat, so richtig unheimlich betroffen."

„Ein Stück weit betroffen!"

„Genau, ein Stück weit unheimlich betroffen!"

„Du, das macht schon ziemlich betroffen, das ganze, jetzt schon, vielmehr, ich fühl mich da jetzt schon ziemlich angekommen bei euch, doch, ihr macht das ganz toll – ein Stück weit zumindest!"

„Du, wir sind alle nur Menschen, äh, Geister."

„Also passt mal auf, ich sag euch jetzt mal was, was ich sonst niemanden sagen würde, aber jetzt, wo ich mich so unheimlich angenommen fühle von euch..."

„Ein Stück weit."

„Genau, ein Stück weit angenommen, also ich sag's jetzt einfach mal. Also... *ihr dürft aber nicht lachen*, okay!?"

„Nee, du, du kannst jetzt doch einfach mal... loslassen... lass es doch einfach mal *zu.* "

„Ich ..., ich habe regelmäßig onaniert, obwohl ich verheiratet war! Ich habe meine Frau betrogen – mit mir selber!" In dünnem Rauch löst er sich *nicht* auf, seine erlöste Seele steigt *nicht* seufzend himmelwärts. Die anderen lachen wie die Blöden.

„Betrogen, mit dir – *und Teresa Orlowski!* " Erneutes Gackern. Der Geist steht beleidigt da. Da lässt man sich schon einmal fallen – und niemand fängt einen auf.

Dann können sie sich endlich wieder beherrschen und überlegen weiter.

„In ‚Ghost' war das auch so, er hat die Erde erst verlassen können, als der Bösewicht tot war."

„Bei uns ist das anders, du Idiot, sonst wären wir jetzt auch schon weg, wenn es die beiden doch schon sind."

„Sagt mal", dem einen Geist kommt es siedendheiß, „fällt euch was auf?" Alle verneinen. „Wir alle, wie wir da stehen, haben Abitur, wir alle sind Taxi gefahren, wir alle haben ein Studium angefangen – und es abgebrochen! Und... wir hatten einfach nicht die richtige *Einstellung* zu unserem Job. Gott hat uns Intelligenz gegeben, aber eben nicht genug, um das Studium zu Ende zu führen. Und was taten wir? Wir haderten, wir lebten in Unfrieden! Wir schimpften auf unseren Job, machten ihn verächtlich! Wir taten so, als ob es die gesellschaftlichen Umstände gewesen waren, dass wir unser Studium nicht zu Ende geführt haben, nicht unsere Faulheit! Und statt dass wir Gott dankbar sind, dass er uns noch eine Chance gibt, und sagt: *Gut, hört zu, ihr Nieten, das Studium habt ihr zwar mit Comiclesen verbummelt und dem Steuerzahler einen Haufen Geld gekostet, aber ich habe trotzdem noch einen Job für euch und Comics könnt ihr da auch weiter lesen!* statt dass wir also dankbar sind, sind wir unzufrieden und schimpfen und maulen. Was sollen denn unsere Kollegen denken, die kein Abitur haben?"

Und sie stehen im Kreis, mit gesenkten Köpfen und beten und bereuen und...

Einsam und allein schwebt Willi herum, der Taxi fahrende Journalist. Warum hat er noch keine Ruhe gefunden? Nun, er ist ja kein Studienabbrecher, demnach muss seine Reue etwas anders aussehen.

„Was kann ich nur machen, damit dieses komische Geschwebe endlich aufhört, o Chott?"

Auf einmal, da tut sich die Luft vor ihm auf, es glitzert, sphärische Musik beginnt vom Himmel zu rieseln, wie Schnee an Weihnachten und eine Stimme, mächtig und dröhnend, ruft: *„Willi!"*

„Ja, o Chott? Äh, ich meine, ja, *o Gott!"* Willi läuft auf das schöne, glitzernde Licht zu, von Sehnsüchten erfüllt, wie alle Zuschauer von „Ghost" an dieser Stelle.

„Halt!"

„...O Chott? Äh, oh Gott?"

„Diese Menschlein, ts, ts, immer das gleiche, kaum tut sich auf einmal die Luft vor ihnen auf, sphärische Musik beginnt vom Himmel zu rieseln, wie Schnee an Weihnachten, dann kommen sie schon gleich alle herspaziert!"

„Aber, o Chott, ich bitte doch untertänigst darum zu berücksichtigen, dass ich, äh, ein Geist bin und noch dazu auf äußerst unsensible Art und Weise um mein irdisches Dasein gebracht worden bin. Ich wage zu äußern, o Chott..."

„O Gott!"

„Hm?"

„O Gott, es heißt *o Gott! Laß* doch endlich mal diese kindische Nummer!"

„I'm slightly irritated! Gut, o Chott! Äh, ich meine, ja, o Gott! Also, was ich vorhin bescheiden zu äußern suchte, o Gott, äh, in normaler Lebenslage wäre ich auch auf diese Lichterscheinung äh, herspaziert, aber nur, um zu versuchen, sie von allen Seiten her zu fotografieren und zu interviewen..."

„Das auch von allen Seiten?"

„Das auch von allen Seiten! Um dann eiligst wieder in die Redaktion zu eilen und meinen Pulitzerpreis entgegenzunehmen. Da die Sache mit dem Preis jetzt aber wohl für mich, äh, gegessen ist, o Gott, hege ich doch jetzt gewisse Hoffnungen, die so, äh, mit dem Heranspazieren an Lichterscheinungen, im Allgemeinen, verknüpft sind. Denn dieses Geschwebe hier geht mir echt auf den Geist."

„Wie kann einem Geist denn etwas auf den Geist gehen? Ich finde diese Bemerkung etwas geistlos. Aber gut, gut, mein Sohn, ich will ja nicht zu streng sein, ich bin ja kein Gott des alten Testaments, hahaha! Nein, pass auf, es gibt da eine kleine Sache mit deiner journalistischen Arbeit, besonders im kulturellen Bereich, die mir nicht ganz so passt, nicht nur bei dir speziell, übrigens. Na gut, klar, bei Bildzeitungsredakteuren tun sich auch keine Lichterscheinungen auf, sondern, du weißt schon, *Buh und Bäh!* Schwarze Schatten und so. Aber, pass auf, du rezitierst jetzt einfach folgendes kleines Gedichtchen hundertmal und dann können wir ja noch mal schauen, so lichterscheinungsmäßig, was sich da dann so tut, okay?"

Und Willi rezitierte hundertmal: „Und Gott lehnte sich zufrieden zurück und betrachtete wohlgefällig sein Werk. Ward es nicht unvergleichlich? Doch es gab noch den Teufel. Und der hatte Blähungen. Unter fürchterlichsten Windungen und Zuckungen und schwefligen Winden, entkroch seinem Hinterteile – der Kritiker! Und so war es hinfort. Wann immer ein Jemand sein gottgefälliges Schaffen beendet hatte, kamen schon die Kritiker und machten sich daran zu schaffen, dem ewigen Kreislauf der Natur gleich, vom Werden und Vergehen. Den Stein höhlt das Wasser, die Erde trägt ab der Wind, vom Fleische nähren sich die Aasgeier – und an jedem Werk eines kreativen Menschen zupfen, picken und kratzen Horden von Kritikern."

Und siehe da, genau nach dem hundertsten Mal, war auch Willis Geist – nicht mehr da.

Nur noch Spranzer ist zurückgeblieben – und der bleibt noch lange.

33. Stattdessen vielleicht – Psychiatrie?

Heller Mittag, die Sonne scheint auf Behämmertles schnarchenden herzförmigen Mund, der sich gelegentlich öffnet, als wollte er nach seinem süßen Daumen schnappen, der nur Zentimeter von ihm entfernt liegt. Jean-Claude tut einen lauten Schnarcher, verschluckt sich am eigenen Zäpfchen, hustet, wird wach.

„Hunger. Grünhof offen?" Drei Worte, die die Welt bewegen, zumindest die des Jean-Claude Behämmertle an einem Mittag wie diesem. (Nach einer Woche wie dieser – jetzt wo er die Konzession wieder hat, muss er natürlich auch wieder ordentlich fahren.)

Nun, gibt es nicht noch andere Sorgen? Da war doch noch *so ein Fall*, so ein Fall *kurz vor dem Abschluss*, er müsste da nur noch etwas dazu unternehmen, etwas *winzig* Kleines? So eine Anrufaktion, beziehungsweise eine Wachklingelaktion, bei fünf

Nachtfahrern und einer Nachtfahrerin durchführen? Weil die am frühen Nachmittag noch einen toten Punkt haben und umso leichter zu überrumpeln sind? Aber er hat halt keine rechte Lust dazu.

Aber – er sollte doch eigentlich ganz entschieden, jetzt...

Ach, nein, er geht jetzt in den Grünhof und bleibt dort, bis sie keine Schnitzel mehr auf der Speisekarte haben.

Aber...

Und dann kann er immer noch Weißbier trinken, und dann...

Behämmertle? Wenn du nicht e n d l i c h tust, was ich dir sage, wird es dir Leid tun!

„Das ist mir egal! Ich habe genug von dir! Ich dulde keine Stimme in meinem Kopf. Ich habe genug von irgendwelchen kursivem Geschwätz in meinen Gehirnwindungen!"

Gut, wie du willst, dann schreibe ich dir eben noch mal hundert Pfund zusätzlich auf die Waage, du wirst schon sehen!

Jean-Claude Behämmertle steigt auf seine Waage im Schlafzimmer, eine Spezialanfertigung, Leihgabe aus der Großtierklinik. Sie ächzt, die Nadel bleibt zitternd auf dreihundertsiebenundsechzig Pfund stehen. Behämmertle wischt sich zitternd den kalten Schweiß von der Stirn.

„Guter Gott, ich könnte schwören, ich habe erst gestern noch zweihundertsiebenundsechzig Pfund gewogen! Ich glaube, ich sollte vielleicht doch besser ganz genau zuhören, wenn irgendwelche innere Stimmen es gut mit mir meinen."

Gut so! Und jetzt schwing die Hufe, lös' jetzt diesen Fall, der Leser will endlich wissen, wie es weitergeht!

Jean-Claude Behämmertle steigt auf seine Waage im Schlafzimmer. Zweihundertsechsundsiebzig Pfund, kein einziges Gramm mehr seit gestern und das trotz der ganzen Fresserei! Vergnügt springt er wieder runter. Jetzt aber schnell wieder anziehen und nichts wie ran an den Fall! Behände springt er zum Telefon, lässt klingeln, bittet, droht, überredet und hat, wie durch ein Wunder, die sechs Tatverdächtigen und Wolf-Dieter Flossinski für fünfzehn Uhr in den Aufenthaltsraum in der Zentrale einbestellt.

„Was für ein Anblick, fünf verschlafene mufflige Nachtfahrer und eine -in, unter Drohung herbeizitiert! Und alles mein Werk! Wie, äh, ist das eigentlich bei einem reinen Nachtfahrer, ich meine, ich bin ja auch schon bis in die Nacht rein gefahren, aber... dürfen die sich eigentlich überhaupt dem Sonnenlicht aussetzen? Ach, Moment, ich verwechsle da glaub ich was!", murmelt Behämmertle, als er sie alle vor sich sieht.

Munter schreitet er nun gleich zur Schriftprobe. Jeder der sechs bekommt einen gelben Schein und soll nun seine komplette Wagennummer auf das dafür vorgesehen Feld schreiben und zwar in Blockschrift, so wie auch auf dem Beweisstück. Doch, wie fast schon befürchtet, ist es nicht aussagekräftig genug, es könnte vielleicht einen Anhaltspunkt ergeben, aber mehr auch nicht. Wolf-Dieter muss also seines Amtes walten. Die Dame murrt, die Herren knurren, aber ruckzuck ist der Unterarm geritzt und das Tröpfchen Serum aufgetragen. Nach zehn Minuten – bei der Dame nichts, bei vier Herren ebenfalls nichts. Behämmertle schaut den Fünften an, schaut langsam und bedeutungsvoll von seinem fast schon grotesk geschwollenen Unterarm hinauf in sein Sündergesicht, fixiert dann stählern seinen unruhigen Blick.

„*Missetäter!*" Nur dieses eine Wort, aber ruhig und mit aller Betonung ausgesprochen. Dann langt Jean-Claude Behämmertle zeremoniell in seine Tasche – und zieht ein Paar Spielzeughandschellen heraus, um sie dem üblen Burschen umzulegen. Der aber stößt sie weg! Was ist das für eine Moral, bei den Sündern heutzutage!

„Was soll der Scheiß?", stößt der rau hervor, ganz der harte Nachtfahrer.

Doch dann spricht Wolf-Dieter, der eben noch mal kurz draußen war (Wie sieht Wolf-Dieter denn eigentlich auf einmal aus? Schwarze Lederhose, Hardrock-T-Shirt, Knopf im Ohr? Wo ist der Anzug, die Westerwelle-Krawatte?), der daneben steht – und der nun sagt: „Ha! (Sagt der doch!) Jean-Claude, oder soll ich besser sagen: Ha! Behämmertle!? *(Sagt der doch!)* Denn du bist wirklich behämmert, Behämmertle, du machst deinem Namen alle Ehre! Du hast doch selber gesagt, dass der Täter mit seinen Verfolgern ein Spielchen treiben will! Wie konnte ich denn besser ein Spielchen mit dir treiben, als dir die ganze Zeit bei deinen Ermittlungen nicht von der Seite zu weichen?"

Behämmertle steht da wie behämmert, wie vom Hammer kalt erwischt. Aber aus den Augenwinkeln sieht er etwas auf den Hof einfahren, etwas Grün-weißes.

„Aber, aber…!"

„Das sagen sie dann alle: *Aber, aber…!* War ich nicht überzeugend, mit dem Funkausweis und der falschen Wagennummer, hm? Die Wagennummer war falsch, aber der

153

Schnipsel von dem Funkausweis war echt, war mein eigener. Aber du hast ja nach einem Nachtfahrer gesucht, du Blödi."

„Aber La-Lamey? Ich war doch überzeugt, es müsste ein Nachtfahrer sein…"

„Weil du *blöd* bist, Behämmertle, mit deinem: *Mein Gott, Lamey! Mein Gott, Lamey!* Du bist wirklich zu doof. Warum hab ich denn die falsche Fährte mit Lamey gelegt? Warum meinst du denn, habe ich dir das Testserum gebracht? Doch nur darum, weil ich es nicht versäumen wollte, wie du sechs Nachtfahrer aus ihren Betten holst, mich ihnen Serum auf den Arm trielen lässt und sie hier Stunden bedripst rum stehen lässt. Doch nur deshalb!", er lacht hämisch.

Das Grün-weiße öffnet Türen.

„Aber, Wolf-Dieter…!"

„Nein, nicht mehr Wolf-Dieter, nenn' mich nur noch Wolf! Laß diese Schwuchtel von Dieter weg, nur noch *Wolf!* "

„Wolf" schnieft auf.

Behämmertle nimmt außer der Polizei, die vor der Türe steht, auch noch einen zähnefletschenden Wolf, zwischen all den grinsenden Totenschädeln, auf „Wolfs" Hardrockjacke wahr.

„Leg mir jetzt endlich die Handschellen um!"

Er streckt fordernd die Handgelenke aus. „Jetzt werde ich endlich berühmt! Bisher war ich nur ein dummer Taxifahrer, stand immer nur am Stand rum und keine Sau hat Notiz von mir genommen. Aber das wird sich ändern! Ich will nicht mehr Wolf-Dieter sein, dieser Idiot mit dem Putzzwang und dem Forellentick, über den sie alle lachen. Das ist doch alles nur kranke Fassade! Ich möchte ein neues Leben anfangen!"

Behämmertle überlegt so nebenbei, dass die Polizei den Täter wohl gefunden hat, *den anderen,* denn er hat zum Schluss so viele Spuren gelegt, dass sie ihn finden mussten. Ob sie wohl schießen würden, wenn der Täter versuchen würde zu fliehen? Also, *er* würde schießen, an Stelle der Polizei.

Dann hört er weiter „Wolf" zu, der gerade sagt: „Ich *hasse* Meerschweinchen. Es gibt nur noch eins, was ich mehr hasse und das ist Forelle. Könnte kotzen, wenn ich Forelle nur rieche. Weißt du was, ich habe gar keine Meerschweinallergie gehabt am Anfang! Die hat sich erst im Laufe der Zeit entwickelt, weil ich ständig mit den Viechern zu tun hatte. Zum Schluss hatte ich so einen Asthmaanfall, dass ich fast aufgeben musste. Nein, der Grund ist, ich hasse Meerschweinchen einfach. Sie quieken, sie scheißen überall hin, sie sind zu nichts nütze. Sie können noch nicht einmal Männchen machen!"

Wie schlimm, denkt Behämmertle, dabei tun diese Tiere einem doch gar nichts. Also, gegen Meerschweinchen hat er überhaupt nichts, die sind doch süß.

„Willst du wissen, wie ich an die Adressen der Leute gekommen bin? Ich habe beobachtet, in Tierhandlungen, wer Meerschweinchen kauft, oder irgendwelches Zubehör. In Supermärkten, wer Meerschweinchen*futter* kauft. Ich bin ihnen dann nachgefahren und habe auf diese Weise herausbekommen, wo sie wohnen, damit ich dort einbrechen konnte. Klar, es hat mich Jahre gekostet, aber es bringt mir etwas ein! Taxifahren hat mich auch Jahre gekostet und es hat mir gar nichts eingebracht."

„Wolf-Dieter?" Behämmertle reißt sich nun entschlossen aus seinen Gedanken, legt ihm nun entschlossen die Spielzeughandschellen um. „Ich verhafte dich wegen Verdachts des Serienmords – an Meerschweinchen!"

„Jean-Claude Behämmertle?" Ein freundlicher Herr, umringt von Polizisten, in einer Lederjacke, sicher der Herr Kommissar, legt ihm nun entschlossen *echte* Handschellen um. „Ich verhafte Sie wegen Verdachts des Serienmordes – *an Menschen!*"

Der kalte Stahl beißt um sein Handgelenk.

Er schließt die Augen.

Es ist vorbei.

Doch ist es nicht gut so?

Es gibt einfach zuviel Konkurrenz in Freiburg. Einfach zu viele Taxikonzessionen.

Zuerst verarschte er die Kollegen übers Telefon, jahrelang war er für all die unerklärlichen Fehlfahrten verantwortlich, wo sich offensichtlich nur jemand einen Scherz erlaubt hatte, dann erweiterte er das so nach und nach. Zum Beispiel gab er am Telefon an, das die Fahrt nach Badenweiler gehen würde und er würde im Bahnhofsgebäude, vom Zug, zum „Meeting Point" kommen, weil er genau wusste, dass dies dem anderen den Tag versauen würde, dass er da warten, bis er schwarz würde. Dann zerstach er Reifen am Stand und dann zuletzt… Mord!

Er ist aber auch alles so leid. Seinen behämmerten Namen. Die Stimme in seinem Kopf. Das Gefühl, nichts weiter als eine literarische Figur zu sein, mit der irgendjemand ganz nach seinem Belieben verfahren kann. Und natürlich seinen Job – den ist er besonders leid.

Nie mehr also wieder schlechte Umsätze. Endloses Warten an ungemütlichen Taxiständen. Nie mehr Besoffene. Nie mehr Lärm, Dreck und Abgase.

Stattdessen vielleicht – Psychiatrie? Spaziergänge unter Aufsicht im Park? Weißes Leinen, hübsche Schwestern, aufmerksame Ärzte?

War es das nicht wert?

„War das gut so, krieg ich jetzt mein Grünhofschnitzel?"

Du wirst leider nie mehr ein Grünhofschnitzel bekommen, Jean-Claude, so leid mir das tut, du weißt doch Psychiatrie und so, „wegschließen und zwar für immer" und so... aber sag mal... w e r schreibt denn da kursiv?

„*War es das nicht wert?"*

W e r hat das geschrieben? Niemand außer mir hat das Recht, kursiv zu schreiben, ich, die geheimnisvolle Stimme im Hintergrund, die Stimme in Behämmertles Kopf, ich der an den Fäden seines Schicksals zieht! Oder...? Schluck! sollte es da n o c h jemanden geben, jemand der an den Fäden m e i n e s Schicksals zieht? Na, und wenn schon, dieser Schluss gefällt mir jedenfalls nicht ganz so gut, ich werde...

Niemand wird jemals erfahren, was die Stimme in Behämmertles Kopf machen wird, denn kaum hat sie ausgesprochen, was sie alles tun möchte, hat die Stimme hinter der Stimme schon all die vielen Sätze schön sauber mit der Maus markiert.

Und dann drückt sie ganz locker eine Taste.

„Entf."

Die politisch-ökologisch korrekte Seite zum Schluss.

In dieser Nachbemerkung möchte ich noch gerne, anhand zweier beliebter Vorurteile, ein paar taxipolitische Statements ablassen (auch wenn es mir niemand dankt).

1. „Taxifahren ist zu teuer."

Das stimmt nicht. Der Preis, für eine so weit reichende Dienstleistung, wie die zur Verfügungstellung eines Autos mit Chauffeur, der sich für einen durch den Verkehr stresst, ist angemessen. Könnte das Gewerbe, durch lange fällige Verbesserung der Wirtschaftlichkeit, intern einmal mehr einnehmen, sollte dies im vollen Umfang den Fahrern zu Gute kommen, denn gute und zufriedene Fahrer sind das wichtigste Kapital.

Wirklich teuer (für alle) ist es, sich einen dicken Neuwagen zu leisten, hochglänzende FDP- und ADAC-Aufkleber hinten darauf zu machen, damit richtig viel herumzuheizen und lautstark nach mehr Straßen und Parkplätzen zu schreien (bei gleichzeitiger Steuersenkung, versteht sich).

Geld sparen und die Umwelt schonen tut der, der aufs eigene Auto verzichtet, viel läuft und Fahrrad fährt, öffentliche Verkehrsmittel und ganz zum Schluss noch Carsharing und Taxi benutzt. Und letzteres völlig souverän und selbstbewusst, im sicheren Bewusstsein, in einigen Situationen viel Zeit und Nerven gespart zu haben.

Diese simplen Tatsachen schaffen leider die meisten immer noch zu verdrängen, wissen tut es ja eigentlich fast jeder.

2. „Viel Konkurrenz der einzelnen Taxiunternehmen untereinander belebt das Geschäft und nutzt letztendlich dem Kunden."

Dies stimmt nur zu einem geringen Teil. Letztendlich trägt nämlich der Kunde, die Umwelt und die ganze Gesellschaft die Folgen eines ruinösen Wettbewerbs im Taxigewerbe.

Wenngleich es erwünscht ist, als Kunde nicht einem Monopol ausgesetzt zu sein, kann eine Taxifirma in einer Großstadt wie Freiburg nur wirtschaftlich fahren, wenn sie sich zusammenschließt, je größer, je wirtschaftlicher.

Die jetzige Situation in Freiburg ist immer noch sehr unbefriedigend und führt zu vielen unnötigen Härten und Reibungen. Wünschenswert wäre die Schaffung einer Großzentrale mit modernster Technologie bei gleichzeitiger größtmöglicher Autarkie der einzelnen Unternehmen und Fahrer. Ein Kompromiss also, um den gerungen werden muss.

Ich sehe derzeit in Taxi Freiburg GmbH, 555555, trotz vieler Vorbehalte, das hierbei zukunftsweisende Modell.

Jochen Lembke

Jochen Lembke, Freiburgs taxifahrender Schriftsteller – Medien- und Promistimmen (Stand 2005)

Radio Dreyeckland:

„… Straßenmaloche in Freiburg, Geschichten aus der Welt der Taxifahrer, ziemlich herb, von unten, mit Charme versetzt, Träume, Phantasien … eine Liebesgeschichte hinein gewoben …"

Antenne Südbaden

„…zwischen den Welten eines Musikers, Autors, Masseurs, und Taxifahrers natürlich, lebt Jochen Lembke … ein Multitalent, sozusagen, auf vier Rädern …"

SWR4

„Ein Roman, der das Leben der Taxifahrer beschreibt..."

Gundelfinger Nachrichten

„(der Autor) … hat wie viele Taxifahrer etwas von einem Lebenskünstler … Wer häufig Taxi fährt, wer die Szene der Fahrer kennt oder kennen lernen will, wer Spaß hat an einem Buch voll galligem Humor, den Großstadtslang Freiburgs liebt, wird Freude an dem Buch haben."

Der Sonntag in Freiburg

„Dramen hinterm Lenkrad! …. Demnach ist Taxifahren ein Beruf voller Leiden. Nur manchmal taucht ein Lichtschweif am Horizont auf. In der Regel trägt er bei Lembke Zopf und Rock … Nach der Lektüre wird man weniger unbefangen ein Taxi betreten. Taxifahrer analysieren und kategorisieren ihre Kundschaft. Sie lästern über sie, seltener bewundern sie sie oder verlieben sich in sie …. Recht bissiger Humor, der teilweise die Grenzen des guten Geschmacks durchbricht …"

Freiburger Wochenbericht

„Freiburg-Ansichten aus dem Taxifenster … humorvolle und skurrile Geschichten …"

Rundfunkjournalist U. Wessinger („Blaue Brücke")

„… (Der Job ist so mies) hat das Zeug zum Bestseller!"

Chilli – Das Freiburger Stadtmagazin
„Der dichtende Taxifahrer …"

Badische Zeitung
„Lembke ist mit seiner Sprache ganz nah an der erzählten
Welt. … weil Lembke ein großes Plus hat: den Willen zur
Authentizität …"

RegioMagazin
„Wenn sich Jochen Lembke hinter das Lenkrad klemmt
verwandelt sich sein Taxi in ein Raumschiff. Es kreuzt über einen
Planeten namens Freiburg und bringt Wesen der seltsamsten
Spezies von einem Ort zum anderen…"

Freiburgs OB Dr. Dieter Salomon
„Wie im richtigen Leben…wie im richtigen Freiburg!"

Ex-Taxifahrer und -Außenminister Joschka Fischer
„…mit dieser vergnüglichen Lektüre im Jackentaschenformat
haben Sie mir eine große Freude gemacht!"